W0369149

POUR UNE CARESSE

Retrouvez toutes les collections **J'ai lu pour elle**
sur notre site :

www.jailu.com

LUCY MONROE

POUR UNE CARESSE

Traduit de l'américain par Florence Szarvas

J'AI LU

POUR elle

Titre original :
TOUCH ME
A Berkley Sensation book published by The Berkley Publishing Group,
a division of Penguin Group Inc., New York, and by arrangement with the author

© Lucy Monroe, 2005

Pour la traduction française :
© Éditions J'ai lu, 2008

Pour ma sœur, K.T.
Ton soutien et tes encouragements signifient plus que je ne pourrai jamais le dire.

Mes remerciements à Michael Mooney, pour son aide dans mes recherches sur les voiliers.

Prologue

Langley Manor, Angleterre, automne 1797

Le bébé pleurait.

Son fils. Le spectacle de ce nouveau-né qui gigotait lui procurait une telle émotion qu'elle aurait voulu que cela ne cesse jamais. Elle venait de donner la vie, d'engendrer une merveille d'innocence.

Ignorant les réprimandes de sa femme de chambre et de la sage-femme, qui lui conjuraient de se reposer, elle se redressa dans le grand lit à colonnes. La douleur, tel un coup de poignard, lui traversa le ventre. Elle s'efforça de la surmonter pour contempler son fils. Chaque instant passé auprès de lui était un cadeau. La peur l'étreignit, rendant la douleur plus intense encore. Langley n'allait pas tarder à arriver pour lui arracher son bébé.

Non, il ne pouvait faire une chose pareille !

Si froid que soit son cœur, son époux ne pouvait lui prendre l'enfant qu'ils avaient conçu ensemble.

La lourde porte de la chambre s'ouvrit si violemment qu'elle heurta le mur. Anna leva les yeux vers l'imposante silhouette masculine qui s'encadrait sur le seuil. Il était là, arborant cette expression glaciale qui ne le quittait plus depuis qu'il l'avait accusée d'infidélité. Leurs regards se croisèrent, et Anna comprit que rien n'avait changé. Il la haïssait toujours et allait lui enlever son fils.

Comme il se tournait vers la sage-femme, elle s'écria :

— Non ! Je vous en supplie, non !

— Donnez-moi l'enfant.

— C'est un garçon. C'est *notre* fils. Ne faites pas cela.

Elle tendit les bras, implorant sa pitié.

— Ne me l'enlevez pas. Je suis sa mère.

Elle avait renoncé à plaider l'innocence. Des mois de prière, d'appel à la compréhension, à la confiance s'étaient révélés vains. Jamais il ne la croirait.

— Geoffrey, s'il vous plaît.

Ce dernier lui adressa un regard où le mépris le disputait à l'ironie. Un long et douloureux sanglot secoua Anna.

— Je dois vous féliciter, madame, d'avoir eu l'intelligence de me donner un fils, car il me fallait un héritier ; or je doute que même cette nécessité eût pu me décider à fréquenter de nouveau votre lit.

Ces paroles anéantirent l'ultime espoir qu'elle caressait encore. Mais même le chagrin qu'elles lui causaient fut balayé par la contraction qui venait de lui saisir les entrailles. Elle se mordit la lèvre pour étouffer un cri. Elle avait déjà suffisamment montré sa faiblesse à cet homme qu'elle avait aimé.

Mais cette douleur était si… intense. La souffrance ne cessait-elle donc pas après l'accouchement ? Elle aurait voulu interroger la sage-femme, mais Geoffrey était toujours là ; elle devait se montrer forte.

Il finit cependant par tourner les talons, son fils dans les bras, et quitta la chambre. Alors que des larmes brûlantes ruisselaient sur ses joues, une nouvelle contraction survint, plus violente encore. Anna se mordit la lèvre jusqu'au sang. Elle fixa la porte par laquelle son fils venait de disparaître, mais bientôt la douleur prit le dessus.

Se tournant vers la sage-femme, elle trouva la force d'articuler :

— Aidez-moi…

Melly, sa femme de chambre, se précipita vers elle.

— Qu'y a-t-il, milady ?

— J'ai mal, comme tout à l'heure. Je croyais que la douleur cessait après…

Ses derniers mots se perdirent dans un cri tandis que les contractions s'amplifiaient.

La terreur la submergea. Pourquoi une telle souffrance ? Que lui arrivait-il ? Elle retomba sur ses oreillers, pantelante.

La sage-femme lui palpa le ventre, lui arrachant un cri.

— Reprenez-vous, madame. Vous n'avez pas tant crié pour mettre au monde votre fils. Vous n'allez tout de même pas vous y mettre pour cet autre ?

Les paroles de la sage-femme pénétrèrent lentement l'esprit d'Anna.

— Cet autre ? Il y en a donc un autre ?

Des jumeaux ! Une autre contraction survint, à la limite du supportable, mais Anna avait presque envie de rire. Deux bébés. Geoffrey Selwyn, comte de Langley, avait semé deux graines dans son ventre. Allait-il lui enlever aussi cet enfant-là ?

Cédant à l'envie de pousser, elle mit au monde un second bébé en se jurant que Langley devrait d'abord la tuer avant de s'en emparer.

— C'est une fille ! annonça Melly.

— Donnez-la-moi, haleta Anna en tendant les bras.

Après avoir enveloppé dans des langes l'enfant qui hurlait, la sage-femme le lui remit.

— Je peux vous assurer qu'elle est en bonne santé.

Elle semblait émue. Anna prit sa fille, contempla l'adorable visage avant de lever les yeux vers la sage-femme.

— M'aiderez-vous ? demanda-t-elle.

— Que voulez-vous dire ?

— Si nous ne faisons rien… mon époux me la prendra. J'ai déjà perdu mon fils. Je ne supporterai pas de perdre aussi ma fille.

Anna attendit, consciente que si elle avait mal jugé la sage-femme, cette dernière ferait son rapport à Langley, dont le mépris à son égard ne connaîtrait alors plus de limites.

La vieille femme la regarda durant ce qui lui parut une éternité. Le cœur d'Anna battait à tout rompre tandis qu'elle se cramponnait à sa fille. Celle-ci se mit à pleurer. Elle desserra son étreinte et lui murmura des paroles apaisantes. Les pleurs cessèrent, Anna sourit.

— Je vous aiderai, milady. Un homme, même de sang noble, n'a pas le droit d'arracher un enfant à sa mère.

Une joie immense envahit Anna, qui se tourna alors vers Melly.

— Et toi, m'aideras-tu aussi ?

— Oui, milady, fit la femme de chambre en essuyant furtivement une larme.

Anna sourit pour la deuxième fois, ce qui ne lui était plus arrivé depuis ce jour où, cinq mois auparavant, Langley avait découvert l'ignoble Estcot tentant d'abuser d'elle.

Baissant les yeux sur sa fille, elle murmura :

— Je te nomme Althea Johanna, car tu es le cadeau de Dieu à mon innocence.

1

Que serais-je devenue si Dieu n'avait eu la bonté de me faire présent de Thea ? Grâce à sa douce innocence, mon cœur bat toujours, lui qui aurait dû se briser après ce que m'a infligé Langley. Je prie pour que jamais Thea n'offre son cœur à un homme tel que lui. L'amour que j'ai éprouvé pour lui s'est retourné contre moi. Je suis victime de ma faiblesse pour cet homme. J'apprendrai à Thea à être plus sage et plus forte que sa mère.

Journal d'Anna Selwyn, comtesse de Langley,
le 10 novembre 1797.

Caraïbes britanniques, vingt-trois ans plus tard.

La robe de Thea bruissait autour de ses chevilles tandis qu'elle traversait l'entrepôt à grands pas. En dépit de la hauteur du bâtiment et de la pénombre qui y régnait, la chaleur des Caraïbes demeurait oppressante. Des rigoles de sueur coulaient dans le dos de Thea, qui mourait d'envie de les tamponner avec l'étoffe de sa robe. Seule la parfaite éducation dispensée par sa mère l'en empêchait.

« Si tu étais là, maman, observa-t-elle en silence, tu serais aussi tentée de le faire. »

Mais Anna Selwyn n'était plus là, et ne le serait jamais plus, songea Thea, le cœur serré. Dix ans après, elle pleurait toujours la disparition de la femme si forte qui lui avait donné le jour.

— L'bonsoir, mademoiselle Thea.

Elle s'arrêta en reconnaissant la voix de Whiskey Jim.

— Bonsoir, capitaine, répondit-elle, souriante.

Une étincelle espiègle dans son œil valide, le vieil homme au visage buriné lui rendit son sourire.

— Vous filez toutes voiles dehors, comme d'habitude, remarqua-t-il.

— Je crois, répondit Thea en s'éventant de la main, que je devrais réduire un peu les voiles et ralentir l'allure. La chaleur est redoutable, aujourd'hui.

— Je vous le fais pas dire. C'est pas un temps pour charger un bateau, croyez-en le vieux Jim.

Jim était vieux, en effet. Il avait l'air d'avoir cent ans, mais il demeurait l'un des meilleurs capitaines employés par la compagnie de transport maritime *Merewether Shipping*.

— Quand partez-vous ? s'enquit-elle.

— Le chargement doit être terminé pour après-demain.

La nouvelle enchanta Thea. Elle ne pouvait rêver meilleur moment. Elle devait agir avant qu'oncle Ashby ne s'aperçoive des larcins opérés par le comptoir de Londres. Elle craignait en effet qu'il n'insiste pour se rendre en personne en Angleterre afin de mener l'enquête, alors que sa santé ne le lui permettait pas.

Thea avait envers lui une dette immense. Lorsque sa mère avait succombé à la fièvre qui faisait tant de victimes parmi les Européens installés aux Caraïbes, les Merewether s'étaient occupés d'elle, l'élevant comme leur propre fille.

— Quand pensez-vous accoster à Liverpool ?

— Jamais, répondit Jim.

Thea cessa de s'éventer.

— Comment cela, jamais ?

— Cette fois, je vais à New York en faisant escale à Charleston.

— Mais je croyais que vous alliez en Angleterre ?

— Ben non, fit le vieil homme en se grattant le crâne.

Et dire qu'on n'attendait aucun autre bateau avant des semaines !

— Sacrebleu !

— Pardon ? fit le vieil homme, l'air malicieux.

— Rien.

Les marins et oncle Ashby lui-même avaient beau jurer à qui mieux mieux, Thea se serait fait sonner les cloches pour avoir laissé échapper ce juron.

Eh bien, songea-t-elle, il ne lui restait plus qu'à trouver un autre bateau.

Après avoir pris congé, le capitaine gagna tranquillement le fond de l'entrepôt, où son équipage s'affairait, chargeant de lourds tonneaux de sucre et de rhum sur des chariots afin de les acheminer jusqu'au bateau.

Tournant les talons, Thea se dirigea vers le bureau de son oncle. Alors qu'une goutte de sueur roulait le long de sa nuque, elle repéra un espace vide entre deux piles de caisses, qui offrait une intimité suffisante pour céder enfin à la tentation.

Elle s'y faufila, non sans avoir jeté au préalable un coup d'œil à la ronde. Personne en vue. À force de contorsions, elle parvint à se tapoter le dos afin d'éponger la transpiration. Divin ! Soulevant légèrement ses jupes, elle s'en servit pour s'éventer les jambes, les yeux fermés, savourant ce délice. Dieu que ce serait agréable d'aller nager… Elle imaginait déjà la fraîcheur de l'eau sur sa peau…

— Mademoiselle Thea. *Mademoiselle Thea !*

Elle rouvrit vivement les yeux et demeura un instant interdite. Philippe, le directeur de l'entrepôt, la fixait comme s'il venait de la surprendre en train de danser nue, et non en train de s'éventer discrètement derrière des caisses. Son visage, déjà naturellement sévère, était crispé en une expression d'intense réprobation. Zut. Quitte à être surprise, elle aurait préféré que ce soit par quelqu'un comme Whiskey Jim plutôt que par son chaperon autoproclamé.

Se ressaisissant, elle rabattit pudiquement sa robe sur ses chevilles.

— Je ne vous avais pas vu, Philippe.

— Je vois mal comment vous auriez pu ! Vous aviez les yeux fermés et vous vous trémoussiez d'une façon…

Comment un homme au physique aussi imposant pouvait-il être aussi collet monté ?

— Je ne me trémoussais pas, je m'éventais. C'est différent.

— Pas pour une dame.

Il allait de soi pour tout le monde qu'elle désirait être une dame. Thea, elle, en était moins sûre. Ce titre avait fait le malheur de sa mère, et, pour autant qu'elle puisse en juger, offrait plus d'inconvénients que d'avantages.

Elle préférait de loin être simplement Mlle Althea Selwyn, élevée aux Caraïbes avec une liberté qu'aucune demoiselle londonienne ne connaîtrait jamais. Certes, elle connaissait les règles auxquelles une dame devait se soumettre – tante Ruth et sa mère avaient veillé à les lui inculquer. Mais elle avait rarement été obligée d'y obéir.

Ce qui, bien entendu, ne la mettait pas à l'abri de réprimandes concernant sa conduite.

Cela lui arrivait fréquemment, et elle trouvait cela agaçant.

Pourquoi se conduire comme si elle avait été élevée pour être une potiche dans un salon alors qu'elle passait sa vie au milieu des marins, des ouvriers des plantations et des esclaves affranchis ? Malgré les efforts de sa mère et de tante Ruth, elle avait passé plus de temps à apprendre comment diriger une société de transport maritime que le métier de dame. Quant aux connaissances indispensables pour se débrouiller dans la vie, ce n'était certes pas d'un précepteur ou d'une nurse anglaise qu'elle les tenait.

Philippe lui avait enseigné le français, Whiskey Jim les nœuds marins ; quant à la natation, elle l'avait apprise comme tous les enfants de l'île : nue dans le lagon. Sa mère avait bien failli s'évanouir en le découvrant, mais à la vérité Thea était mille fois plus faite pour la vie dans les îles que pour la vie en Angleterre.

Jugeant préférable d'ignorer la mine scandalisée de Philippe, elle demanda :

— Vous aviez besoin de quelque chose ?

— M. Drake est à la recherche de M. Merewether, répondit Philippe, qui s'écarta, révélant alors la présence d'un homme qu'il masquait jusque-là.

Si l'inconnu était aussi grand que lui, la ressemblance s'arrêtait là. Drake, nota Thea, comme le célèbre corsaire. Ce nom lui allait comme un gant. L'homme aurait en effet fort bien pu être un pirate, car il ne semblait pas du genre à reculer devant le danger.

Le regard de Thea s'attarda un instant sur son pantalon long qui laissait deviner des jambes musclées. Oncle Ashby et tous les hommes qu'elle connaissait portaient encore des culottes passées de mode depuis dix ans, si bien qu'elle n'avait jamais eu l'occasion de voir un gentleman en pantalon. Celui-ci était du reste vêtu avec une élégance toute britannique.

Thea se força à lever les yeux, mais ce fut pour découvrir que le torse de l'inconnu était tout aussi musclé que ses jambes. Lorsqu'elle atteignit enfin son visage, elle tressaillit. De toute évidence, son examen ne lui avait pas échappé – il aurait fallu être aveugle pour ne pas le voir ! Une amorce de sourire sardonique flottait sur ses lèvres, tandis qu'une lueur moqueuse éclairait ses prunelles couleur de miel sombre.

Soudain consciente d'avoir la bouche ouverte, Thea la referma en hâte, les joues en feu.

— Que puis-je faire pour vous ?

— Je suis à la recherche de M. Merewether, répondit Drake d'un ton où perçait une autorité que sa mise laissait prévoir.

— Il n'est pas ici.

Merveilleux ! Non seulement elle l'avait dévoré des yeux comme une vieille fille, mais voilà qu'elle le gratifiait d'une réponse digne de la dernière des idiotes, car c'était l'évidence même que son oncle n'était pas là.

— Je veux dire que j'ignore où il se trouve, se reprit-elle. Mais peut-être puis-je vous aider.

Voilà qui était tout de même mieux, plus approprié.

— C'est à M. Merewether que je désire parler.

Thea retint une réplique bien sentie. Beaucoup d'hommes rechignaient à parler affaire avec une femme. Visiblement, M. Drake était de ceux-là.

— Dans ce cas, je ne vous retiendrai pas plus longtemps.

— Désolé de vous avoir dérangée, mademoiselle Thea, intervint Philippe.

Il hocha la tête en guise de salut et pivota.

Mais l'Anglais ne l'imita pas.

— Nous devons d'abord raccompagner cette jeune fille, déclara-t-il, péremptoire.

— Ce ne sera pas nécessaire, assura Thea en se raidissant.

Il tendit la main pour lui prendre le bras. Avec ses cheveux sombres et son expression tout aussi sombre, il semblait presque menaçant, en dépit de la séduction indiscutable qui émanait de sa personne.

— Permettez-moi d'insister.

Thea recula pour lui échapper.

— Je vous remercie, mais je n'en ai nul besoin.

— Je serais néanmoins plus tranquille de vous savoir parvenue sans encombre là où vous vous rendiez, insista Drake, l'œil sévère. Un entrepôt n'est pas un endroit pour une dame.

Quelque chose dans son ton impliquait cependant qu'elle ne devait pas en être une.

Thea l'aurait volontiers remis à sa place, mais les affaires d'abord. Son oncle lui en voudrait d'avoir offensé Drake. Pinçant les lèvres, elle s'exhorta au calme.

— Je suis pour ainsi dire chez moi dans cet entrepôt, expliqua-t-elle avec un sourire poli. Mais puisque nous cherchons vous et moi la même personne, autant le faire ensemble. Je me rendais justement dans le bureau de M. Merewether.

Elle fit un pas en avant, pas suffisamment rapide au goût de l'Anglais, sans doute, car ce dernier l'attrapa soudain par la taille.

— Franchement, je ne vois pas pourquoi…

Il l'attira violemment contre lui, la soulevant de terre, tout en reculant. Thea eut à peine le temps de comprendre qu'elle était dans les bras d'un homme qu'un fracas retentit dans son dos. Elle sursauta, enlaçant involontairement son ravisseur.

Celui-ci continuait de reculer avec aisance, l'éloignant de l'endroit où s'était produite la chute. Tournant la tête, Thea frémit. Plusieurs petits tonneaux avaient roulé sur le sol, et à la place qu'elle occupait quelques secondes plus tôt gisait une énorme caisse.

À en juger par les débris qu'on apercevait dans la paille, elle contenait de la porcelaine.

Tournant de nouveau la tête, Thea se retrouva nez à nez avec la cravate blanche de son sauveur. Prenant une inspiration tremblante, elle reçut de plein fouet son odeur si typiquement masculine. L'accident auquel elle venait d'échapper s'estompa dans son esprit au profit de sensations inédites : ses seins qui s'écrasaient contre le torse de Drake, son ventre plaqué contre le sien. Elle se sentait en sécurité dans les bras de cet homme, malgré un certain trouble qu'elle préférait ne pas analyser. Il venait de lui éviter un accident grave, mortel peut-être. Comme un chevalier errant, en somme.

Elle se risqua enfin à lever les yeux sur lui, et lui adressa un sourire sans doute empreint de stupeur.

— Merci, souffla-t-elle.

— Comme je le disais, un entrepôt n'est pas un endroit pour une femme, se contenta-t-il d'observer sans trahir la moindre émotion.

Il fallut deux bonnes secondes à Thea pour réagir. Le traître ! En réalité, il avait dit « pour une dame » et non « pour une femme ». D'ailleurs, elle ferait bien de cesser de se cramponner à lui avant qu'il la prenne définitivement pour autre chose qu'une dame. Lâchant le cou de Drake, elle le repoussa.

Il la déposa sur le sol – non sans l'avoir laissé glisser le long de son corps d'une manière fort peu convenable –, et la retint un instant, durant lequel elle cessa de respirer. Cet homme, ce genre de situation étaient pour elle complètement nouveaux. Tous les Anglais étaient-ils aussi fascinants ? s'interrogea-t-elle.

Enfin, il la relâcha. Elle recula d'un pas mal assuré, en proie à des émotions contradictoires. Elle hésitait entre fuir le danger qu'elle devinait en lui, et se jeter dans ses bras pour éprouver une fois encore ces délicieuses sensations. Mais avant qu'elle ait le temps de faire l'un ou l'autre, Philippe s'écria :

— Tout va bien, mademoiselle Thea ? Qu'une telle chose ait pu se produire dans mon entrepôt est une abomination !

Sur ce, il lui prit la main et poursuivit en français, sa langue maternelle.

Sans la lâcher, il se tourna ensuite vers leur visiteur anglais.

— Monsieur Drake, nous avons une dette envers vous. M. Merewether vous sera infiniment reconnaissant d'avoir sauvé Mlle Thea.

— Parfait, fit Drake. Dans ce cas, peut-être sera-t-il disposé à me fournir ce dont j'ai besoin.

Observant son profil, Thea ne put s'empêcher de s'interroger. Cet individu respirait la suffisance. Qu'il puisse avoir besoin des services du propriétaire d'une petite entreprise de transport maritime basée sur une île aussi modeste lui semblait pour le moins incongru.

Drake suivit Thea jusque dans le bureau de Merewether. Le spectacle de ses hanches qui se balançaient doucement devant lui le rendait physiquement nerveux. Quelle sorte de femme était-ce ? Jamais il n'avait vu de dame fréquenter des entrepôts. La plupart auraient même eu des palpitations à l'idée d'approcher les rudes gaillards qui y travaillaient. Thea était-elle la catin de Merewether ?

Son corps comme son esprit se rebella à cette pensée. Que lui prenait-il donc ? Il aurait dû se moquer éperdument qu'elle vende ses charmes aux marins qui traînaient sur les quais, pourtant, ce n'était pas le cas. Du reste, sa robe de mousseline, d'un bleu lumineux, était de trop belle qualité pour être celle d'une catin, décida-t-il. Par endroits s'y étaient formées des petites taches humides de transpiration, et il ressentit soudain le besoin pressant d'y laisser courir ses doigts.

Il était encore sous le choc de ce qu'il avait éprouvé en posant les yeux sur elle pour la première fois. L'expression de pure félicité qui se lisait sur son fin visage encadré d'une cascade de boucles auburn retombant d'un chignon haut… sa robe relevée, dévoilant ses chevilles… Il n'avait d'ailleurs pas manqué de remarquer que cette petite ne portait pas de bas. Ni que ses chevilles et ses mollets étaient parfaits. Le genre de jambes qu'un homme rêvait de sentir autour de ses hanches…

Soudain, l'objet de ses rêveries se retourna, l'air désolé.

— M. Merewether n'est apparemment pas là. Voulez-vous vous asseoir ? Je vais faire apporter des rafraîchissements en attendant son retour.

Drake regarda autour de lui, cherchant où s'asseoir. Un grand bureau d'acajou recouvert de papiers épars occupait un côté de la pièce. Une table le prolongeait, qui disparaissait pratiquement sous des cartes en tout genre. Des coffres et des tonneaux partiellement ouverts étaient alignés le long des deux autres murs. Mais sous la fenêtre qui occupait le mur opposé au bureau, un petit canapé et deux fauteuils disposés autour d'une table à thé formaient un coin confortable. Drake jeta un coup d'œil à Thea. Était-elle à l'origine de ce havre de paix au milieu du chaos ?

La proposition de la jeune femme le tentait, mais il lui fallait voir Merewether.

— Merci, mais je dois malheureusement refuser. J'ai besoin de m'entretenir sans délai avec M. Merewether.

— Je vous assure que si Philippe ou moi-même savions où le trouver, nous vous conduirions immédiatement auprès de lui. En vérité, il peut être n'importe où sur l'île, et le plus sage est encore de l'attendre ici.

Drake serra les poings.

— Je ne peux pas patienter, expliqua-t-il, impérieux. L'affaire dont je désire discuter avec lui est d'une extrême urgence.

La jeune femme ouvrit de grands yeux. Puis elle hocha la tête, et, se tournant vers le responsable de l'entrepôt, ordonna :

— Philippe, veuillez envoyer quelqu'un à la maison afin de savoir si M. Merewether y est passé. Je crois que nous devrions aussi envoyer quelqu'un se renseigner sur les quais, en ville et, si cela ne nous le ramène pas, nous dépêcherons des coursiers jusqu'aux plantations.

Philippe acquiesça et partit aussitôt.

Thea s'adressa à Drake :

— Je vais aller demander à Whiskey Jim s'il a vu M. Merewether. Veuillez avoir l'amabilité de m'attendre ici ; nous allons faire notre possible pour le trouver rapidement.

Et, sans attendre sa réponse, elle fila vers la porte.

Quelle petite autoritaire ! Ignorant ses instructions, Drake lui emboîta le pas. Pas question de rester dans le bureau en se tournant les pouces.

Vu la longueur de ses jambes, il était rarement obligé d'allonger le pas pour suivre quelqu'un. Mais Thea ne marchait comme aucune des femmes qu'il connaissait. Elle fonçait devant lui, le dos droit, balançant les bras en rythme, évoquant irrésistiblement un officier à la parade.

N'était-elle pas la fille de Merewether plutôt que sa maîtresse ? Certes, elle ne l'avait pas appelé papa, mais certains enfants étaient excessivement réservés. Cela dit, cette réserve excessive semblait peu compatible avec le fait d'exposer ses jambes à la vue de tous... Rassemblant ses pensées qui s'égaraient, Drake se concentra sur le problème qui l'amenait ici. Son voyage avait été une suite d'épreuves, la dernière en date étant l'explosion de la chaudière.

S'il n'arrivait pas à Liverpool à la date stipulée dans le contrat conclu avec la Lloyd de Londres, non seulement il perdrait la prime prévue dans sa police d'assurance, mais il décevrait les investisseurs qu'il avait convaincus de tenter l'aventure avec lui. Ce n'était plus pour lui une affaire d'argent ; de l'argent, il en possédait déjà à ne plus savoir qu'en faire. Atteindre le port dans les délais prévus était devenu une question de fierté.

Il suivit Thea le long des allées formées par les empilements de caisses et de tonneaux. Soudain, des voix masculines s'élevèrent derrière un écran de tonneaux. Drake augmenta l'allure pour rejoindre Thea.

— Je vous croyais dans le bureau, s'étonna-t-elle.

— Je ne me laisse pas éconduire aussi facilement.

— Je ne cherchais pas à vous éconduire, monsieur, riposta-t-elle. C'était, me semblait-il, la solution la plus efficace. Si M. Merewether regagne son bureau, il n'y trouvera personne pour lui expliquer que vous désirez le voir, et il risque de disparaître de nouveau.

Un point pour elle, dut-il admettre.

— Malgré tout, je suis là. Je crois vous avoir fait savoir assez clairement ce que je pense des femmes qui se promènent seules dans des entrepôts.

Se redressant de toute sa hauteur, Thea lui adressa un regard qu'une reine n'aurait pas renié.

— Je suis habituée à me promener seule dans les entrepôts, et je puis vous assurer que je ne risque rien dans celui-ci.

— Rien ? Qu'une pile de tonneaux ait failli vous tuer n'est *rien* selon vous ?

Thea hésita, se mordit la lèvre, son regard bleu difficile à déchiffrer.

— Je dirais que c'était un incident malheureux, mais fort peu susceptible de se reproduire. Philippe gère son entrepôt avec le plus grand soin.

— J'avais cru comprendre que cet entrepôt appartenait à M. Merewether.

— Il appartient aux *Transports maritimes Merewether*.

— C'est bien ce que je disais.

— Pas tout à fait. Quoi qu'il en soit, Philippe veille dessus avec un soin jaloux. Il travaille pour la compagnie depuis plus de dix ans et s'enorgueillit de la bonne organisation de cet entrepôt.

Drake se demanda si Philippe était un esclave. La plupart des hommes de couleur l'étaient, aux Caraïbes, car, bien que le commerce d'esclaves ait été aboli depuis plus de dix ans, l'esclavage existait toujours dans la pratique. Drake lui-même soutenait ceux qui faisaient pression à la Chambre des lords pour y mettre un terme.

— Il est rare qu'un esclave se voit confier un poste aussi important, observa-t-il négligemment.

Thea le fixa d'un regard intense.

— En effet. Les *Transports Merewether* n'emploient pas d'esclaves, mais des hommes et des femmes libres qui choisissent librement de travailler pour nous. Nous les payons bien et la compagnie est loyale envers ses employés.

La jeune femme semblait plutôt chatouilleuse sur ce qui touchait la compagnie, nota-t-il. En outre, la plupart des maîtresses ne parlaient pas de l'entreprise de leur amant comme s'il s'agissait de la leur. Celle-ci devait être particulièrement sûre de Merewether, à moins qu'elle ne soit réellement sa fille.

— Nous essayons de trouver M. Merewether ? suggéra-t-il.

Thea opina et se détourna. Après avoir contourné un mur de marchandises, ils parvinrent à un endroit qui ressemblait à une vraie ruche. Des marins chargeaient des chariots à grand renfort de jurons imagés qui auraient fait tressaillir la plupart des gentlemen que connaissait Drake. Thea, elle, ne semblait absolument pas s'en formaliser.

Elle se dirigea vers le plus inquiétant du lot : un vieux marin avec un bandeau sur l'œil et une bouteille de whisky à la main.

— Voici Whiskey Jim, dit-elle. C'est le capitaine de ce bateau.

Les voyant approcher, ledit capitaine poussa un sifflement strident. Aussitôt, les jurons cessèrent et les marins continuèrent leur tâche en silence. Ils saluèrent Thea d'un geste ou d'un sourire, et elle rendit à chacun son salut.

— Je constate que vous avez pas réduit les voiles, mademoiselle Thea, lança Whiskey Jim.

— Je n'ai pas le temps. Auriez-vous vu M. Merewether, capitaine ?

— Sûr. Il est rentré chez lui. Il a promis à Mme Ruth de prendre le thé avec elle, qu'il a dit.

— Merci. M. Drake, ici présent, désire lui parler d'une affaire importante.

Se tournant vers Drake, elle enchaîna :

— Monsieur Drake, permettez-moi de vous présenter Whiskey Jim, le plus impressionnant capitaine qui ait jamais navigué dans l'Atlantique.

Comme Drake tendait la main au marin, le visage de Thea s'éclaira en signe d'approbation.

— Capitaine, je vous présente M. Drake.

— Enchanté, capitaine.

— Appelez-moi Whiskey Jim. Un nom que j'ai dûment mérité et que je suis fier de porter.

— C'est ce que je vois, répondit Drake en regardant ostensiblement la bouteille.

Le vieux marin éclata de rire.

— Les hommes qui naviguent à bord de mon navire ont pas intérêt à tâter de *ma* bouteille !

— Le capitaine a la réputation de fracasser une bouteille de whiskey sur la tête des marins indisciplinés, expliqua Thea.

— Le pire, c'est surtout que je déduis la bouteille cassée de leur ration d'alcool quotidienne !

— Les capitaines de mes navires auraient deux ou trois choses à apprendre de vous, commenta Drake.

— Volontiers, mon garçon, approuva Whiskey Jim avec un clin d'œil. Volontiers.

En attendant qu'oncle Ashby regagne son bureau, Thea offrit du thé à Drake. Rendue nerveuse par sa proximité, c'est d'une main légèrement tremblante qu'elle lui tendit sa tasse. En effet, alors qu'elle s'était assise sur le canapé, persuadée qu'il s'installerait sur l'un des fauteuils, elle avait eu la surprise de le voir prendre place à côté d'elle.

Pire, il n'avait pas dit un mot, se contentant de suivre ses mouvements d'un œil impassible comme s'il observait un papillon dans un bocal. Eh bien, s'il croyait que son manège allait l'intimider comme une fillette, il se trompait !

— Avez-vous un bateau à quai, monsieur Drake ? s'enquit-elle.

Il lui prit la tasse des mains d'un geste qui, s'il était élégant, n'en demeurait pas moins viril.

— Oui, répondit-il. *Le Dragon d'or*.

Thea changea de position afin d'éloigner ses jambes de celles de son hôte.

— Je vois. Est-ce à propos de ce bateau que vous désirez parler à M. Merewether ?

Allait-elle essuyer une nouvelle rebuffade ?

— Oui.

Réprimant un soupir irrité, elle revint à la charge.

— Monsieur Drake, si vous vouliez bien me dire de quoi vous avez besoin, peut-être pourrais-je vous le procurer. Vous disiez qu'il s'agissait d'une affaire urgente.

S'il s'agissait bel et bien d'une urgence, peut-être passerait-il outre à sa répugnance à traiter avec une femme.

Drake lui adressa alors un regard qui la chamboula de la plus étrange manière.

— Mademoiselle Merewether, si urgente que soit cette affaire, elle attendra le retour de votre père.

— Vous faites erreur. M. Merewether est mon associé, pas mon père.

Drake lui opposa un froid dédain.

— Peu importe. Je préfère avoir affaire à votre *associé*.

Ce rejet ne fit rien pour calmer Thea, dont l'humeur empirait à chaque seconde. Le comportement de cet individu envers elle frisait l'incorrection depuis le début, et même si elle reconnaissait que sa propre conduite n'avait pas été sans reproche, elle ne voyait pas l'intérêt d'endurer plus longtemps sa compagnie.

D'autres affaires importantes réclamaient son attention, parmi lesquelles la possibilité que l'« accident » de l'entrepôt n'en ait pas été un.

— Puisque vous ne souhaitez pas parler affaire avec moi, dit-elle en reposant délicatement sa tasse, vous ne verrez sans doute pas d'inconvénient à ce que je vous laisse attendre seul mon associé afin d'aller vaquer à mes occupations.

En parlant ainsi, elle enfreignait les règles de la politesse et peut-être même commettait-elle une faute professionnelle. Tante Ruth et oncle Ashby le lui reprocheraient certainement s'ils l'apprenaient, mais elle s'en moquait. Comme sa mère avant elle, Thea était tout aussi responsable que son oncle du succès des

Transports Merewether, peut-être même plus. Aussi, que cet individu refuse ne fût-ce que de lui faire part de son problème la mettait hors d'elle.

Pour quelle raison exactement ? Depuis longtemps déjà elle avait appris à ne pas se formaliser du mépris des hommes. La plupart d'entre eux croyaient les femmes incapables de s'intéresser à autre chose qu'à leur intérieur et à leurs enfants, et tout particulièrement les hommes de son pays d'origine, l'Angleterre.

Mais, pour quelque raison inconnue, le mépris, de Drake était différent.

Elle ne pouvait se résoudre à ignorer son refus de traiter avec elle, pas plus qu'elle ne pouvait se résoudre à rester assise une seconde de plus près de lui.

— Au revoir, monsieur, fit-elle en se levant.

Drake croisa son regard, et elle demeura clouée sur place.

— Votre *associé* a peut-être l'habitude d'autoriser sa maîtresse à s'occuper de ses affaires, mais, quant à moi, je préfère traiter avec le directeur.

Elle avait dû mal comprendre. Elle avait certes déjà rencontré des hommes arrogants, prompts à douter de son intelligence, mais jamais de sa moralité.

— Vous ai-je bien entendu dire que j'étais la *maîtresse* d'oncle Ashby ?

Dans sa colère, elle venait d'employer le terme familier d'oncle, terme qu'elle s'interdisait d'ordinaire dans le cadre professionnel.

— C'est votre oncle ? fit Drake, visiblement confus.

— C'est mon associé !

D'un mouvement fluide, Drake se leva et lui saisit fermement le bras.

— S'agit-il de votre *oncle* ?

Quelle différence cela pouvait-il faire ? Relevant la tête, Thea le fusilla du regard, mais ne répondit pas. Elle ne se laisserait pas intimider par sa haute taille ni par sa colère, et moins encore prendre au piège de son regard fascinant.

— Ah, Vous devez être M. Drake. Mais… pourquoi tenez-vous Thea ainsi ? Aurait-elle quelque chose dans l'œil ?

Reconnaissant la voix de son oncle, la jeune femme tourna la tête.

— Non, oncle Ashby, je n'ai rien dans l'œil. J'expliquais simplement à M. Drake que vous n'étiez pas mon *protecteur*. Il m'a semblé en effet qu'il souhaitait être candidat à ce poste.

2

Lady Upworth s'est arrangée pour que je puisse voir Jared. Bien que Langley soit son neveu, elle demeure bonne pour moi. Elle lui en veut terriblement de m'avoir pris mon fils. Jared est magnifique. Cette visite a été courte, beaucoup trop courte. En le quittant, j'ai senti se rouvrir la blessure de mon cœur qui ne parvient pas à cicatriser. Cependant, j'endurerai cette douleur avec joie pour revoir mon enfant adoré, embrasser ses joues incroyablement douces et lui dire combien je l'aime. Je remercie Dieu de m'avoir donné Thea, qui adoucit le chagrin causé par la perte de son frère.

Journal d'Anna Selwyn, comtesse de Langley,
le 16 avril 1798

Trois choses frappèrent Drake simultanément. La première, c'était qu'Ashby Merewether ressemblait étonnamment à un poisson lorsqu'il était surpris. La deuxième, que Thea était plus belle encore lorsque ses yeux étincelaient de colère. La troisième, qu'il était immensément soulagé d'apprendre qu'elle n'était la maîtresse de personne.

Si son indignation était encore palpable, elle semblait à présent mêlée de honte. Fasciné, il la regarda fermer les yeux un court instant. Puis elle murmura quelques mots dans lesquels il crut reconnaître « dix tonneaux », ce qui semblait absurde.

Lorsqu'elle rouvrit les yeux, elle semblait l'implorer.

— Veuillez me lâcher, s'il vous plaît.

Il s'exécuta à contrecœur – sa peau était si douce sous ses doigts. Puis il se tourna vers Merewether qui, s'il avait refermé la bouche, ouvrait toujours des yeux de truite effarouchée.

Drake le salua en déclinant son nom.

Merewether allait lui rendre la politesse quand il se redressa brusquement et afficha une expression qui se voulait furibonde, mais ne l'était guère. Par manque d'habitude, sans doute.

Drake sourit.

— Ne souriez pas ainsi, jeune homme. Auriez-vous fait des avances inconvenantes à Mlle Selwyn ? Je vous avertis, elle est de noble extraction, et je ne permettrais en aucun cas qu'on traite à la légère ses sentiments ou sa personne.

Thea se précipita vers son oncle et lui prit le bras.

— Ne vous énervez pas, oncle Ashby. Rappelez-vous ce qu'a dit le docteur : vous devez éviter toute excitation superflue.

Puis, fusillant Drake du regard, comme s'il était l'auteur de la phrase à l'origine de cette scène :

— M. Drake ne m'a fait aucune avance inconvenante, je vous assure.

— Certes, mon enfant, mais tu as dit…

— Il s'agit d'un simple malentendu. N'est-ce pas, monsieur Drake ?

Son attitude et son ton le mettaient au défi de la contredire.

Drake s'en garda bien.

— Absolument, dit-il. Je vous assure que lorsqu'un homme atteint mon âge, il n'envisage plus de liaison illicite lorsqu'il rencontre une personne aussi ravissante que Mlle Selwyn. Il songe plutôt à fonder une famille – c'est du moins ce que ma mère s'obstine à me dire.

Thea ouvrit de grands yeux, mais ne dit rien. Probablement était-elle choquée au point de rester sans voix, décida Drake avec suffisance.

Merewether secoua la tête d'un air de regret.

— Inutile de songer à Thea de cette manière. Elle est fermement opposée au mariage, et si ma chère épouse n'a pas réussi pas à la faire changer d'avis, ce n'est pas un simple gentleman qui y parviendra.

Drake n'était pas de cet avis. Il pensait au contraire qu'un homme serait plus à même de convaincre Thea que le mariage était source de félicité. Certaines choses exigeaient qu'on en fasse l'expérience avant de pouvoir y croire. Encore un point sur lequel insistait sa mère, en particulier lorsqu'il s'agissait d'amour.

— Oncle Ashby, M. Drake plaisante. Ce n'est pas une épouse qu'il est venu chercher ici.

— Dommage, soupira Merewether.

Thea lui lâcha le bras, visiblement irritée.

— Il est là pour affaires et préfère traiter avec le directeur.

L'ironie avec laquelle elle avait prononcé ce dernier mot échappa totalement à Merewether, mais pas à Drake.

La truite effarouchée se mua en truite perplexe.

— Mais enfin, Thea, tu diriges aussi cette compagnie. N'as-tu pas expliqué à M. Drake que nous étions associés ?

Thea afficha une expression neutre que contredisait son regard railleur.

— J'ai essayé.

— Je n'ai pas compris de quelle nature était votre partenariat, intervint Drake. Je ne comprends du reste pas beaucoup mieux à présent, je l'avoue. Il n'est pas courant qu'une femme soit associée activement dans une affaire.

— Certes, mais Mlle Selwyn est une femme peu ordinaire – tout comme sa mère avant elle.

— Quoi qu'il en soit, monsieur Drake a fait savoir on ne peut plus clairement qu'il ne tenait pas à parler affaires avec une simple femme, enchaîna Thea. C'est pourquoi je vous laisse, messieurs.

Sur ces mots, elle quitta le bureau.

Drake faillit la rappeler, mais se retint à temps. Il s'était déjà laissé suffisamment distraire de son objectif. Aussi se retourna-t-il vers Merewether, qui le regardait d'un air approbateur.

— Vous êtes sous le charme, je parie. C'est l'effet qu'elle fait à la plupart des messieurs. À son insu, bien sûr. Selon elle, l'amour est bon pour les femmes faibles et le mariage est une institution voisine de la prison. Quel dommage…

— Vous avez certainement raison, fit Drake. Cependant, et ainsi que vous l'a expliqué Mlle Selwyn, je suis ici pour affaires.

Dieu seul savait pourquoi il avait fait cette plaisanterie sur le mariage. Lui-même, en tout cas, l'ignorait, à moins que ce ne soit pour le simple plaisir de voir la réaction de Thea.

Merewether hocha la tête.

— Oui, oui. Que puis-je faire pour vous ?

— J'ai besoin des services d'un bon forgeron.

Merewether ne répondit pas, comme s'il attendait la suite. Drake demeurant silencieux, il se racla la gorge.

— Eh, bien. Oui. C'est tout à fait faisable. Nous n'employons pas de forgeron, mais je peux vous en trouver un. Certainement. Je m'en occupe dès demain à la première heure.

Il sourit comme s'il s'agissait là d'un arrangement satisfaisant, et non d'un retard funeste et d'une souillure faite à l'honneur de Drake.

— C'est impossible, répliqua ce dernier d'une voix crispée. J'ai besoin de ses services immédiatement.

— Ah, eh bien, voyez-vous, il effectue actuellement un travail pour Thea… euh, Mlle Selwyn. Peut-être que si vous vous adressiez à elle…

Drake examina tour à tour le thé désormais froid que lui avait servi Thea, le désordre qui régnait dans la pièce, le visage de Merewether et les mots que ce dernier venait de prononcer.

Bon sang !

— Elle s'est assuré les services du forgeron pour son usage personnel ? s'exclama-t-il.

— Bien sûr que non, mon garçon. Pour la compagnie. Elle lui fait fabriquer quelque chose pour améliorer la sécurité ou l'efficacité. Elle ne pense qu'à ça, je peux vous le dire.

C'était donc cela. Drake commençait à mieux cerner l'indomptable Thea.

— Il va sans dire que je dédommagerai à la fois les *Transports Merewether* et le forgeron pour le retard pris sur le projet de Mlle Selwyn.

— Il n'en est pas question… mais j'ignore si Thea vous cédera aisément le forgeron.

— Ne me dites pas que son projet ne souffre aucun retard.

— Ce n'est pas moi qui peux vous le dire, mon garçon, ce n'est pas moi.

Drake avait épuisé ses maigres réserves de patience.

— Ne pourriez-vous le lui *demander* ?

— Si, évidemment. L'ennui, c'est qu'elle n'est plus là. Elle a dû aller superviser son projet, j'en mettrais ma main à couper.

L'expression de Merewether ne laissait aucun doute quant à la personne qu'il tenait pour responsable de ce départ.

— Et où se trouve-t-elle ?

— Eh bien, à l'atelier du forgeron, naturellement.

— Et où se trouve cet atelier ?

— En ville. Je vais vous y faire conduire, si vous le souhaitez.

— Le plus tôt sera le mieux.

Merewether sortit du bureau, hochant toujours la tête en signe d'approbation.

Quelques instants plus tard, il était de retour avec le responsable de l'entrepôt.

— Philippe est d'accord pour vous conduire auprès de Mlle Selwyn. Si elle n'est pas chez le forgeron, il vous la trouvera.

Drake ne fit pas de commentaire. Si Thea n'était pas chez le forgeron, il avait bien l'intention de convaincre ce dernier de réparer son moteur sur-le-champ, dût-il le payer en diamants !

Philippe se déplaçait avec une aisance qui ne laissait pas de le surprendre étant donné sa stature imposante. Drake le suivit dans la rue principale de ce que Merewether appelait la ville, et qui était en réalité un village dont les maisons blanches coiffées de tuiles rouges rappelaient les ports méditerranéens. Il scrutait avidement les façades, cherchant l'enseigne d'un forgeron. En vain.

Il était sur le point de demander au responsable de l'entrepôt où ils allaient quand ce dernier déclara :

— Vous avez l'esprit et le geste vif, monsieur Drake. Si vous n'aviez pas été là, nous aurions perdu Mlle Thea. Sacrebleu, c'est un bien bon vent qui vous a amené chez nous.

— Avez-vous découvert la cause de l'accident ?

Qui sait, l'obsession de Thea pour la sécurité était peut-être motivée par la négligence des employés...

— C'est étrange, répondit Philippe. Pour des raisons de sécurité, tous les chargements sont empilés de la même manière. Mlle Thea y tient. Elle est très consciencieuse.

— Dans ce cas, comment cette caisse a-t-elle pu tomber ?

— Je l'ignore. Il aurait fallu qu'un homme vraiment très fort l'ait poussée. Mais personne n'aurait fait une chose pareille.

— Personne sur cette île ne serait susceptible de vouloir du mal à Mlle Selwyn, selon vous ?

— Non. Même les planteurs ne feraient pas ça.

— Comme cela, *même* les planteurs ?

Philippe sourit, exhibant une rangée de dents d'une blancheur éclatante qui contrastaient avec sa peau foncée.

— Mlle Thea, elle est contre l'esclavage. Ce n'est pas très bien vu sur l'île, vous comprenez.

Il s'agissait sans doute d'une litote, les plantations environnantes ayant besoin d'esclaves pour fonctionner. Bientôt, elles perdraient cette main-d'œuvre enrôlée de force, et beaucoup s'interrogeaient : pourrait-on offrir des salaires suffisamment élevés pour donner envie à des travailleurs de se casser le dos dans les champs de canne à sucre ?

— Elle n'est tout de même pas folle au point de clamer haut et fort ses convictions abolitionnistes dans un endroit comme celui-ci ?

Mais Drake connaissait déjà la réponse.

— Elle ignore la prudence, avoua Philippe. Elle ne considère pas l'esclavage comme un problème politique, mais comme une offense à la morale, et elle n'imagine pas de ne pas le faire savoir.

Si Philippe disait vrai, il était surprenant que l'incident d'aujourd'hui soit le premier de ce genre. Mais peut-être ne l'était-il pas. Comme Drake faisait part de ses pensées à Philippe, ce dernier réfléchit.

— Non, non, conclut-il enfin. Aujourd'hui, c'est la première fois qu'elle a vraiment failli être blessée. Mlle Thea assure le transport des marchandises des propriétaires terriens. Même s'ils ne l'aiment pas, ils aiment l'argent qu'elle leur permet de gagner. M. Merewether est fort gentil, mais c'est Mlle Thea qui gère les affaires, comme sa mère avant elle. Les planteurs le savent bien. C'était un accident étrange, mais un accident tout de même.

Drake n'insista pas. Après tout, la sécurité de Thea ne le concernait en rien.

Thea observait Jacob, dont les muscles se gonflaient sous l'effort tandis qu'il actionnait le soufflet de sa forge. Alors qu'elle aurait dû songer à ses projets concernant la compagnie, ou au nouveau treuil, ses pensées la ramenaient sans cesse à sa rencontre avec Drake. Bien qu'il l'ait mise hors d'elle, il exerçait sur elle une étrange fascination.

Les propos qu'elle avait tenus sous le coup de la colère la tourmentaient encore. Comment avait-elle pu laisser entendre, surtout devant oncle Ashby, que Drake avait tenté de lui faire des propositions ? Elle savait pourtant que le cœur d'oncle Ashby ne supportait plus les chocs violents. Drake méritait, certes, d'être remis à sa place, mais, comme d'habitude, elle s'était laissé emporter et n'avait pas su tenir sa langue.

Elle soupira. Il n'était pas en reste lorsqu'il s'agissait de se moquer, songea-t-elle en se remémorant sa remarque sur le mariage. Nul doute qu'il avait dit cela dans le but de la décontenancer. Il ne pouvait être sincère. De toute façon, elle ne songeait aucunement à se marier. Les femmes célibataires avaient peu de droits, mais les femmes mariées encore moins. En France, Olympe de Gouge avait osé pointer du doigt les inégalités entre les hommes et les femmes, et l'avait payé de sa vie.

Thea n'ignorait pas les réalités liées à son sexe. Si jamais elle se mariait, ce ne serait pas avec un homme tel que Drake. Sa mère ne lui avait pas caché les dangers du mariage, surtout lorsque l'époux se révélait inflexible.

Quelque part en Angleterre, elle avait un frère. Un frère qu'elle n'avait jamais rencontré parce que, à peine né, leur père l'avait arraché à sa femme pour la punir d'une faute qu'elle n'avait pas commise – simplement parce qu'il en avait le droit.

— Un bien beau treuil que voilà, mademoiselle.

Soudain tirée de ses pensées, Thea se pencha pour examiner le palan fixé à la poulie. La roue en forme de bobine semblait suffisamment robuste pour soulever les tonneaux les plus lourds.

— Vous avez fait là un travail magnifique, Jacob. Je crois que c'est exactement ce qu'il nous fallait.

— Parfait. Dans ce cas, vous ne verrez aucun inconvénient à ce qu'il vienne sur *Le Dragon d'or* pour réparer ma machine à vapeur.

Thea se raidit en reconnaissant cette voix.

Drake. Que fabriquait-il là ?

Elle se retourna si vivement que le bas de sa robe frôla la forge. Elle perçut la chaleur du foyer sur ses bras.

Étouffant un juron, Drake bondit et la tira à l'écart du feu.

— Les ennuis vous suivent comme votre ombre, mademoiselle Selwyn.

Elle aurait voulu lui clouer le bec d'une réplique bien sentie, mais son regard brûlant la prit de court.

— Je ne vois pas ce que vous voulez dire, monsieur.

Il la lâcha, mais demeura plus près d'elle que ne l'exigeaient les convenances.

— Je me demande comment vous réussissez à éviter le danger quand je ne suis pas là.

— Je me débrouille plutôt bien, assura-t-elle en reculant de quelques pas. Mais peut-être est-ce votre présence qui est la cause de mes mésaventures d'aujourd'hui. Qu'en pensez-vous ?

Il rit, d'un rire franc qui adoucit ses traits et ravit Thea.

Elle lui sourit.

— Peut-être suis-je un peu trop dure, admit-elle. Je vous suis sincèrement reconnaissante d'avoir réagi si promptement tout à l'heure.

— Et maintenant ?

— Et maintenant. Merci de m'avoir écartée de la forge. J'ai momentanément perdu l'équilibre.

— Je suis heureux d'avoir été là.

Elle faillit lui rétorquer que, sans lui, elle n'aurait jamais perdu l'équilibre, mais jugea qu'elle en avait assez dit pour aujourd'hui.

— Pour quelle raison êtes-vous là, au fait ?

— Comme je viens de le dire, parce que j'aimerais louer les services du forgeron pour réparer mon moteur à vapeur.

Thea le fixa, perplexe. Cet homme était anglais. Or, les seuls bateaux à vapeur dont elle ait entendu parler étaient américains, et un seul était conçu pour les traversées transatlantiques : le *SS Savannah*.

— Votre navire fonctionne à la vapeur ?

— Pas uniquement. Il fonctionne à la fois à la voile et à la vapeur.

Comme le *SS Savannah*, donc. Drake ne donnant pas de détails, Thea croisa les bras, frappa impatiemment du pied sur le sol.

— Et ?

Il sourit. Elle perçut une lueur amusée dans les profondeurs ambrées de ses yeux, et se sentit soudain toute chose. Décidément, cet homme était par trop attirant.

— Et alors, la chaudière a explosé, répondit-il. C'est pourquoi j'ai besoin de votre forgeron. Je suis prêt à dédommager les *Transports Merewether*, en plus de cet homme, pour le temps consacré à la réparation.

— Vous n'avez aucune raison de payer mon entreprise pour les services d'un homme qui n'est pas notre employé. Je crois avoir déjà précisé que nous ne pratiquions pas l'esclavage.

Thea s'interrompit. Après tout, Drake n'était pas venu pour entendre un discours sur les vertus de l'abolition.

— Je cherche simplement à dédommager votre compagnie pour le retard infligé à votre projet à cause de ma réparation, se défendit-il.

— Ce treuil peut attendre. Du reste, il est pratiquement terminé.

— Fort bien. Dans ce cas, il n'y a plus de problème. Monsieur... ajouta-t-il en se tournant vers Jacob.

Ce dernier posa le treuil et se débarrassa de ses gros gants.

— Je m'appelle Jacob.

— Va pour Jacob. J'ai désespérément besoin de vos services, fit Drake en lui tendant la main.

Si le geste surprit une fois de plus Thea, Jacob fut apparemment tout aussi surpris. Il fixa un instant la main de Drake comme s'il ne savait qu'en faire. Puis, après avoir essuyé sa propre main sur sa culotte, il la lui serra.

— Vous voulez que je répare votre chaudière, monsieur ?

— Oui. Le plus vite possible.

— Elle est où ?

La perplexité de Drake aurait été comique si Thea n'avait craint qu'elle ne se mue en colère lorsqu'il découvrirait les petites bizarreries de Jacob.

— Sur mon bateau, naturellement.

— Je monte sur aucun bateau, monsieur.

— Mais la chaudière est à bord.

Jacob haussa les épaules.

— Si vous voulez que je la répare, il vaudrait mieux l'apporter ici.

Drake se tourna alors vers Thea ; il semblait l'agacement fait homme.

— Pourriez-vous m'expliquer quel détail m'échappe ?

— Si vous voulez que Jacob répare votre chaudière, vous allez devoir la démonter et l'apporter ici.

— Je n'ai pas le temps ! s'écria Drake, visiblement à bout.

Thea avait beau être désolée, elle ne pouvait rien pour lui. Jacob avait une peur panique de l'eau, jamais il ne monterait à bord du *Dragon d'or*.

— Jacob ne s'approchera de la mer sous aucun prétexte.

— C'est ridicule. Il vit sur une île. Comment peut-il avoir peur de l'eau ?

Le grand Noir se redressa de toute sa hauteur, et fronça les sourcils.

— J'ai pas peur de l'eau.

— Parfait. Dans ce cas, allons de ce pas à mon bateau.

— Si voulez que je répare votre chaudière, monsieur, faudra l'apporter ici.

— Je viens de vous dire que je n'en avais pas le temps.

— Faut l'apporter ici, s'entêta Jacob.

Drake se figea.

— Combien ?

— Je peux pas vous le dire tant que je l'ai pas vue, monsieur.

— Je veux dire : combien voulez-vous pour monter à bord de mon bateau ?

— Je monterai pas sur votre bateau.

Drake jura entre ses dents et tourna abruptement le dos au forgeron. Pour se retrouver nez à nez avec Philippe, qui n'avait pas dit un mot depuis leur arrivée.

— Y a-t-il d'autres forgerons sur cette île ?

— Non, monsieur.

— Nom de nom ! siffla Drake en faisant de nouveau face à Jacob. Je vous fais apporter cette chaudière au plus vite.

— Je vais finir ça, en attendant, dit le forgeron en reprenant le treuil.

Thea lui sourit.

— Je vais accompagner M. Drake jusqu'à son bateau. Philippe, veuillez prévenir M. Merewether que je suis avec M. Drake.

— Je suis parfaitement capable de retrouver mon chemin, mademoiselle Selwyn.

— Je n'en doute pas un instant, mais vous irez plus vite si je vous y emmène en voiture. Il se trouve que je suis venue en attelage, car je dois me rendre assez loin pour une affaire. N'avez-vous pas dit que vous n'aviez pas de temps à perdre ?

Il crispa les mâchoires, puis lâcha :

— Vous êtes rudement autoritaire, mademoiselle Selwyn.

— Merci du compliment, monsieur Drake.

Sous la chaleur accablante, Drake supervisait le chargement de la chaudière à bord du chariot fourni par Thea.

— Elle est beaucoup plus grosse que je ne pensais, observa cette dernière. Pas étonnant que vous rechigniez à l'emporter jusqu'à la forge.

Drake répondit par un grognement. Thea rit.

— Jabob se moque bien qu'elle soit ou non difficile à transporter, reprit-elle. En tentant d'échapper à sa vie d'esclave, il a passé deux jours à bord d'un radeau encerclé par des requins affamés. Depuis, il n'est plus question qu'il s'approche de l'eau, même pour regagner sa terre natale.

Drake acheva de nouer le dernier nœud des sangles qui maintenaient la chaudière.

— Comment a-t-il pu devenir forgeron ? Je croyais que les esclaves fugitifs étaient punis et non affranchis ?

— En effet. Mais ma mère a acheté sa liberté. Elle lui a proposé de l'aider à rentrer chez lui, en Afrique, mais il a refusé. Il a travaillé pour notre compagnie jusqu'à ce qu'il ait économisé suffisamment pour ouvrir sa propre forge. Il a épousé une femme adorable et a six enfants. L'aîné vient tout juste de s'embarquer à bord d'un de nos bateaux.

Drake s'étonna de l'affection que trahissait la voix de Thea. Elle se souciait sincèrement de cet homme et de sa famille. Son attitude, si différente de celles des beautés londoniennes, le troubla. Se moquerait-elle aussi que lui-même soit né pauvre, ou sa tolérance n'irait-elle pas jusque-là ?

Cela dit, il n'avait aucune intention de le découvrir, ni de révéler aucun secret le concernant durant son bref séjour sur cette île.

Il allait prendre place sur le siège du conducteur quand Thea le devança.

— Peut-être m'autoriserez-vous à conduire, mademoiselle Selwyn.

La main en visière pour se protéger du soleil, elle leva les yeux vers lui.

— Pourquoi ? Je vous assure que j'en suis parfaitement capable.

Drake n'en doutait pas, mais il s'agissait de *sa* chaudière. C'était donc lui qui conduirait.

— Merci de me le proposer, mais c'est inutile.

— C'est ridicule. Étant donné que je connais la route mieux que vous – je vis ici, je vous le rappelle –, il est logique que je conduise.

Estimant qu'il avait perdu plus de temps qu'il ne pouvait se le permettre, Drake souleva Thea et la jeta littéralement sur le banc côté passager, lui arrachant un cri de surprise.

Elle n'avait pas eu le temps de remettre de l'ordre dans sa tenue et encore moins de s'asseoir d'aplomb qu'il sautait près d'elle et s'emparait des rênes.

— Étant donné qu'il n'y a qu'une route entre ici et la forge, j'imagine qu'il n'est pas nécessaire d'être né sur cette île pour la trouver.

Tout en maudissant entre ses dents les hommes odieux et autoritaires, Thea se cala sur son siège dans une attitude roide qui ne laissait aucun doute sur sa contrariété. Drake faillit sourire. Le jour où elle se marierait enfin, son mari aurait intérêt à avoir la santé.

— Pourquoi est-il si important que cette chaudière soit réparée sur-le-champ ? risqua-t-elle finalement.

La curiosité avait visiblement pris le dessus sur sa colère. Certain de l'agacer davantage, Drake répondit :

— Parce qu'elle est cassée.

Sa voisine prit une profonde inspiration, qui eut pour effet de gonfler joliment sa poitrine. Drake se surprit à la lorgner d'une manière tout à fait indigne d'un gentleman.

— J'avais compris, riposta-t-elle en se tournant vers lui.

Drake changea aussitôt de point de mire.

— Mais pourquoi aujourd'hui même ? insista-t-elle. Pourquoi ne pas attendre demain, ou après-demain ?

Drake se raidit, et l'amusement qu'il avait éprouvé à la faire enrager s'envola.

3

Langley a découvert que sa tante me laissait voir mon fils. Il est furieux. Si elle continue, lui a-t-il dit, elle ne reverra plus jamais Jared. D'après elle, il a pris ses dispositions pour que l'enfant revienne habiter à Langley Hall. Installée dans cette maison minuscule des faubourgs de Londres où mon époux m'a reléguée, comment pourrais-je voir mon fils ? J'ai mal pour lui. Que saura-t-il de l'amour en vivant avec un homme au cœur de pierre ?

Journal d'Anna Selwyn, comtesse de Langley,
le 5 juin 1798

— J'ai souscrit une assurance auprès de la Lloyd concernant le retour de mon bateau en Angleterre.

Thea lissa sa jupe, et il ne put s'empêcher de songer aux jambes ravissantes qui se cachaient sous la fine mousseline. Merewether la disait inconsciente de ses charmes, mais une femme pouvait-elle ignorer à ce point la séduction qui émanait d'elle ?

— Et si vous n'êtes pas rentré à une certaine date, vous perdez votre prime ?

— Oui.

— Il doit s'agir d'une somme importante.

— Pas tant que ça, mais…

Il hésita. Une femme pouvait-elle seulement comprendre ces choses-là ?

— Mais quoi ?

Les yeux bleus de Thea, pétillants d'intelligence et de curiosité, l'encouragèrent à poursuivre.

— J'ai convaincu plusieurs amis d'investir de l'argent dans l'aventure.

— Je ne comprends pas. Si vous arrivez un jour ou deux plus tard que prévu avec la marchandise, elle vaudra toujours le même prix sur le marché, non ?

Sa compréhension du commerce le décontenança.

— Mes amis n'ont pas seulement investi dans la marchandise, précisa-t-il, mais dans la traversée elle-même. Ils ont également souscrit une assurance.

— Cela ressemble plutôt à un pari.

Drake sourit : son ton était ouvertement désapprobateur.

— C'est ce que pensent beaucoup de gens. La plupart refusent de croire que nous puissions faire mieux que le *SS Savannah*.

— Mais la traversée du *Savannah* a été un succès.

— Il a utilisé presque exclusivement la voile. Nous voulions y ajouter la vapeur pour aller plus vite.

— L'avez-vous fait ?

— Oui.

La soudure reliant la chaudière au conduit avait malheureusement cédé alors que Drake avait insisté pour que le capitaine pousse la machine lors d'une période de calme particulièrement longue. La faute à un marin pas très futé, avait-il découvert, qui avait rempli la chaudière d'eau de mer et non d'eau douce. On n'avait pu remédier à cette partie du problème qu'en gaspillant un temps précieux et de l'eau douce. Cependant, sans l'intervention d'un forgeron compétent, le moteur serait un poids mort pour le reste de la traversée.

— De toute façon, vous avez d'ores et déjà réussi, même si vous n'êtes pas de retour à la date prévue, déclara Thea.

— Vous croyez ?

Il s'était tourné vers elle et dut résister à l'envie de poser ses lèvres sur les siennes lorsqu'elle les ouvrit pour s'exclamer :

— Bien sûr ! Songez que vous venez d'accomplir ce que jamais personne n'avait accompli avant vous. Le *SS Savannah* ne transportait pas de marchandises, uniquement des passagers. Mais vous, vous aviez les deux. Vous allez vous couvrir de gloire à votre retour en Angleterre.

Drake secoua la tête devant tant de naïveté. Il risquait plutôt de se retrouver avec son honneur en miettes si le capitaine du *Dragon d'or* n'arrivait pas à rattraper le temps perdu.

Thea reposa sa plume sur le registre en soupirant. Puis elle fit rouler ses épaules pour dissiper la tension qui les raidissait. Son bureau au deuxième étage de l'entrepôt était calme, trop calme, si bien que rien ne venait perturber son tête-à-tête avec ses pensées.

Après avoir laissé Drake et sa chaudière chez Jacob, elle était retournée à son bureau pour vérifier les derniers livres de comptes ramenés d'Angleterre par Whiskey Jim.

Elle compara encore une fois les chiffres soigneusement alignés les uns sous les autres.

Elle ne s'était pas trompée. Les erreurs avaient beau être bien cachées, elles n'en étaient pas moins là. Il ne s'agissait pas d'une erreur ponctuelle, comme elle l'avait espéré : les larcins étaient aussi conséquents que patents.

Si seulement elle connaissait le responsable. Elle répugnait à croire que le neveu d'oncle Ashby, qui tenait les bureaux de Londres, puisse voler la compagnie.

Cependant, il n'avait toujours pas répondu à ses demandes de renseignements au sujet de ces erreurs. Sa lettre ne lui était-elle pas parvenue ? Thea frissonnait à l'idée qu'elle ait pu tomber entre les mains du coupable et que l'accident auquel elle avait échappé un peu plus tôt dans la journée soit en rapport avec son enquête.

Le bateau de Drake n'était pas le seul amarré dans le port. Whiskey Jim lui-même pouvait avoir acheminé jusqu'ici un complice du coupable. Les capitaines étaient obligés d'embarquer de nouveaux marins dans chaque port ou presque. La vie en mer était rude, et nombreux étaient ceux qui quittaient le navire à l'occasion d'une escale. Un marin inconnu rôdant autour de l'entrepôt passait donc totalement inaperçu et n'inquiétait personne.

Si l'accident dont elle avait failli être victime n'en était pas un, raison de plus pour faire la traversée jusqu'à Londres. Elle devait protéger oncle Ashby et tante Ruth, tout comme ils les avaient protégées, sa mère et elle, lorsqu'elles avaient débarqué d'Angleterre.

Thea se replongea dans les comptes, admirant l'habileté avec laquelle les chiffres avaient été truqués.

En dehors du neveu d'oncle Ashby, quelqu'un d'autre cumulait-il à la fois une connaissance suffisante en matière de chiffres et un accès facile aux comptes pour mener à bien une telle malversation ? C'est ce qu'elle devait découvrir, et ce, avant que son associé soupçonne quoi que ce soit. Si son neveu était bel et bien coupable, Ashby Merewether ne s'en remettrait pas. Son cœur fragile risquait de ne pas résister à la nouvelle. Thea refusait d'envisager une telle possibilité.

Elle devait absolument faire quelque chose.

Son regard se posa sur la lettre dans laquelle lady Upworth l'invitait à Londres pour la saison, comme chaque année depuis qu'elle avait dix-sept ans. Cette invitation lui offrait un prétexte idéal pour justifier son départ soudain pour l'Angleterre. Tante Ruth et oncle Ashby l'exhortaient depuis des années à prendre sa place dans la haute société. Et plus encore depuis que la santé d'oncle Ashby s'était détériorée.

Thea s'empara de la lettre et la lissa. Les Merewether avaient de bonnes intentions, de même que sa grand-tante. Mais se rendaient-ils compte à quel point elle était opposée à établir la moindre relation avec le comte de Langley ? Jamais elle n'étreindrait cet homme, jamais elle ne revendiquerait le rang qui lui était dû dans la haute société si cela impliquait de le reconnaître comme son père.

Néanmoins, elle avait envie d'aller à Londres, ne serait-ce que pour embrasser sa grand-tante, qu'elle ne connaissait qu'à travers les lettres et les nombreux croquis de Jared et de la vie londonienne qu'elle lui envoyait.

Soulevant la lettre, elle étudia le croquis dessiné tout en bas et caressa la cicatrice qui barrait le visage de Jared. Elle datait de ses quatorze ans, lorsqu'il avait sauvé la vie d'Irisa, sa demi-sœur. Cette nuit-là, Thea avait fait un terrible cauchemar dans lequel une bête sauvage plantait ses griffes dans la figure de son frère. Le mois d'après, elle recevait une lettre de lady Upworth dans laquelle celle-ci lui racontait l'héroïque conduite de Jared et évoquait la cicatrice qu'il avait récoltée dans la foulée.

Thea avait aussi envie de rencontrer son frère. Elle en savait à la fois tant et si peu sur lui ! Elle connaissait certes ses goûts, ses occupations, son caractère grâce aux lettres de lady Upworth. Mais elle ignorait ce qu'il pensait ou ressentait. À en croire sa grand-tante, c'était un jeune homme des plus discrets, peu enclin à extérioriser ses émotions.

Ressemblait-il à leur père ? Thea voulait le croire meilleur, plus affectueux. Il devait éprouver des sentiments, des émotions semblables à ceux qu'elle ressentait, puisqu'ils étaient jumeaux.

Et Irisa ? Était-elle aussi espiègle qu'elle apparaissait sur les croquis de lady Upworth ? De nouveau, Thea fut prise d'un violent désir de faire la connaissance de son frère et de sa demi-sœur.

Spontanément, ses yeux se tournèrent vers la fenêtre. Le spectacle de la mer lui était source de réconfort depuis la mort de sa mère. Cette île était synonyme de sécurité, la mer, d'aventure. Petite fille, elle s'était juré de tenter cette aventure un jour. À l'évidence, ce jour était venu.

Son regard s'attarda sur *Le Dragon d'or*. Elle sourit. Drake avait jeté l'ancre dans ce port à un moment on ne peut plus opportun.

Son désir acharné d'arriver à Londres le plus vite possible était une aubaine. Plus tôt elle serait à Londres, plus grandes seraient ses chances de démasquer le voleur avant qu'oncle Ashby ne découvre le pot aux roses, ou avant qu'un autre prétendu accident ne survienne.

Il ne lui restait plus qu'à convaincre Drake de l'accepter à bord de son navire. Se remémorant leur conversation du matin, elle sut comment elle allait s'y prendre.

La perspective d'une traversée de cinq semaines en compagnie de Drake était pour le moins excitante, devait-elle admettre. Cet homme éveillait en elle des sensations inconnues, des envies très féminines, des élans inexplicables. Elle n'arrivait pas à détacher les yeux de lui et, à sa grande honte, avait sans cesse envie de le *toucher*.

Elle n'aurait qu'à trouver un moyen de l'éviter à bord du bateau, voilà tout. Car elle ne pouvait se permettre de se laisser détourner de son objectif par un gentleman, ni ne souhaitait être en permanence assaillie par des sensations aussi bizarres qu'irrésistibles.

Après avoir recopié les nombres incriminant relevés dans les comptes, elle cacha le registre au même endroit que ceux dans lesquels elle avait repéré des anomalies. Il était peu probable qu'oncle Ashby ait soudain envie de les consulter, la comptabilité n'étant pas son domaine de prédilection.

— Non.

Bien qu'il ne soit pas réputé pour son tact, Drake se surprenait à être encore plus abrupt avec Thea qu'avec qui que ce soit d'autre. La jeune femme était visiblement habituée à n'en faire qu'à sa tête, mais il ne céderait pas à son dernier caprice.

— Il est hors de question que nous attendions au port pendant que vous préparez vos bagages.

Cela dit, il était le premier à le regretter. L'idée de jouir de sa stimulante compagnie pour le reste de la traversée ne laissait pas de le séduire, mais il ne pouvait se permettre de perdre davantage de temps.

— Ce n'est tout de même pas un retard aussi insignifiant qui va compromettre votre arrivée dans les délais.

La déception le disputait à l'irritation. Drake n'aimait pas les manœuvres féminines. Il avait en outre cru, après leur dernière conversation, que Thea avait deviné que respecter ces délais était pour lui une question d'honneur.

— Non, répéta-t-il.

Sur ce, il lui tourna le dos pour regarder Jacob travailler, espérant qu'elle comprendrait que la discussion était close.

— Combien ?

La proposition lui fit l'effet d'une gifle.

— Mon honneur n'est pas à vendre ! rétorqua-t-il.

Jacob cessa d'actionner le soufflet, s'écarta de la forge et, croisant les bras sur son torse puissant, fusilla Drake du regard.

— Mlle Thea veut voyager sur votre bateau, monsieur.

— Je l'ai bien compris, Jacob, mais c'est impossible. J'ai déjà perdu suffisamment de temps avec cette réparation.

Il en aurait du reste perdu nettement moins si le forgeron avait accepté de monter à bord du *Dragon d'or*.

Ce dernier se tourna vers Thea.

— Mademoiselle Thea, vous voulez monter sur le bateau de M. Drake ?

— Oui, Jacob, j'aimerais beaucoup. J'ai moi aussi des impératifs et, malheureusement, aucun de nos bateaux ne fera voile vers l'Angleterre avant au moins un mois.

Jacob s'adressa de nouveau à Drake :

— Vous prenez des passagers, non ?

— Oui, mais je ne peux retarder mon départ pour attendre Mlle Selwyn.

— Mademoiselle Thea, vous allez retarder M. Drake ? s'enquit le forgeron.

— Bien sûr que non : je peux être prête dans deux heures.

Drake ne put s'empêcher d'éclater de rire. Aucune femme de sa connaissance n'était capable de se préparer pour une soirée à l'opéra – et a fortiori pour un voyage transatlantique – dans un délai aussi bref. La plupart avaient besoin de deux mois. Deux semaines auraient été un exploit. Deux heures étaient tout bonnement impensables.

— Je crains que Mlle Selwyn ne manque un peu de réalisme, risqua-t-il.

Thea le gratifia d'un regard noir. Qu'il lui rendit, assorti d'un sourire narquois.

— *Le Dragon d'or* sera en mer depuis des semaines quand vous aurez enfin bouclé vos malles. Vous avez plus de chances d'être prête lorsqu'un de vos bateaux quittera le port à son tour.

— Vous partez sans la chaudière, monsieur ?

— Non !

Dût-il effectuer lui-même la réparation, Drake était fermement décidé à quitter le port avant la nuit.

Jacob hocha alors la tête, comme s'il venait d'obtenir confirmation de ce qu'il pensait, avant de reprendre :

— Elle sera prête dans…

Il consulta Thea du regard.

— Deux heures, déclara-t-elle d'un ton ferme.

— Deux heures, répéta l'imposant Jacob.

Drake savait quand lutter et quand laisser son adversaire croire qu'il – elle, en l'occurrence – avait gagné.

— *Le Dragon d'or* partira dans deux heures *avec* sa chaudière. Si vous voulez être du voyage, vous avez intérêt à être à bord avec vos bagages à ce moment-là.

Il ouvrait la bouche pour ajouter qu'il n'aurait aucun scrupule à la laisser à terre en cas de retard, mais Thea avait déjà disparu dans un tourbillon de mousseline.

Jacob sourit.

— Elle sera à bord, monsieur. Vous pouvez compter là-dessus.

Drake haussa les épaules, comme si son cœur ne s'était pas emballé à l'idée d'avoir Thea parmi ses passagers.

— Si elle veut partir, elle a intérêt, grommela-t-il.

Une tornade semblait avoir dévasté la chambre de Thea. Des vêtements étaient jetés en travers du lit. Une malle presque pleine et une valise gisaient sur le sol, près de l'armoire.

— Je ne comprends pas cette hâte, ma chérie. Tu aurais certainement pu prendre le temps de préparer convenablement ton voyage et partir sur l'un de nos bateaux.

S'exhortant au calme, Thea répondit à sa tante adoptive :

— Vous m'avez toujours dit que participer à la saison impliquait de renouveler entièrement sa garde-robe à Londres. Je ne vois donc pas l'intérêt de passer des semaines à empaqueter des robes que je ne porterai pas.

— Certes, soupira tante Ruth. Mais, ma chérie, j'aurais aimé que tu fasses bonne impression à ta grand-tante et ne te présente pas munie d'un bagage aussi maigre. Es-tu sûre que M. Drake ne peut pas attendre un jour supplémentaire ?

— Certaine ! En vérité, si nous ne nous hâtons pas, il risque bel et bien de s'en aller sans nous.

— Si tu le dis, se résigna tante Ruth.

Thea crut l'entendre grommeler à propos d'Ashby et de ses plans, mais elle n'avait pas le temps de s'interroger sur le sens de ces paroles. Elle tendit à sa femme de chambre les carnets de sa mère.

— S'il te plaît, Melly, range ça dans la malle avec le plus grand soin.

— Comptez sur moi, mademoiselle.

Thea lui sourit. La vieille servante avait insisté pour suivre sa mère aux Caraïbes. Elle l'avait servie avec loyauté, et avait choisi de rester pour s'occuper de Thea après sa mort. La jeune fille avait voulu lui acheter une petite maison et lui verser une rente en remerciement, mais Melly avait refusé. Femme de chambre elle était, femme de chambre elle resterait, avait-elle déclaré.

— Melly, es-tu certaine que cela ne t'ennuie pas d'entreprendre ce voyage impromptu ? Je pourrais me débrouiller seule.

— Certainement pas ! s'offusqua tante Ruth. Tu as beau t'occuper de commerce, tu es une dame, Thea. Ta pauvre mère se retournerait dans sa tombe si tu osais seulement envisager de voyager sans femme de chambre.

— Pour sûr, renchérit Melly. Cela ne me dérange pas de retourner en Angleterre, même s'il faut se dépêcher. J'ai même hâte d'y être, je vous assure. En revanche, l'idée de prendre la mer ne me réjouit guère. J'ai été malade pendant toute la traversée quand nous sommes venues d'Angleterre. Votre sainte mère a dû s'occuper de vous et de moi.

— Moi aussi, je m'occuperai de toi, la rassura Thea. D'ailleurs, peut-être ne seras-tu pas malade, cette fois-ci.

— Je prie le ciel, dit Melly en se signant.

Drake et ses hommes venaient de hisser la chaudière à bord. Ils hisseraient les voiles et réinstalleraient l'appareil en route, décida Drake en scrutant la baie. Thea n'était nulle part en vue. Elle n'avait pas réussi à tenir son pari d'être prête en deux heures. Il s'en voulait d'avoir cru qu'elle y parviendrait.

Elle l'intriguait, l'attirait comme aucune autre femme avant elle. Mais, si unique soit-elle, elle se révélait finalement semblable à n'importe quelle lady de sa connaissance – en plus têtue, naturellement – puisque, au bout du compte, il lui avait fallu plus de temps qu'il ne pouvait lui en accorder pour se préparer.

Le capitaine donna l'ordre de lever l'ancre. Drake, qui continuait de balayer la baie du regard, faillit lui demander d'attendre un peu. Puis il tourna résolument le dos à la mer, et se figea. Thea, vêtue d'une robe d'indienne jaune, examinait la chaudière tout en discutant avec les hommes d'équipage.

Celui qui parlait avec elle semblait littéralement aux anges. Son sourire édenté et ses moustaches tachées de jus de tabac auraient cependant arraché un cri d'effroi à n'importe quelle dame.

Thea, pour sa part, n'en semblait nullement affectée.

— Cette chaudière est énorme. Le moteur doit être gigantesque, observa-t-elle. Croyez-vous que je pourrai le voir ?

— Les passagers n'ont pas le droit d'entrer dans la salle des machines, intervint Drake, qui savait pertinemment qu'elle tenterait de contourner cette interdiction.

— Bonsoir, monsieur Drake. Vous ne pourriez pas faire une petite exception ? Le second a bien autorisé un groupe de curieux à voir le moteur, tout à l'heure.

Il faudrait qu'il touche un mot de cette affaire au capitaine. L'idée que des inconnus viennent fouiner autour du moteur alors qu'il était en réparation ne lui plaisait guère. Ce moteur était censé les ramener en Angleterre en un temps record.

— J'aimerais tant le voir, insista Thea. Ainsi que le mécanisme des pales. Vos pales se rabattent-elles pour permettre une plus grande vélocité, comme sur le *Savannah* ?

— Oui.

— Comment fonctionne le moteur ? La chaudière chauffe-t-elle en permanence ? Comment actionne-t-elle le mécanisme ? Dans quel bois sont taillées les pales ?

Comme les marins s'esclaffaient, Thea s'empourpra.

— Je serai ravi de répondre à vos questions ce soir, pendant le dîner, dit Drake. Pour l'heure, je dois superviser la mise en place de la chaudière.

Visiblement hésitante, Thea se mordit la lèvre.

— Devons-nous donc dîner ensemble ?

Depuis combien de temps était-elle à bord ? Suffisamment longtemps pour s'être renseignée sur lui et avoir décidé de ne pas être vue en sa compagnie ? Étant donné sa curiosité insatiable, c'était fort possible. Ravalant sa déception, Drake répondit :

— Si vous ne préférez pas, je comprendrai, naturellement.

Il se détournait quand elle lança :

— Il ne s'agit pas de cela. Melly, ma femme de chambre, souffre du mal de mer, et je ne veux pas la laisser seule si elle a besoin de moi.

Drake hocha la tête, sans vouloir s'avouer son soulagement. Il ne pouvait laisser cette femme prendre de l'importance à ses yeux. Il devait se concentrer sur son objectif : atteindre Liverpool en cinq petites semaines. Un exploit presque impossible, et qui risquait de l'être définitivement s'il se laissait distraire.

— Une place vous attendra à la table du capitaine. Si vous ne venez pas, nous comprendrons pourquoi.

— C'est inutile, je vous assure.

Pourquoi fallait-il qu'elle discute toujours ? Elle aurait dû lui être reconnaissante. La plupart des passagers faisaient des pieds et des mains pour obtenir une place à la table du capitaine. Non seulement c'était un honneur, mais les mères de jeunes filles à marier cherchaient toutes l'occasion d'attirer sur leur progéniture l'attention de Drake, qui dînait à cette table en tant que propriétaire du bâtiment.

— Je dirai au commis aux vivres de vous réserver une place à côté de moi.

Thea afficha une expression irritée.

— Monsieur Drake, articula-t-elle en le regardant droit dans les yeux, je vous remercie de votre offre, mais je dois la décliner. Je m'en voudrais de laisser une place vide à la table du capitaine.

— J'enverrai quelqu'un veiller sur votre bonne s'il le faut, afin de vous éviter la contrariété de laisser cette place vide.

Il ignorait pourquoi il insistait à ce point. Mais l'idée que Thea puisse s'asseoir à une autre table et discuter avec des passagers masculins le dérangeait.

— Je vous remercie, fit-elle avec un soupir exaspéré.

Drake réprima un sourire. De toute évidence, elle n'avait cédé que parce qu'elle était bien élevée, et certainement pas parce qu'elle désirait partager son dîner.

— Je crois que je vais regagner ma cabine afin de vérifier que Melly va bien.

Excellente idée. D'ailleurs, que faisait-elle sur le pont sans sa femme de chambre ? Cette forte tête avait décidément besoin qu'on la remette à sa place.

— À l'avenir, emmenez votre femme de chambre avec vous lorsque vous vous promènerez sur le pont.

— Oh ! Je n'ai plus besoin de nounou depuis longtemps, soyez rassuré.

— Ce n'est pas ce que je suggérais. C'est votre chaperon que vous semblez avoir oublié pour cette petite promenade, mademoiselle Selwyn.

— Ni vous ni personne n'a à me dicter ma conduite, répliqua-t-elle. Si j'ai envie de me promener sur le pont sans ma femme de chambre, je le ferai.

Elle ponctua ces paroles de grands gestes de la main qui tenait son ombrelle, et faillit par deux fois heurter le visage de Drake. Enroulant les doigts autour du manche de ladite ombrelle, il l'immobilisa.

— Certainement pas, contra-t-il.

— Vous m'excuserez, fit-elle en tirant sur l'ombrelle.

Il lâcha celle-ci comme Thea tirait de nouveau. Emportée par son élan, elle perdit l'équilibre et tomba à la renverse dans les bras d'un marin, visiblement ravie de sa bonne fortune. Sur un regard de Drake, ce dernier la laissa aller en évitant les commentaires lestes.

Après avoir ostensiblement lissé sa robe, Thea reprit :

— Si vous en avez terminé avec vos ordres superflus, je vous laisse à vos problèmes de chaudière.

L'amusement des marins qui assistaient à cet échange n'avait pas échappé à Drake. Agacé, il s'avança vers Thea, et ne fut pas fâché de la voir reculer. Il ne s'arrêta que lorsqu'elle se retrouva le dos contre le bastingage et qu'il ne fut plus qu'à quelques centimètres d'elle.

Approchant son visage du sien, il déclara :

— Je possède ce bâtiment. Le seul homme à bord qui oserait s'opposer à mes ordres est le capitaine, et encore y réfléchirait-il à deux fois. Je vous suggère de suivre son exemple.

La jeune femme le fixait avec de grands yeux, le souffle court.

— Et si ma bonne est malade durant toute la traversée ? Je ne vais tout de même pas rester enfermée dans ma cabine pendant six à huit semaines ?

Une mèche soyeuse s'était échappée de sa coiffure. Drake fut soudain pris d'une irrésistible envie de l'enrouler autour de ses doigts et d'attirer à lui la jeune femme jusqu'à ce que leurs lèvres se touchent. Résistant, non sans mal, à la tentation, il rectifia :

— Cinq.

— Pardon ?

— Cinq semaines. Nous serons à Liverpool dans cinq semaines.

— C'est impossible. Aucun de nos navires n'a jamais fait la traversée en moins de six semaines. Comment pouvez-vous espérer n'en mettre que cinq ?

Cédant finalement à son désir, Drake prit entre ses doigts la mèche folle de Thea. Elle était aussi douce que les écheveaux de soie que sa mère utilisait pour broder.

— Nous y serons dans cinq semaines.

— Pas si on réinstalle pas cette chaudière, lança un homme d'équipage.

Retombant brutalement sur terre, Drake s'écarta de la jeune femme et, sans ajouter un mot, rejoignit les marins. Les yeux bleus et le joli corps de sa passagère avaient beau le tenter, il ne se laisserait pas détourner de son devoir.

4

Langley est venu à l'improviste me tancer sur les subterfuges dont j'usais pour voir mon fils. Il aurait suffi qu'il arrive cinq minutes plus tôt pour me surprendre en train de bercer Thea avant sa sieste. Il a eu le toupet de m'accuser de manquer de droiture. Je ne sais plus que faire. Je ne peux plus voir mon fils, et si je reste ici, je risque de perdre ma fille.

Journal d'Anna Selwyn, comtesse de Langley,
le 12 juin 1798

Les prières de Melly ne furent apparemment guère efficaces car, deux heures à peine après qu'ils eurent quitté le port, elle était déjà en tête à tête avec son pot de chambre.

— Oh, mademoiselle, ce balancement perpétuel me retourne l'estomac.

Thea trouvait le roulis plutôt faible, mais préféra n'en rien dire. Les vomissements de sa femme de chambre commençaient à lui donner des haut-le-cœur.

Elle inspira à fond, et le regretta presque aussitôt.

— Melly, je crois que je vais ouvrir la porte pour laisser entrer un peu d'air.

— Oui, mademoiselle. C'est une bonne idée.

Comme elle ouvrait la porte, Thea se retrouva nez à nez avec un jeune marin.

Il avait les bras chargés de paquets qu'il lui tendit.

— Avec les compliments de M. Drake, mademoiselle. Thé au gingembre, biscuits secs et bœuf séché, précisa-t-il.

— Bœuf séché ?

Le matelot hocha la tête et un large sourire fendit son visage.

— Rien de tel en mer. La plupart des passagers en mangeraient pas. Ils pensent que c'est tout juste bon pour l'équipage. Mais ils seraient moins nombreux à être malades s'ils en mangeaient, mademoiselle.

Ainsi, Drake avait fait porter à Melly des remèdes contre le mal de mer.

— J'essaierai, promit Melly en s'asseyant au bord de sa couchette. J'essaierais n'importe quoi.

— Bien, madame. Je reviens avec de l'eau chaude pour le thé.

Thea se ressaisit enfin.

— Merci, dit-elle. C'est très gentil. Veuillez remercier M. Drake de notre part.

— J'y manquerai pas, mademoiselle, fit-il avant de s'éloigner.

Drake se montrait soucieux du confort de Melly. Dans l'esprit de Thea, la considération allait rarement de pair avec un caractère dominateur et arrogant. Il était à coup sûr trop absorbé par la réparation de son moteur pour se préoccuper d'elles. Pourtant, c'était bel et bien ce qu'il avait fait.

— M. Drake est un gentleman attentionné, commenta Melly.

— Il a fait preuve de considération, en effet.

Se rappelant la manière dont il l'avait serrée contre lui dans l'entrepôt, elle se dit cependant que ses instincts de gentleman ne devaient exercer sur lui qu'un empire tout relatif.

— Je sais que votre sainte mère vous a conseillé de ne pas donner votre cœur inconsidérément, mais cela ne signifiait pas, j'en suis sûre, qu'il fallait vous méfier de tous les hommes que vous rencontreriez.

— Je ne me méfie pas de tous. J'ai même confiance en certains.

— Lesquels, si je peux permettre ?

— J'ai confiance en oncle Ashby, en Jacob, en Philippe.

En fait, sa confiance en Philippe était telle qu'elle lui avait touché quelques mots de son plan et demandé de veiller sur oncle Ashby en son absence. À sa grande surprise, il n'avait même pas tenté de la dissuader de mener son enquête.

— Vous connaissez ces trois hommes depuis toujours, et ils sont tous assez vieux pour être votre père ou votre grand-père, riposta Melly Ne me prenez pas pour une idiote, mademoiselle. Vous n'avez aucune confiance dans les jeunes gens, c'est un fait.

— Je ne vois pas pourquoi je devrais faire confiance à un homme sous prétexte qu'il se dit gentleman. Ma mère avait confiance en mon père, regarde où cela l'a menée.

Melly porta soudain la main à son estomac en gémissant. Thea, qui avait déposé les paquets sur la petite table, lui tendit en hâte un biscuit.

— Essaie de manger ça. Le matelot a dit que cela te ferait du bien.

La femme de chambre mordit dans le biscuit et se mit à mâcher lentement.

— Votre mère vous a eue, et elle ne l'a jamais regretté, déclara-t-elle.

— Oui, mais elle a perdu mon frère, et ne s'en est jamais remise.

— Je me suis souvent demandé si votre père se serait radouci si nous étions retournées en Angleterre. Sa colère a dû finir par retomber.

— Tu étais là le jour où il a emmené Jared. Tu es bien placée pour savoir qu'il ne se serait jamais radouci. C'est un homme bien trop inflexible, et si orgueilleux qu'il n'imagine pas pouvoir se tromper.

L'aurait-elle souhaité qu'Anna Langley n'aurait pu rentrer en Angleterre, et encore moins reprendre sa place en tant que comtesse de Langley.

Melly mastiqua un deuxième morceau de biscuit en silence. Lorsqu'elle reprit la parole, ce fut pour tenir des propos surprenants.

— J'étais aussi là le jour où votre mère lui a annoncé qu'elle ne voulait plus jamais le voir. La tête qu'il faisait lorsqu'il est parti… Si vous voulez mon avis, il venait de comprendre qu'il l'avait perdue pour toujours.

— Il ne voulait pas d'elle. Cet homme était, et est sans doute encore, un monstre.

Melly secoua la tête.

— Vous l'auriez vu avec votre mère, au début. Il la traitait comme si elle était en cristal. C'est seulement lorsque cette canaille lui a fait croire qu'elle était infidèle qu'il a changé.

— Je ne l'ai jamais vu tout court. Et c'est maman qu'il aurait dû croire, et non un vaurien à la réputation détestable.

— Certes, mais la jalousie fait d'étranges choses aux hommes. De toute façon, vous allez le voir, n'est-ce pas ?

Pas si elle pouvait l'éviter. Thea n'avait aucune envie de rencontrer l'homme qui avait traité sa mère si cruellement.

Thea se retourna en gémissant sur sa couchette, tentant de trouver une position confortable. Après avoir bu le thé au gingembre, Melly s'était couchée et endormie. Thea aurait bien aimé trouver le sommeil, elle aussi, mais son estomac se contractait horriblement.

Lorsque le commis aux vivres était venu la chercher pour le dîner, elle l'avait chargé de prévenir Drake qu'elle était indisposée. Sans doute croirait-il qu'elle le défiait volontairement, mais elle s'en moquait. Elle voulait juste qu'on la laisse tranquille. Elle avait mal à l'estomac, la tête lui tournait et un goût affreux persistait dans sa bouche.

Elle gémit de nouveau, le plus bas possible afin de ne pas réveiller Melly. Mais, apparemment, il n'y avait aucun danger. Celle-ci ronflait, le bras en travers du visage. Se pourrait-il qu'il y ait autre chose que du gingembre dans le thé ? s'interrogea-t-elle.

On frappa énergiquement à la porte, mais Thea ne répondit pas. Probablement ce maudit commis, venu insister pour qu'elle aille dîner.

Comme on frappait de nouveau, Melly bougea dans son sommeil. Serrant les dents, Thea quitta sa couchette avec précaution. Les coups à la porte avaient repris. Quelqu'un criait, mais elle ne comprenait pas tant ses oreilles bourdonnaient.

Elle se dirigea d'un pas mal assuré vers la porte, tira le verrou, et entrouvrit le battant. Un courant d'air s'engouffra dans la cabine, qui lui arracha un frisson.

— Quoi ?

Elle avait voulu parler sèchement au malotru qui osait l'arracher au relatif confort de sa couchette, mais sa voix n'était plus qu'un râle.

— Mademoiselle Selwyn ? Vous vous sentez bien ?

Le regard de Thea remonta du pantalon parfaitement coupé, jusqu'à la veste ajustée avant de s'arrêter sur le visage de Drake. Il semblait inquiet.

— Je suis dans l'impossibilité de me joindre à vous pour le dîner.

Plus jamais elle ne mangerait.

Drake ouvrit la porte de la cabine en grand. Elle aurait voulu protester, mais n'en eut pas la force. Il la prit par les bras, comme si elle était sur le point de tomber. Ses mains étaient beaucoup plus chaudes que les siennes, nota-t-elle. Il serait sûrement choqué si elle se blottissait contre lui pour absorber un peu de sa chaleur…

— Pourquoi n'avez-vous pas dit au commis que vous étiez souffrante ? Où se trouvent les aliments que je vous ai fait porter tout à l'heure ?

— Melly en a mangé. Elle se sent beaucoup mieux. Merci.

Voilà. Elle avait été polie. À présent, s'il voulait bien la laisser se rallonger et mourir en paix.

— Vous n'allez pas mourir.

Affreusement gênée, Thea se rendit compte qu'elle avait exprimé ses pensées à voix haute.

— Qu'en savez-vous ? Je suis sûre que vous n'avez jamais eu le mal de mer de votre vie.

— Je m'y connais suffisamment pour savoir que ce n'est pas mortel.

— Que vous dites…

Drake glissa soudain le bras autour de ses épaules. Elle allait le réprimander lorsque, passant l'autre bras sous ses genoux, il la souleva et traversa la cabine pour aller la déposer sur sa couchette.

— Ne bougez pas. Je reviens tout de suite.

Entre cet instant et celui où elle entendit à nouveau le son de sa voix, il sembla à Thea que des heures s'étaient écoulées.

— Aidez-la à enfiler sa chemise de nuit, ordonna-t-il à la femme qu'il avait ramenée avec lui. Son corset ne doit pas arranger son état.

— Je ne porte pas de corset, intervint Thea. C'est mauvais pour la santé. Plusieurs médecins pleins de bon sens se sont déjà élevés contre le port du corset en

Amérique. Ce n'est qu'une question de temps avant que les Anglaises comprennent à quel danger elles s'exposent.

— Bon sang, j'aurais dû deviner que vous étiez bien trop indépendante pour vous habiller comme n'importe quelle femme !

— Ne jurez pas, cela me donne la migraine.

Drake lâcha un nouveau juron et fit la grimace.

— Désolé.

Puis, tamponnant le front de Thea avec un linge humide, il ajouta :

— Cela va vous soulager.

— Corset ou pas, elle devrait se mettre à l'aise, intervint la femme. Elle serait mieux en chemise de nuit, par cette chaleur.

Quelle chaleur ? Cette femme avait-elle perdu la tête ? Il faisait un froid polaire dans la cabine. De toute façon, il n'était pas question qu'une inconnue la déshabille et découvre quelles concessions vestimentaires elle pratiquait pour s'adapter à la chaleur des Caraïbes. Tante Ruth en ferait une crise d'apoplexie si elle l'apprenait.

— Non !

— Allons, ne vous inquiétez pas, fit Drake d'une voix apaisante. Mme Coombs va vous aider à vous changer.

— Je refuse d'être déshabillée par une inconnue.

Il soupira.

— Le moment est mal choisi pour discuter, mademoiselle Selwyn. Vous n'êtes pas en état de vous déshabiller seule.

Thea sentit les larmes lui monter aux yeux. Le mal de mer, sans doute. Elle ne pleurait jamais.

— Je vous en prie, gémit-elle.

Drake lui essuya les joues.

— Très bien. Mme Coombs et moi-même allons vous laisser le temps que vous passiez une tenue plus confortable.

Comme il se levait, elle ressentit le désir insensé de le supplier de rester. Il ne le pouvait pas, bien entendu. C'était impensable. Mais sa présence était si réconfortante.

Elle entendit la porte se refermer. Ôtant le linge mouillé de son front, elle se leva à grand-peine, alla ouvrir sa malle en se retenant presque de respirer pour contenir son malaise. Elle en sortit sa chemise de nuit et son peignoir, et se changea. Mme Coombs avait raison : cette tenue-ci était bien plus confortable.

Abandonnant sa robe sur le sol, elle regagnait son lit à petits pas quand on frappa de nouveau à la porte.

— Mademoiselle Selwyn, avez-vous terminé ?

— Oui.

Drake ouvrit la porte. Il était seul.

— Où est Mme Coombs ?

— Je l'ai envoyée dîner.

Elle était assise au bord de sa couchette, et il vint s'asseoir près d'elle.

— C'est très inconvenant, protesta-t-elle.

— Pas du tout, votre bonne est là, lui fit-il remarquer en s'emparant du linge mouillé.

Thea fut surprise de s'entendre rire. Elle ne s'en serait pas crue encore capable.

— Melly dort comme si elle avait pris du laudanum.

— Le thé fait parfois cet effet.

— Je suis sûre qu'il ne contenait pas que du gingembre.

— Une ou deux choses, en effet.

— Puis-je en avoir un peu ?

— Vous voulez dormir ?

— Melly semble se porter beaucoup mieux que moi.

— D'abord, vous devez manger un peu de viande ainsi que des biscuits.

— Je me sens incapable d'avaler quoi que ce soit.

— Votre femme de chambre l'a bien fait.

— Elle n'était pas aussi malade que moi.

— Vous voulez aller mieux, non ?

— Si.

— Alors, mangez.

Il alla lui chercher une tranche de viande séchée. Thea la mangea, et la trouva plutôt acceptable. Pas vraiment bonne, mais pas horrible non plus. Elle était cependant très salée, et attisa sa soif. Drake devait lire dans ses pensées, car il lui offrit du thé épicé.

Après quelques gorgées, elle repoussa la tasse.

— Vous devez aussi manger quelques biscuits.

— Je sais que je vous ai dit que je n'avais pas besoin de nounou, mais je dois reconnaître que vous êtes étonnamment doué pour ce métier.

Drake ne sourit pas. Il se contenta de la regarder, et ce qu'elle lut dans ses yeux la poussa à mordre bien vite dans son biscuit.

— Je ne me sens pas dans la peau d'une nounou quand je suis avec vous, Thea.

— Ah, bon ? fit-elle d'une voix haut perchée.

— Non.

— Et co… comment vous sentez-vous, alors ?

— Comme un homme, souffla-t-il en se penchant vers elle.

— Pourrais-je avoir encore un peu de thé, s'il vous plaît ?

Drake se mit à rire.

— Oui, petite poltronne, dit-il en se redressant.

Elle aurait voulu protester, mais dut reconnaître qu'il avait raison : elle avait peur. Son regard, l'effet qu'il produisait sur elle la terrifiaient. Elle but un peu de thé.

— Il est vraiment délicieux. De qui tenez-vous la recette ?

— De ma mère.

Il se leva et entreprit de lui retirer son peignoir. Elle était trop faible pour se rebeller.

— Ce doit être une femme très avisée, commenta-t-elle.

— Elle l'est, en effet, dans beaucoup de domaines.

— Dans quel domaine ne l'est-elle pas ?

— Dans ce qui touche à mon père.

Thea bâilla et n'opposa aucune résistance à Drake lorsqu'il la força à s'allonger.

— Intéressant. Ma mère non plus ne s'est pas montrée avisée à propos de mon père. Cela nous fait un point commun, semble-t-il.

— Ce n'est pas le seul, assura-t-il en rabattant sur elle le léger couvre-lit.

Thea avait de plus en plus de mal à garder les yeux ouverts.

— Quels sont les autres ?

— J'ai envie de vous...

Après l'avoir bordée, il repoussa doucement ses cheveux. Cette caresse la fit frissonner de la tête aux pieds

— ... et vous avez envie de moi.

Chaque jour, Drake prenait le temps d'aller rendre visite à Thea et de la faire manger. Jamais il n'avait rencontré femme plus attirante. Ce mélange de fragilité et d'indépendance qui la caractérisait le fascinait littéralement.

S'appuyant un instant au bastingage, il contempla l'eau qui filait contre le bateau, en proie à un sentiment d'intense satisfaction. S'ils continuaient d'avancer à cette allure, ils seraient à Liverpool avant la date prévue. Il se rendit ensuite à la cabine de Thea.

Sa femme de chambre l'avait abondamment remercié pour son aide, prétendant que, sans lui, elle n'aurait jamais réussi à faire avaler quoi que ce soit à sa maîtresse. Ce dont il ne doutait pas un instant. Thea faisait une malade épouvantablement têtue.

Et une femme d'une audace rare. En effet, le soir où elle était si malade, il avait ramassé sa robe qui gisait sur le sol, et avait découvert qu'elle ne portait pas de jupon. Il aurait dû en être scandalisé ou au moins décider que c'était une dévergondée qui ne valait pas la peine qu'on s'intéresse à elle. Eh bien, non. Une fois dans sa vie, pourtant, il avait déjà commis ce genre d'erreur.

L'innocence criante de Thea se lisait dans ses grands yeux bleus, qu'elle écarquillait lorsqu'il la taquinait. Elle permettait qu'il la touche, la nourrisse, s'occupe d'elle, mais se rétractait lorsqu'il lui caressait le bras ou lui effleurait les lèvres. Et le désir qu'elle suscitait en lui augmentait à une vitesse alarmante.

Ignorant ses charmes, comme l'avait dit son oncle, elle le bombardait de questions sur le bateau et le fonctionnement du moteur à vapeur. Elle réclamait toujours plus de détails, qu'il avait, de manière inattendue, plaisir à lui fournir.

Drake frappa à la porte, et fut surpris qu'on lui ouvre aussitôt. Thea se tenait devant lui. Habillée. Elle portait une robe ample et un léger châle de coton.

— Que diable faites-vous debout ?

Bien qu'elle paraisse sur le point de défaillir, elle lui répondit avec un sourire éblouissant :

— N'est-ce pas merveilleux ? Me voici suffisamment rétablie pour me lever. Je veux faire une promenade, et voir enfin le bateau sur lequel je navigue depuis des jours.

— Je vais vous emmener jusqu'à une chaise longue sur le pont des passagers, décréta-t-il.

— Mais, je comptais faire le tour du bâtiment.

— Demain peut-être. Vous devez d'abord reprendre des forces.

Thea afficha une moue rebelle.

— Je ne veux pas rester assise sur un siège comme une infirme.

— Où est Melly ? Je doute qu'elle ait accepté de vous accompagner dans cette petite promenade.

— Elle est allée rendre visite à des amies qu'elle s'est faites à bord.

Drake tressaillit. Il était surpris non que la femme de chambre soit allée s'aérer – Thea l'y encourageait –, mais qu'elle ait accepté de quitter la cabine alors que l'heure de sa visite quotidienne approchait.

— Je suis sûr qu'elle ne va plus tarder, risqua-t-il.

— Sûrement pas, je lui ai donné son après-midi.

— Ainsi, vous aviez prévu de sortir seule ? s'emporta Drake. Et si vous vous étiez trouvée mal, qui aurait pris soin de vous ?

— Vous, répliqua-t-elle avec un sourire charmeur. Vous n'êtes pas trop occupé pour m'accompagner, j'espère ?

S'il répondait qu'il n'avait pas de temps à lui consacrer, elle ne renoncerait pas à sa promenade, il en était certain.

— Rien ne me ferait plus plaisir que de vous escorter jusqu'à une chaise longue, sur le pont.

— Je veux me promener, s'entêta-t-elle.

— Voyons d'abord comment vous vous sentez une fois dehors.

Thea semblait sur le point de discuter, puis se ravisa et acquiesça.

Dès qu'ils furent sur le pont, elle s'immobilisa, renversa la tête en arrière, et inspira profondément, les yeux fermés.

— Hum, Un peu d'air frais. Quel luxe !

Drake ne put résister à la tentation de lui caresser la joue. Elle redressa vivement la tête, rouvrit les yeux et le dévisagea sans mot dire. Il laissa retomber sa main.

— Allons-y avant que j'oublie que ma mère a essayé de faire de moi un gentleman.

— N'est-ce pas votre père qui vous a enseigné cela ?

— Non.

Ils longèrent le pont tranquillement, dans un silence qui n'avait rien de pesant, jusqu'à ce que Thea soupire :

— Je ne me rappelais pas que la marche était un exercice aussi épuisant.

— Prête à vous asseoir, maintenant ?

— Vous adorez avoir raison, n'est-ce pas ?

Elle semblait si contrariée que Drake faillit éclater de rire.

— Vous n'avez pas répondu à ma question, lui fit-il remarquer.

— D'accord.

L'escalier conduisant au pont des passagers était assez raide, et elle dut s'agripper à son bras.

— Voulez-vous que je vous laisse seule une fois que vous serez installée ? s'enquit-il.

— Ne vous avisez pas de faire une telle chose ! Vous avez le devoir de me distraire pendant mon séjour sur le pont. Après tout, c'est vous qui m'y avez menée, et c'est ce que ferait un gentleman.

La petite rusée. C'était elle qui avait insisté pour sortir, et voilà qu'elle présentait la chose comme venant de lui.

— J'ai dit que ma mère avait essayé de faire de moi un gentleman, je n'ai pas dit qu'elle avait réussi.

— Vous ne voudriez tout de même pas que je lui fasse un rapport défavorable à votre sujet quand nous serons en Angleterre ?

— Vous avez l'intention d'aller lui parler ?

— J'imagine que j'aurai l'occasion de la rencontrer dans une soirée ou une autre. Si j'en crois tante Ruth, les dames de qualité passent leur temps dans les soirées durant la saison.

Cette perspective ne semblait pas la ravir, ce qui paraissait d'autant plus étrange qu'assister à la saison mondaine était la raison qu'elle avait invoquée pour justifier son départ précipité.

— Qui vous dit que ma mère est une dame de qualité ?

— N'essayez pas de jouer au plus fin avec moi, Drake. Votre sens de l'humour laisse véritablement à désirer. Vous ne seriez pas ce que vous êtes si votre mère était une femme du commun vendant des petits pâtés pour gagner sa vie.

Drake s'arrêta net et, lui prenant le menton, la força à le regarder.

— Que suis-je à vos yeux, Thea ?

— Un homme intègre et un homme d'honneur.

— Un homme du commun ne pourrait avoir ces qualités ?

— Bien sûr que si. Ce n'est pas ce que je voulais dire. Vous vous exprimez comme un gentleman, vous affichez une arrogance digne d'un duc – encore que je doute que vous en soyez un, auquel cas votre équipage ne vous donnerait pas du monsieur –, et vous êtes probablement un fils cadet, bien que, par votre personnalité et votre allure, vous méritiez d'être l'aîné.

Ce portrait était bien trop proche de la vérité au goût de Drake. Il était temps de changer de sujet.

— Voici les chaises longues.

Thea jeta un coup d'œil dans la direction qu'il indiquait. Quelques passagers âgés étaient installés, mais la chaise la plus proche était vide.

— Vous avez proposé de rester avec moi pour me tenir compagnie, mais il n'y a plus qu'un siège.

Bien qu'il ne lui ait jamais fait une telle proposition, Drake se garda de discuter.

— Je m'assiérai sur le pont, fit-il en tirant la chaise longue à l'écart.

Il ne voulait partager Thea avec personne.

Quand elle fut installée, il lui couvrit les jambes à l'aide de la petite couverture qu'il avait récupérée dans la cabine.

— Avez-vous suffisamment chaud ?

— Oui.

Elle leva les yeux vers lui, l'air intrigué.

— Vous prenez grand soin de moi, Drake. Pourquoi ?

— Vous êtes ma passagère, c'est mon devoir.

— Ah, fit-elle, visiblement déçue.

Drake se retint de rire.

— Heureusement qu'il n'y a pas trop de passagers malades.

— En effet.

— Sinon, vous n'auriez plus un moment à vous, observa Thea en lui adressant un regard espiègle.

5

Je deviens plus forte. Ainsi, hier, lorsque Langley est venu me rendre visite, je lui ai annoncé que, bien que désirant voir mon fils, je ne voulais plus le voir, lui. Je lui ai avoué que je ne supportais plus ses visites, car elles me rappelaient combien il était cruel. Il était si furieux, j'ai cru qu'il allait me frapper. Mais je lui ai fait face et je l'ai défié d'oser poser la main sur moi. Oui, je l'ai littéralement mis au défi. Il m'a regardé fixement, comme si je m'étais subitement métamorphosée en monstre marin. Puis il est parti précipitamment, sans ajouter un mot. Je tremble encore de la témérité qui a été la mienne.

Journal d'Anna Selwyn, comtesse de Langley,
le 13 juin 1798

Confortablement installée, Thea offrit son visage au soleil. Elle avait l'impression d'être une infirme et cela l'agaçait prodigieusement. Que devait penser Drake d'une femme qui passait son temps dans une chaise longue comme les vieilles dames ? L'importance que revêtait désormais l'opinion de Drake l'inquiéta. Pourquoi diable avait-il perdu son arrogance des débuts ? Tout serait tellement plus facile.

Mais non, voilà qu'il veillait sur elle comme sur une amie très chère. Voire plus.

Il lui avait avoué la désirer la première nuit ; elle n'avait pas rêvé, non ? Il n'y avait plus fait allusion depuis.

— Vous avez bien étudié la question ? fit Drake, l'arrachant à ses réflexions.

— Pardon ? Quelle question ?

— Celle qui occupe vos pensées depuis cinq bonnes minutes et vous donne l'air si inquiet. Vous m'ignorez, alors que vous avez réclamé ma compagnie.

— Ce n'est pas parce que je me tais durant cinq minutes que je vous ignore, riposta-t-elle. Vous êtes sans doute accoutumé à être entouré d'une cour de flatteurs à Londres. Êtes-vous très riche, Drake ? ajouta-t-elle de but en blanc.

— Assez, oui, admit-il en haussant les épaules.

— C'est bien ce que je pensais. Car ce n'est certainement pas votre naturel souriant qui a vous habitué à ce qu'une femme n'ait d'yeux que pour vous.

— Vous croyez donc que seul mon argent me vaut les attentions des femmes ? s'amusa Drake.

— Eh bien, il est vrai que vous êtes aussi très séduisant.

— Vous me trouvez séduisant ? fit-il en se rapprochant d'elle.

Il émanait de lui un parfum masculin auquel se mêlait une odeur d'embruns, et Thea éprouva soudain le désir de le toucher, de sentir sous ses doigts son corps musclé. L'audace de ses pensées la fit rougir.

Cela dit, elle n'aimait pas du tout cet air suffisant qu'il arborait en permanence.

— D'une manière générale, oui, répondit-elle, plutôt.

— Que voulez-vous dire exactement ?

— Que votre apparence doit sans doute plaire aux dames, expliqua-t-elle en détournant les yeux.

Jetant un coup d'œil furtif à la vieille dame installée non loin d'eux, elle constata, soulagée, que celle-ci dormait. Elle n'aurait certes pas aimé qu'on la surprenne en train de parler d'un sujet aussi gênant.

— Donc, il n'y a rien chez moi que vous trouviez attirant ? s'esclaffa Drake.

Se moquait-il d'elle ? Elle n'aurait su le dire.

De toute manière, elle n'avait pas la moindre intention de dresser la liste de ses trop nombreux attraits.

— Il est inconvenant de discuter de ces choses-là, monsieur Drake.

— Petite poltronne !

Elle n'avait donc pas rêvé ! Il l'avait appelée ainsi ce premier soir. Elle sourit. Lui aussi devait donc lui trouver quelque charme. Enfin, peut-être plus, vu son état actuel…

— Encore cet air inquiet, observa-t-il. Vous vous mordez la lèvre, Thea. Dites-moi donc ce qui vous préoccupe.

— Vous aviez raison, dit-elle en affectant de bâiller. Je suis fatiguée. Je crois que je vais faire un petit somme au soleil.

Aussitôt, Drake perdit son sourire.

— Vous vous sentez bien ? Vous ne voulez pas que je vous ramène à votre cabine ?

Voilà qui ferait joliment jaser les autres passagers !

— Non, merci. Je suis très bien ici.

— Dans ce cas, je vous enverrai Melly.

— Inutile, je vais dormir. Que voulez-vous qu'il m'arrive ?

— Avec vous, je crains le pire !

— Ce n'est pas drôle.

— Ça n'était pas censé l'être. Debout, dit-il en ôtant la couverture de ses jambes.

— Mais, Drake, je…

Il la fit se lever, coupant court à ses protestations, puis il tira la chaise près de la vieille dame qui somnolait.

— Asseyez-vous, ordonna-t-il.

Perplexe, Thea lui obéit, et le laissa l'envelopper dans la couverture. Après quoi, Drake posa la main sur l'épaule de la vieille dame.

— Quoi ? fit cette dernière en sursautant. Qu'y a-t-il ? Ah, Pierson !

— Permettez-moi de vous présenter Mlle Selwyn. Thea, je vous présente lady Boyle.

— Ravie de faire votre connaissance, murmura Thea.

Où diable Drake voulait-il en venir ?

— Je laisse Mlle Selwyn sous votre garde, lady Boyle.

Thea fulminait. À l'entendre, on aurait dit qu'elle était une sorte de bagage.

— Je n'ai pas besoin qu'on me surveille pendant mon sommeil, monsieur Drake.

— Je repasserai plus tard afin de vous raccompagner à votre cabine.

Thea croisa les bras. Elle retournerait à sa cabine quand bon lui semblerait. Drake devait avoir lu dans ses pensées, car il ajouta à l'intention de lady Boyle :

— Ne la perdez pas de vue jusqu'à mon retour.

— J'ai déjà chaperonné mes six filles et mes petites-filles durant la saison, rétorqua la vieille dame d'un air hautain. Cette jeune fille est entre de bonnes mains.

— Je n'ai nul besoin d'être chaperonnée, crut bon de préciser Thea. Je suis juste une passagère comme les autres. N'est-ce pas, monsieur Drake ?

Ce dernier se contenta de hausser un sourcil en guise de réponse, et prit congé. Retenant un juron particulièrement corsé, Thea se tourna vers la vieille dame, et, se forçant à sourire, déclara :

— Merci de me tenir compagnie. Mais ne renoncez pas à votre sieste pour moi ; contrairement à ce que semble penser M. Drake, je n'ai nul besoin d'être surveillée.

— Qui accusez-vous de faire la sieste ? Je ne fais jamais la sieste.

— Eh bien moi si. Je ne suis pas encore complètement remise de cet affreux mal de mer et je me surprends à m'assoupir dans l'après-midi.

— Les jeunes n'ont décidément aucune endurance.

Sur ce, lady Boyle sortit son tricot de son sac, et, bientôt, le cliquetis des aiguilles vint s'ajouter au mugissement du vent et au claquement des voiles.

— Pierson est un jeune homme charmant, observa-t-elle. Vous auriez pu tomber plus mal.

— Que voulez-vous dire ?

— Il vient chaque jour vous rendre visite dans votre cabine, ma chère. Ses intentions sont évidentes.

— Comment savez-vous qu'il me rend visite chaque jour ?

— Allons, jeune fille, vous n'ignorez tout de même pas qu'en matière de commérages, un bateau est pire encore qu'un village. Je serais prête à parier que tout le monde à bord est au courant de ces visites.

— Je sais ce que vous imaginez, rétorqua Thea les joues en feu, mais s'il me rend visite, c'est uniquement parce qu'il se soucie de ma santé en tant que passagère.

— Ne soyez pas ridicule, mon enfant. Un homme comme Pierson ne rend pas visite à une femme à moins d'en avoir envie.

C'était aussi ce que Thea soupçonnait. Cependant, lady Boyle devait se tromper quant aux intentions de Drake. Ne l'avait-il pas prise pour une courtisane, au début ?

— Je suis sûre que vous faites erreur. C'est un homme riche, il me l'a dit lui-même. Il peut prétendre à une femme beaucoup plus fortunée et influente que moi.

La vieille dame la jaugea du regard.

— Je vois que vous ne savez rien de ses origines. Elles ne sont pas tout à fait irréprochables.

— Je ne vois pas du tout ce que vous voulez dire.

— C'est bien ce que je pensais. Il aurait dû vous en parler lui-même. Mais il a laissé à une vieille femme le soin de vous briser le cœur. Les jeunes n'ont décidément aucune pitié pour leurs aînés.

Thea était partagée entre le désir d'en apprendre davantage sur l'énigmatique Drake et la crainte de découvrir des choses désobligeantes sur son compte. Finalement, la curiosité l'emporta.

— Mon cœur ne craint rien, je vous assure.

Lady Boyle secoua la tête avec un petit grognement. Elle n'en croyait visiblement pas un mot.

— Pierson est l'enfant naturel d'un noble qui ne l'a jamais reconnu, même tacitement.

— Mon Dieu, Cela doit être horrible pour un homme aussi fier que Drake !

— Non. Pierson a réussi par lui-même et est accepté dans presque toute la bonne société.

— Comment est-ce possible si c'est un enfant naturel ?

D'après ce que lui avait appris sa mère, c'était là une tare que la bonne société ne pardonnait guère. Thea elle-même avait parfois été reçue froidement, même sur leur petite île, car nul ne savait qui était son père, et personne ne croyait la fable que sa mère racontait sur son veuvage précoce.

— Sa mère est la fille d'un duc, expliqua la vieille dame. Bien qu'elle ne se soit jamais mariée, son père n'aurait jamais accepté qu'elle soit victime d'ostracisme. En fait, il a favorisé Pierson de bien des manières. Quiconque désire être en bons termes avec le duc a intérêt à faire bonne figure à sa fille et à son petit-fils.

— Le duc a permis que le père de Drake refuse d'épouser sa fille ? s'étonna Thea.

— Sa fille était une créature adorable, et d'une grande beauté. Après s'être amusé avec elle, le père de Drake a annoncé ses fiançailles avec une autre. La mère de Drake n'a avoué son état à son père qu'après que son amant eut convolé en justes noces.

— Je ne comprends pas. La fille d'un duc n'est-elle pas ce qu'on peut imaginer de mieux comme parti ?

— Normalement, oui. Mais lady Noreen est la plus jeune fille du duc. Celui-ci avait déjà marié ses autres filles, et il était de notoriété publique qu'il avait fait en sorte de garder la mainmise sur leurs rentes. Or, le père de Pierson avait besoin d'argent frais. Il a donc épousé une jeune personne très riche qui avait le contrôle de sa fortune. Avec ce mariage, ce contrôle lui revenait.

Thea n'en croyait pas ses oreilles. Les Anglais étaient-ils tous aussi dépourvus d'honneur, ou était-ce uniquement son père et celui de Drake ?

— Quelle terrible histoire, commenta-t-elle.

— En effet.

— Êtes-vous une amie proche ou une parente de Drake ?

— C'est mon petit-neveu.

Thea rougit jusqu'à la racine des cheveux. Comment avait-elle pu poser des questions aussi indiscrètes à la propre tante de Drake ?

— Vous ne croyiez tout de même pas qu'il allait vous confier à n'importe qui, ma chère ? Pierson fait montre d'un empressement extrême envers vous. Je ne serais pas surprise que vos fiançailles soient annoncées avant la fin de la saison.

— Mais je ne veux pas me marier.

— Voilà qui explique votre âge, fit la vieille dame en la détaillant. Vous êtes trop jolie pour être vieille fille faute de prétendants. Il est vrai que vivre sur une île de sauvages doit en limiter le nombre. Depuis le temps que vous vivez avec Ruth et Ashby Merewether…

La vieille dame semblait en savoir beaucoup sur son compte. Les commérages allaient décidément bon train à bord.

— J'ai du mal à croire que vous soyez ravie à l'idée que votre neveu épouse une vieille fille élevée parmi les « sauvages ».

Lady Boyle reposa son tricot et se cala dans son siège.

— Je sais d'expérience que Pierson obtient toujours ce qu'il convoite. Or, il est évident qu'il a jeté son dévolu sur vous. Je ne vois pas pourquoi sa famille se mettrait en peine pour l'en empêcher.

Drake la convoitait peut-être, mais Thea doutait que ce soit pour lui donner un rôle aussi durable que celui d'épouse.

— Tante Joséphine, il semble que vous ayez épuisé Mlle Selwyn avec vos bavardages.

La tête penchée de côté, la jeune femme dormait. Ses traits détendus accentuaient la vulnérabilité qu'elle s'efforçait tellement de dissimuler. Elle voulait lui faire croire qu'elle n'avait besoin de personne, mais Drake savait voir au-delà des apparences.

Il n'était pas convaincu que l'accident mortel auquel elle avait échappé le jour de leur rencontre soit le fruit du hasard. Les faits parlaient d'eux-mêmes : des tonneaux de cette taille ne pouvaient rouler que sous la poussée d'un homme particulièrement fort. Il s'agissait donc d'un acte volontaire, ce qui, étant donné les convictions antiesclavagistes qu'elle affichait, n'avait rien d'une hypothèse farfelue.

Drake ne cherchait pas à analyser le sentiment de soulagement qu'il avait éprouvé lorsqu'elle avait décidé de faire la traversée avec lui. Tout ce qu'il savait, c'était qu'il était content de la savoir loin du danger.

— Elle s'est assoupie il y a environ un quart d'heure, déclara lady Boyle en se levant. Je retourne dans ma cabine prendre le thé et faire une partie de cartes avec Mme Coombs.

— Merci d'avoir tenu compagnie à Thea.

La vieille dame accueillit ces remerciements d'un hochement de tête.

— Cette petite est délicieuse. Pas du tout rebutée par ta naissance, sache-le.

Drake se crispa.

— Vous lui en avez parlé ?

— Naturellement. Tu l'as déjà irrémédiablement compromise ; elle n'a d'autre choix que de t'épouser. Au moins doit-elle savoir ce qui l'attend.

— Je ne l'ai pas compromise !

— Comment crois-tu que les passagers de ce bateau interprètent tes visites dans sa cabine, mon neveu ?

— Je m'en moque éperdument !

— Toi peut-être, mais Mlle Selwyn risque de ne pas s'en moquer lorsqu'elle se verra refuser l'entrée de certaines maisons.

L'avait-il donc compromise à ce point ?

— Mais sa bonne était présente à chacune de mes visites. Et je me suis comporté aussi chastement qu'un eunuque !

— Es-tu en train de me dire que tu n'as pas l'intention de l'épouser ?

Sa tante avait le don d'aller à l'essentiel.

— Je n'en sais rien.

— Eh bien, tu ferais mieux de te décider rapidement.

Sur ces mots, la vieille dame s'éloigna dans un bruissement de jupes désapprobateur.

Épouser Thea ? Depuis toujours, il avait prévu d'épouser une femme de la haute société. Une femme exceptionnelle, afin de prouver à son père et au beau monde qu'il n'était pas n'importe qui, qu'il méritait qu'on le reconnaisse.

Certes, la seule relation sérieuse qu'il ait jamais eue avec une femme de qualité s'était mal terminée. Depuis, il avait une vision beaucoup plus cynique des femmes et du mariage. Il voyait ce dernier comme un contrat fondé sur l'intérêt de deux parties. Au terme de ce voyage, il serait infiniment plus riche que la plupart de ses pairs et, même si la haute société affectait de mépriser les individus trop directs, il savait que son argent lui permettrait de se procurer une épouse plus que respectable, un modèle de vertu.

L'ennui, c'était qu'il n'avait pas envie d'un modèle de vertu, mais de Thea, dont l'innocence virginale exigeait qu'il ne la possède que dans le cadre du mariage.

Le vent se leva brusquement, et la jeune fille frissonna. Se penchant, Drake la souleva dans ses bras. Elle plissait légèrement le front, et il en déduisit qu'elle devait faire un rêve déplaisant.

Tandis que Melly dormait comme une bûche sur son étroite couchette, Thea tournait en rond dans la cabine, incapable de trouver le sommeil en dépit de l'heure tardive.

Drake l'évitait, c'était flagrant.

Au cours des trois derniers jours, elle ne l'avait vu qu'au dîner. Il s'était montré poli, sans plus. Il ne lui avait pas proposé de promenade sur le pont et ne lui avait pratiquement pas adressé la parole, sauf pour prendre des nouvelles de sa santé.

Les propos de sa tante avaient-ils sonné le glas de leur amitié ? Thea aurait voulu lui dire qu'elle se moquait éperdument de ce que pensait la bonne société. Mais comment le faire sans admettre du même coup qu'elle avait feint de dormir pendant cette conversation fort embarrassante qu'il avait eue avec sa tante ?

Cela dit, elle n'avait pas eu la moindre occasion de lui parler seul à seul.

De toute façon, il était impossible de faire quoi que ce soit seul, à bord. Thea avait l'impression qu'elle allait retomber malade si elle ne sortait pas prendre l'air sur-le-champ. Drake lui avait certes recommandé de ne pas se promener sur le pont sans être accompagnée, mais, après tout, qui la verrait à cette heure-ci ?

Elle enfila en hâte une robe de lainage gris que lui avait donnée tante Ruth afin d'affronter le climat anglais, et sortit subrepticement de la cabine, ses chaussures à la main. Elle attendit d'être devant la porte qui donnait sur le pont pour les enfiler.

La nuit était enchanteresse. La lune se reflétait dans l'eau, et l'océan semblait s'étendre à l'infini.

Contournant l'escalier qui conduisait au pont des passagers, elle se rendit dans la partie du navire que la plupart des voyageurs ignoraient. En passant devant la porte entrouverte qui menait aux quartiers des marins, elle entendit des ronflements sonores.

Des cordages enroulés avec soin gisaient au pied du grand mât, ainsi qu'une barre destinée à soulever les écoutilles. Celui qui l'avait oubliée là se ferait tirer les oreilles, songea-t-elle en s'arrêtant un instant pour admirer les immenses voiles blanches qui claquaient dans le ciel nocturne.

Elle comprenait pourquoi Whiskey Jim prétendait que rien ne ravissait autant l'œil qu'un navire voguant dans la nuit.

Elle aimait aussi le silence et la relative intimité qu'offrait la nuit. L'équipage, en effectif réduit, était à peine visible.

Elle se remettait en marche quand une forte odeur, caractéristique des marins, l'avertit qu'elle n'était plus seule. Elle s'apprêtait à se retourner pour saluer le marin en question quand une poigne de fer lui agrippa les bras.

Se tortillant comme un beau diable, elle réussit à libérer l'un de ses bras et asséna un coup de coude à son agresseur. Celui-ci laissa échapper un vague grognement et l'attira brutalement contre lui.

Elle se mit à hurler :

— À l'aide ! Par pitié, aidez…

Une main sale se plaqua sur sa bouche, étouffant ses cris. Prise de panique, elle se débattit. Elle n'arrivait plus à respirer… Ne sachant plus que faire, elle le mordit de toutes ses forces.

L'homme jura, et la saisit à bras-le-corps.

— Tu me le paieras, sale garce !

Il la serrait si fort qu'elle crut que ses côtes allaient se briser. Elle se mit à ruer, lui flanqua un coup dans le tibia. Il desserra imperceptiblement son étreinte. Elle rua de nouveau et, à force de se contorsionner, parvint à se dégager suffisamment pour respirer.

— On va voir si tu te débats autant contre les requins, siffla l'inconnu en l'entraînant vers le bastingage.

Dieu du ciel, il allait la jeter par-dessus bord !

Sa terreur était telle qu'elle réussit à dégager un bras. Lançant le poing en arrière, elle atteignit le marin à la mâchoire. Ce dernier poussa un juron et tituba. Elle en profita pour lui flanquer un coup de pied dans la rotule tout en se démenant comme une folle. Cette fois, elle lui échappa, s'affala sur le pont et roula vers le grand mât.

— À l'aide ! cria-t-elle d'une voix qui, même à ses propres oreilles, lui apparut aussi faible qu'un couinement de souris.

On ne risquait pas de l'entendre !

C'est alors que ses doigts rencontrèrent la barre de fer qu'elle avait remarquée un peu plus tôt. Dieu soit loué !

Mais déjà son assaillant revenait à la charge. L'attrapant par les pieds, il la traîna de nouveau vers le bastingage. Éperdue, elle empoigna la barre, la souleva, et l'abattit de toutes ses forces sur l'épaule du marin. Hurlant de douleur, l'homme la lâcha.

Des bruits de pas précipités résonnèrent. Enfin ! Son agresseur devait les avoir entendus, lui aussi, car il détala sans demander son reste.

Allongée sur le pont, haletante, Thea bénit le marin négligent qui avait oublié cette barre de fer, ainsi que Whiskey Jim, qui lui avait appris comment venir à bout d'un marin ivre.

En découvrant Thea étendue sur le pont, la main crispée sur une barre de fer, Drake demeura un instant paralysé.

— Thea ? s'écria-t-il en s'agenouillant près d'elle.

Elle ne répondit pas. Son regard glissa au-delà de lui, comme si elle cherchait quelqu'un d'autre.

— Thea, fit-il en la secouant doucement. Que s'est-il passé ?

Elle cligna des yeux.

— Drake ?

— Oui.

Elle n'avait pas l'air de le reconnaître, et il eut peur, soudain. S'était-elle blessée à la tête en tombant ?

L'entourant de ses bras, il l'attira contre lui.

— Racontez-moi ce qui s'est passé.

Elle lâcha la barre, qui rebondit bruyamment sur le pont.

— Avez-vous trébuché à cause de cette barre ?

— Trébuché ? Non. Vous remercierez ce marin de ma part.

— Le remercier pour quoi ? Vos propos n'ont aucun sens.

— Pour avoir oublié cette barre, voyons.

Sur ce, Thea s'évanouit. Drake la souleva dans ses bras et se tourna vers le second. Il se promenait sur le pont avec celui-ci lorsqu'il avait entendu un juron sonore. Ce n'était là rien que de très normal sur un bateau, pourtant il avait éprouvé une inquiétude soudaine, et s'était élancé en courant dans la direction d'où venait le bruit.

— Elle a dû être agressée, dit-il au second. Avertissez le capitaine et fouillez le bateau.

— Le vaurien qui a fait ça a probablement déjà regagné sa cabine, monsieur Drake.

— Fouillez le bateau quand même.

— Bien, monsieur.

Tout en regagnant la cabine de Thea, Drake s'interrogea : que diable fichait-elle sur le pont en pleine nuit ? Elle n'ignorait sûrement pas quels dangers la guettaient.

Il arrivait à la porte de la cabine quand elle rouvrit les yeux. Son regard s'emplit aussitôt de terreur et elle se raidit entre ses bras.

— C'est moi, Thea, tout va bien. Personne ne vous fera de mal.

— Drake ?

— Oui.

— Dieu soit loué.

Il tenta d'ouvrir, mais la porte était fermée à clef.

— La clef, Thea, fit-il, comme elle ne réagissait pas.

— Ah… euh, oui.

Elle pêcha ladite clef dans sa poche, et l'introduisit elle-même dans la serrure plutôt que de le laisser s'en charger. Après avoir refermé la porte derrière eux, il la déposa sur sa couchette.

— Je vais réveiller votre femme de chambre.

— Non.

— Nom d'un chien, ce n'est pas le moment de vous soucier de son sommeil.

— Cela ne servirait à rien. Avec ce thé que vous lui faites porter, nous pourrions essuyer une tempête qu'elle ne s'en apercevrait pas.

Voilà qui expliquait comment elle avait réussi à quitter la cabine sans la réveiller…

Drake lui tourna le dos.

— Enfilez votre chemise de nuit, ordonna-t-il.

— Peut-être devriez-vous sortir d'abord.

— Il n'est pas question que j'aille où que ce soit.

— C'est bien ce que je craignais, soupira-t-elle.

Il perçut des froissements de tissu, puis le lit grinça.

— Vous pouvez vous retourner.

Drake s'exécuta, et reçut un coup en plein cœur. Elle lui apparaissait à la fois si belle et si désarmée, si frêle comparée à un homme.

— Allez-y, dit-il.

— Où ça ?

— Racontez-moi. Et commencez par m'expliquer ce qui vous a pris de vous promener seule sur le pont au beau milieu de la nuit.

6

J'ai mis lady Upworth dans la confidence au sujet de Thea. Elle m'a promis de m'aider à quitter l'Angleterre. Je prends un risque en lui révélant mon secret, mais j'en prends aussi un en restant ici. Elle estime que je devrais attendre que Thea soit un peu plus âgée pour voyager. Elle pense sans doute que Langley finira par se radoucir. Bien qu'elle n'en dise rien, elle a un faible pour son neveu. Je ne lui jette pas la pierre. Il fut un temps où, moi aussi, je l'aimais. Ce temps est révolu. Je ne supporte même plus de me trouver dans la même pièce que lui. Mon fils a maintenant un an, et je ne l'ai pas revu depuis le printemps.

Journal d'Anna Selwyn, comtesse de Langley,
le 24 septembre 1798

— Vous ne pensez pas qu'il y a plus urgent à faire ?

— Non, répliqua-t-il.

— Et mon agresseur ? Ne devriez-vous pas vous lancer à sa recherche ? Vos autres passagers sont peut-être en danger.

Le visage de Drake s'assombrit.

— Mes autres passagers se gardent bien de se promener la nuit, seuls, sur le pont.

Il s'assit au bord de la couchette, se pencha sur elle et ajouta :

— Bon sang, même une créature aussi entêtée et indépendante que vous aurait dû le savoir !

Thea recula jusqu'au mur en tirant les couvertures sur elle.

— Lady Boyle m'avait pourtant assuré que la vie à bord ressemblait à celle d'un village.

— J'imagine qu'elle faisait allusion à la propagation des commérages, pas à la bienveillance ou à l'honnêteté des passagers. Nous en avons embarqué dans chaque port. Qui vous dit que ce ne sont pas autant de vauriens et de brigands ?

— Ce n'était pas un passager.

— Pardon ?

— C'était un marin.

— Vous l'avez vu ? Pourquoi ne le disiez-vous pas ? Vous allez nous le montrer, après quoi je m'occuperai personnellement de lui.

— Je ne l'ai pas vu.

— Dans ce cas, comment savez-vous que c'était un marin ?

— L'odeur.

— L'odeur ?

— Oui. Les marins ont une odeur particulière. À moins que certains de vos passagers ne passent le plus clair de leur temps dehors et restent des semaines sans se laver, ça ne peut être qu'un marin.

Il paraissait sceptique.

— Je connais bien les marins, insista-t-elle. J'ai vécu toute ma vie au milieu d'eux

— Était-il saoul ? hasarda-t-il, toujours aussi peu convaincu.

— Non, je ne crois pas.

Son agresseur était bien trop stable sur ses jambes, se rappela-t-elle.

— Je suppose que c'est également son odeur qui vous le prouve ?

— À vrai dire, son haleine était trop infecte pour avoir été récemment lavée par un quelconque alcool.

— C'est absurde, Thea. Tous les marins sur ce bateau savent qu'attaquer une passagère, c'est risquer la mort. Même saouls, ils n'y songeraient pas.

— Pourquoi ne risquent-ils pas la mort s'ils attaquent un homme ?

Drake la fixa comme si elle avait perdu l'esprit.

— Ils n'ont aucune raison de s'en prendre à un homme.

— Il n'avait aucune raison de s'en prendre à moi non plus. Il voulait me jeter par-dessus bord ! Il faut être fou.

— Il a tenté de vous jeter par-dessus bord ? s'écria Drake en l'empoignant par les épaules.

— J'ai déjà suffisamment de bleus, inutile d'en rajouter.

Il desserra son étreinte, sans toutefois la lâcher.

— Expliquez-moi.

Thea lui raconta tout depuis le début. Elle ne se rendit compte qu'elle pleurait qu'en sentant sur ses lèvres le goût salé de ses larmes.

— Il a parlé de m'envoyer me débattre parmi les requins et m'a traînée vers le bastingage…

— Je ne comprends pas, murmura Drake en lui essuyant doucement les joues.

— Moi non plus.

Cependant, elle ne pouvait s'empêcher de se demander si cette agression n'était pas en rapport avec l'accident survenu dans l'entrepôt. Depuis qu'elle avait écrit au bureau de Londres à propos des anomalies repérées dans les comptes, elle avait échappé à deux accidents mortels. Son instinct lui soufflait qu'ils avaient un lien avec son enquête.

— Vous savez quelque chose, reprit Drake en resserrant son étreinte. De quoi s'agit-il ?

Comme elle tressaillait, il lui caressa les bras.

— Vous avez mal ?

— J'ai l'impression d'avoir été brinquebalée dans un attelage dont le cheval s'est emballé.

Il eut un demi-sourire perplexe.

— Ça vous est déjà arrivé ?

— Figurez-vous que oui. J'avais quatorze ans. L'un des fils de Jacob a voulu me jouer un tour, et il a glissé une épine sous la selle du cheval de l'attelage que j'apprenais à conduire.

— Quelle a été la punition de ce garçon ?

— Je l'ignore, mais je ne l'ai pas vu pendant plusieurs jours.

Drake se mit à rire, avant de reprendre son sérieux pour demander :

— Vous ne trouvez pas étrange d'avoir failli échapper deux fois à la mort en si peu de temps ? Dites-moi ce que vous savez.

Ne sachant exactement quoi lui dire sans en révéler trop, elle biaisa :

— Je suis sûre que l'homme qui m'a attaquée ce soir n'était pas aux alentours de l'entrepôt lorsque les tonneaux sont tombés.

Drake ne fit aucun commentaire. Il s'était remis à lui caresser les bras, et Thea avait l'impression que chaque caresse l'enjoignait à en dire davantage. Mais il n'en était pas question. Le connaissant, il ne se gênerait pas pour entraver son enquête s'il en avait vent.

— Je suis déjà au courant de vos activités abolitionnistes, lâcha-t-il.

Comment était-ce possible ? Personne ne savait qu'elle aidait les esclaves en fuite à quitter l'île à bord des navires de la compagnie. Pas même oncle Ashby.

— Que voulez-vous dire ?

— Jacob m'a dit que vous ne cachiez pas vos convictions à ce sujet.

Ouf ! Ce n'était que cela.

— C'est vrai, je les clame haut et fort. L'esclavage est une abomination à laquelle l'Angleterre ne devrait pas prendre part et qu'elle devrait abolir sans plus tarder. Voter des lois contre le commerce des esclaves ne suffit pas.

— Vous avez raison, concéda-t-il, à la grande surprise de Thea. Mais c'est un combat qu'il faut laisser aux hommes de loi.

— Certainement pas ! Tout citoyen devrait s'élever contre l'esclavage jusqu'à ce que les puissants qui ont bâti leur fortune sur la mort et le travail forcé de leur prochain soient contraints d'arrêter.

— Vos opinions ne sont guère populaires en Angleterre et encore moins dans les îles.

— Il ne s'agit pas d'une opinion, mais de la vérité. Le bien est le bien, et l'esclavage, c'est le mal.

— Diable, pas étonnant que quelqu'un ait tenté de vous jeter par-dessus bord.

— Je croyais que vous étiez d'accord avec moi.

— Certes, mais je n'approuve pas pour autant que vous risquiez votre vie en sermonnant tous les gens que vous rencontrez.

C'était bien ce qu'elle craignait. Si Drake trouvait risqué qu'elle ne cache pas ses convictions antiesclavagistes, que dirait-il en apprenant qu'elle menait une enquête sur un vol ?

— Je ne sermonne pas tous les gens que je rencontre, se défendit-elle. Juste ceux qui en ont besoin.

— Avec qui avez-vous abordé le sujet sur ce bateau ?

— Je suis restée dans ma cabine presque tout le temps. Je n'ai pratiquement parlé à personne… Bon, il est possible que j'en aie touché un mot à lady Boyle, mais il s'agit de votre tante et je la vois mal s'en prendre à moi.

— Certes, fit-il, narquois.

— Il y a aussi le commis aux vivres. Je l'ai entendu faire une remarque concernant les Africains, et je l'ai remis à sa place.

— Quelle remarque ?

— C'est sans importance.

— Qui d'autre votre « personne » comprend-il ?

— Il se peut que j'aie évoqué l'abolition de l'esclavage au dîner, hier soir, après votre départ. J'ai rencontré un gentleman odieux dans le salon des passagers, un planteur qui a commencé à disserter sur la différence d'intelligence selon les races et expliqué que certaines races devaient en servir d'autres. La querelle a été assez violente, je l'avoue, mais je doute de l'avoir convaincu. Il a pris la mouche et quitté le salon.

Si admiratif soit-il qu'elle ose prendre ainsi position en public, Drake était inquiet. De toute évidence, elle ne se rendait pas compte qu'elle était une menace pour elle-même.

— Comment s'appelle cet homme ?

— Pourquoi ?

— J'aimerais m'entretenir avec lui.

— Je vous ai dit que mon agresseur était un marin.

— Le nom de ce planteur, s'entêta-t-il.

— Je l'ignore. Mais lady Boyle le sait sûrement. Cet homme joue au whist et elle semblait le connaître.

— Très bien, je le lui demanderai.

Drake se leva et, après avoir baissé la lampe, se dirigea vers la porte.

— Où allez-vous ?

— Demander au second où il en est de ses recherches. Reposez-vous, je vous dirai ce que j'ai découvert demain.

— Vous êtes vraiment obligé de partir maintenant ? Je ne suis pas du tout fatiguée, nous pourrions parler stratégie.

Elle mentait, c'était visible. Quelques instants auparavant, elle avait eu du mal à réprimer un bâillement, et ses paupières étaient lourdes.

— Cela vous rassurerait-il si je postais un homme de confiance devant votre porte ?

— Certainement pas !

— Pourquoi ?

Drake trouvait souvent les femmes déroutantes, mais Thea remportait la palme.

— Ce serait très gênant, expliqua-t-elle. Et puis, Melly m'en demanderait la raison.

— Vous pourriez la lui dire.

— Non.

— Non ?

— Si nous lui contons ma mésaventure de ce soir, elle sera dans tous ses états. Elle risque de ne plus vouloir boire votre thé au gingembre de crainte que je ne profite de son sommeil pour sortir. Du coup, elle sera de nouveau malade. Non, il ne faut pas lui en souffler mot.

— Vous avez l'intention de retourner vous promener la nuit ?

— *Non !*

— Dans ce cas, je ne dirai rien à Melly. Mais vous ne croyez pas qu'elle remarquera vos ecchymoses en vous aidant à vous habiller ?

— Il y a bien longtemps que je m'habille seule.

Pourquoi diable Drake n'était-il pas surpris par cette révélation ?

— Je demanderai au capitaine et à son second de garder le secret, dit-il, ce qui profitera à l'enquête. Inutile de révéler notre jeu au coupable.

— Laissons-le croire qu'il ne court aucun danger, renchérit-elle. Peut-être fera-t-il une deuxième tentative, mais, cette fois, je serai prête à l'affronter.

— Il n'y aura pas de deuxième fois parce qu'il n'est pas question que vous alliez où que ce soit toute seule !

— Pas la nuit, bien sûr. Mais le jour ? Nous allons l'attirer hors de sa cachette et le pincer.

Servir d'appât ? Était-ce ce qu'elle avait en tête lorsqu'elle avait parlé de stratégie ?

Drake retourna à grands pas vers la couchette et se pencha sur elle avec la ferme intention de mettre le holà à ces idées saugrenues.

— Certainement pas !

Thea entrouvrit les lèvres, mais ne discuta pas, comme il s'y attendait.

Ses yeux bleus voilés de désir étaient rivés sur ses lèvres. Oubliant complètement leur discussion, Drake s'inclina et captura cette bouche si tentante.

Thea noua les bras autour du cou de Drake et répondit à son baiser avec enthousiasme. La sensation de ses lèvres sur les siennes était inouïe… Un mélange de douceur et de fermeté absolument divin.

Et ses cheveux ? De la soie sous ses doigts. Elle ne se rappelait pas avoir jamais touché les cheveux de qui que ce soit, ni du reste en avoir eu envie.

De la langue, il explorait adroitement sa bouche, faisant naître de troublants frémissements dans son ventre. Elle ne pouvait pas plus réprimer l'envie de se frotter contre lui qu'il n'était en son pouvoir de retenir les gémissements qui s'échappaient de ses lèvres.

Une plainte sourde monta de la gorge de Drake. Elle entendit soudain le bruit de l'étoffe qui se déchire, sentit l'air frais sur sa poitrine. Elle frissonna comme la grande main de Drake se refermait sur son sein, et se plaqua spontanément contre lui.

— Vous aimez cela, n'est-ce pas ? souffla-t-il en caressant du pouce la pointe de son sein.

— C'est divin. Je vous interdis d'arrêter !

Il éclata de rire.

— Décidément, Thea, vous ne ressemblez à aucune des femmes que j'ai connues !

— Que voulez-vous dire ? s'inquiéta-t-elle. Mon effronterie vous déplaît ?

Il l'écarta un instant, plongea son regard dans le sien.

— Au contraire, vous m'enchantez.

— Mais voilà des jours que vous m'ignorez !

— J'essayais de vous sauver de moi.

— Vous êtes soucieux de ma réputation, c'est cela ?

— Pas vous ?

— Pas vraiment. Mais j'ai l'impression que vous vous imaginez m'avoir compromise d'une manière ou d'une autre.

Drake contempla le sein nu sur lequel se détachait sa main hâlée. Puis il regarda de nouveau Thea dans les yeux.

— Cela vous a peut-être échappé, mais je vous ai bel et bien compromise.

— Pas du tout. Personne n'a besoin de savoir ce qui s'est passé entre nous.

— Moi, je le sais.

— Certes, mais les autres n'ont pas à le savoir.

— Tout le monde à bord de ce fichu bateau est déjà persuadé que je partage votre lit.

— Cela explique la conversation que j'ai surprise entre lady Boyle et vous ?

— Quelle conversation ?

— Celle dans laquelle elle vous expliquait que vous deviez m'épouser pour sauver ma réputation.

— Je croyais que vous dormiez, fit-il en fronçant les sourcils.

— Eh bien, non. Sachez une chose, Drake : je me moque de ma réputation, alors ne vous reprochez pas de l'avoir ternie.

— Vous ne pourrez pas assister à la saison mondaine si personne n'accepte de vous recevoir, lui rappela-t-il.

— Je le sais.

— C'est pourquoi sauvegarder votre réputation est d'une extrême importance.

Thea n'avait pas l'intention de discuter plus longtemps de ces broutilles. Si Drake faisait exprès de ne pas comprendre, inutile de se fatiguer. Elle avait mieux à faire…

Enfouissant les doigts dans ses cheveux, elle afficha une expression aguicheuse pour murmurer :

— Embrassez-moi encore.

Son jeu devait être plutôt réussie, car il s'exécuta sans rechigner. Et tandis que sa bouche s'activait sur la sienne, il lui pétrit doucement les seins, lui arrachant de voluptueux soupirs.

Seigneur, cet homme était source de sensations nouvelles, et pas seulement physiques ! Lorsqu'elle était avec lui, elle ne ressentait plus cette solitude qui l'accompagnait depuis la mort de sa mère. Lorsqu'il la touchait, elle se sentait liée à lui d'une manière à laquelle, dans le secret de son cœur, elle aspirait depuis toujours.

Avec lui, elle se sentait femme sans se sentir faible. Elle se sentait belle et désirable. Comment ne pas vouloir qu'il la caresse ?

S'enhardissant, elle déboutonna sa chemise, posa les paumes sur son torse tiède. Comme elle faisait mine de poursuivre son exploration plus bas, il lui agrippa les poignets et lâcha d'une voix rauque :

— Non !

— J'ai envie de vous toucher.

Pour toute réponse, Drake la fit basculer sur le dos et s'allongea sur elle. Elle allait protester, mais les merveilleuses sensations qu'éveillait ce corps ferme pressé contre le sien l'en empêchèrent. Comme elle se cambrait contre lui pour accroître ces sensations, il approfondit son baiser, sa langue mimant les mouvements de son bassin.

Grisée, Thea frotta ses seins dénudés contre son torse, et crut défaillir de plaisir. Comment avait-elle pu vivre vingt-trois ans sans jamais rien éprouver de semblable, même vaguement ?

Ce qu'elle ressentait à présent était à la limite du supportable. C'était comme si son corps se contractait et se dilatait tout à la fois, comme si de petites explosions se produisaient à l'intérieur d'elle-même.

Peut-être aurait-elle crié si Drake n'avait pas été occupé à l'embrasser fiévreusement. Quoi qu'il en soit, son corps entier se raidit soudain, et la vague monstrueuse de l'extase l'emporta. Drake cessa progressivement d'onduler des hanches jusqu'à s'immobiliser complètement. Abandonnant ses lèvres, il déposa une pluie de baisers sur son visage et le long de son cou.

— Je ne comprends pas que les femmes autorisent leur mari à quitter leur chambre, car voilà indubitablement l'un des avantages du mariage, commenta Thea, le souffle court.

Drake éclata d'un rire tonitruant. Melly émit un ronflement sonore tout en marmonnant dans son sommeil. Tous deux la fixèrent un instant, puis échangèrent un regard stupéfait.

— J'avais totalement oublié qu'elle était là, avoua Drake.

— Moi aussi.

Il se releva vivement, comme s'il venait de se brûler, laissant Thea désemparée.

— Nous avons failli… J'ai presque…

— Quoi ?

En une fraction de seconde, la passion céda le pas à la colère.

— Mais enfin, s'écria-t-il, j'ai failli vous faire l'amour alors que votre femme de chambre dormait à deux pas !

— Nous n'avons donc pas fait l'amour ? s'étonna-t-elle.

Drake la dévisagea, incrédule.

— Comment diantre pouvez-vous être aussi innocente ?

Sans trop savoir pourquoi, Thea se sentit insultée. L'innocence n'était tout de même pas un défaut !

— Je vous assure que si j'avais rencontré plus tôt un homme comme vous, je ne le serais plus.

— Alors, c'est une bonne chose que ça ne soit pas arrivé.

— Pourquoi ?

— Parce que j'aurais été contraint de le tuer.

À en juger par son ton, il ne plaisantait pas. À l'idée qu'il ne veuille pas qu'un autre la touche, Thea eut chaud au cœur. Elle eut peur aussi. Était-ce ainsi que son père s'était comporté avec sa mère ? En homme possessif ?

Elle se rassura cependant en songeant que, contrairement à son père, Drake n'avait pas dit qu'il la tuerait *elle* ou la haïrait, mais qu'il tuerait son rival.

Thea soupira. Dieu que tout cela était compliqué !

Drake traversa la cabine, ouvrit sa malle, et se mit à fourrager dedans. Quand il eut trouvé ce qu'il cherchait, il revint vers Thea et entreprit de lui ôter sa chemise de nuit.

— Que faites-vous ?

— À moins que vous ne teniez à ce que Melly sache ce que vous avez fait cette nuit, je vous conseille de vous changer.

— Je sais m'habiller seule, lui rappela-t-elle.

Drake eut un sourire canaille qui la prit de court.

— Je sais, dit-il. Mais j'adorerais vous aider.

— Fort bien.

Comme elle levait les bras afin qu'il lui retire son vêtement plus aisément, il s'esclaffa.

— Qu'y a-t-il ?

— Vous avez l'air d'une petite fille qui attend qu'on la déshabille.

Justement, elle attendait bel et bien qu'on la déshabille.

Lorsqu'il l'eut débarrassée de sa chemise de nuit, il se figea. Levant les yeux, Thea retint son souffle en rencontrant son regard brûlant.

— Il vaudrait mieux que vous terminiez seule, dit-il d'une voix sourde en reculant de quelques pas.

Thea s'exécuta, puis le regarda de nouveau. Il semblait chagriné, et comme abattu.

Peut-être ne lui avait-elle pas procuré autant de plaisir qu'il lui en avait procuré. Comment une femme était-elle censée savoir ces choses-là ? Elle se mordilla la lèvre, cherchant comment formuler sa question. Puis décida que la manière la plus directe était la meilleure.

— Hum, Drake…

— Après ce qui vient de se passer entre nous, vous pourriez peut-être m'appeler par mon prénom, suggéra-t-il.

— Peut-être, mais ce n'est pas là le plus important pour le moment.

— Et qu'est-ce qui est important ? s'enquit-il, ironique.

— Vous ai-je procuré du plaisir ?

Son regard ambré se réchauffa.

— Plus que je ne saurais le dire, Thea, assura-t-il en s'approchant de nouveau pour lui caresser la joue. Mais si vous voulez savoir si je suis allé jusqu'au bout, la réponse est non.

— Ah…

Que devait-elle comprendre, exactement ?

— J'aimerais que vous alliez jusqu'au bout, risqua-t-elle.

Elle voulait qu'il éprouve cette merveilleuse sensation de plénitude qu'elle-même avait ressentie.

— J'aimerais beaucoup, moi aussi, mais le moment n'est pas encore venu.

Il se pencha, déposa un baiser sur son front, son nez, ses lèvres.

— Bonne nuit, Thea.

— Bonne nuit.

Elle le regarda sortir, encore toute vibrante de plaisir.

— Vous ne m'ignorerez plus, n'est-ce pas ?

— Non, répondit-il sans se retourner.

— Tant mieux.

Il referma la porte derrière lui. Mais ce fut seulement lorsque la clef tourna dans la serrure qu'elle comprit qu'il l'avait emportée avec lui. Se levant d'un bond, elle alla secouer le battant.

— Pierson ? souffla-t-elle. Drake, ajouta-t-elle plus fort, revenez immédiatement !

Pour toute réponse, elle entendit son pas qui s'éloignait.

Sacrebleu ! Ce diable d'homme l'avait enfermée à clef !

7

Lady Upworth a des amis qui partent pour les Caraïbes : M. et Mme Merewether. M. Merewether doit quitter l'Angleterre pour raisons de santé et a décidé d'ouvrir un comptoir dans les Caraïbes. Lady Upworth a pris les dispositions nécessaires pour que Thea et moi puissions voyager avec eux. Melly, cette perle, est d'accord pour nous suivre. Je n'ai que trop longtemps repoussé l'inévitable. J'ai voulu attendre une saison de plus dans l'espoir de voir mon fils lorsque Langley viendrait à Londres, mais lady Upworth m'a appris que Jared passerait la saison à Langley Hall. Sa nourrice trouve cela préférable.

Journal d'Anna Selwyn, comtesse de Langley,
le 3 avril 1799

Drake souriait encore au souvenir de la voix furieuse de Thea lorsqu'elle l'avait appelé après qu'il l'eut enfermée à double tour.

Le lendemain matin, il était revenu ouvrir avant que Melly ne se réveille. Personne ne saurait ce qu'ils avaient fait cette nuit… sauf lui. Ce n'est pas de gaieté de cœur qu'il avait enfermé Thea dans sa cabine, mais à part monter la garde devant sa porte, il n'avait pas trouvé d'autre moyen d'assurer sa sécurité.

Elle était bien trop imprudente.

Et tellement innocente – un peu moins depuis cette nuit, cela dit. Le souvenir de son corps frémissant de plaisir sous le sien suffisait à le faire durcir. Plus que trois jours avant d'atteindre les côtes anglaises. Il faudrait qu'il se tienne tranquille jusque-là. Une fois à Londres, il se débrouillerait pour obtenir une dispense de bans et l'épouser. Il n'avait pas l'intention de la jeter après avoir profité d'elle, comme son père l'avait fait avec sa mère.

Elle commencerait sans doute par discuter. Mais après les événements de cette nuit, elle comprendrait qu'ils n'avaient d'autre choix que de se marier. Si indépendante soit-elle, elle finirait par s'habituer. Après tout, le mariage offrait quelques avantages, ainsi qu'elle l'avait elle-même souligné.

Il frappa à la porte de la cabine, s'attendant que Melly vienne ouvrir. Mais ce fut Thea qui s'encadra sur le seuil, ravissante dans une robe bouton-d'or. Ses cheveux étaient attachés en un chignon lâche, et Drake eut l'impression qu'il suffirait de tirer sur quelques mèches ici ou là pour que la masse soyeuse s'effondre sur ses épaules.

— Ne me regardez pas comme ça, dit-elle sèchement.

— Comment ?

— Comme si vous aviez envie de me toucher.

— Pourquoi pas ?

— Je suis en colère contre vous. Et ne me dites pas que cela vous étonne.

— C'est à propos de cette nuit, soupira Drake.

— Oui.

— Je veux bien vous présenter mes excuses si vous le souhaitez.

Elle s'était montrée tellement libre, cette nuit, mais la pudeur féminine avait sans doute fini par reprendre le dessus.

Il préférerait toutefois poursuivre cette conversation en privé. Il fit mine d'entrer, et, à sa grande surprise, Thea ne l'en empêcha pas.

— Je le souhaite, en effet, répondit-elle en refermant la porte. Je veux votre promesse que cela ne se reproduira pas.

— Je ne peux vous faire une telle promesse.

— J'insiste.

L'agacement finit par l'emporter sur le désir d'être patient et compréhensif.

— Nom de Dieu, Thea, vous croyez vraiment qu'après ce qui s'est passé cette nuit, je peux vous promettre de ne plus jamais vous toucher ? Vous et moi sommes comme l'allumette et l'amadou. Ce serait une promesse impossible à tenir, et c'est pourquoi je ne peux vous la faire.

Elle le fixa comme s'il avait perdu l'esprit.

— Mais que me chantez-vous là ? Je ne vous ai pas demandé de me promettre de ne plus me toucher. Il me semble même vous avoir fait promettre de ne plus m'ignorer.

Cette fille le rendait chèvre.

— Que voulez-vous, dans ce cas ?

— Que vous ne recommenciez plus jamais à m'enfermer dans ma cabine comme une gamine désobéissante !

Ce fut plus fort que lui : Drake éclata de rire. Thea ne faisait ni ne disait jamais ce à quoi on s'attendait.

— Et je vous prierai de ne pas vous moquer de moi, monsieur.

Il l'attira à lui et déposa un baiser sonore sur ses lèvres avant de la relâcher.

— J'essaierai, promit-il, mais vous êtes trop délicieuse, Thea. Je vous propose un marché. Je ne vous enfermerai plus à clef si vous me donnez votre parole d'honneur que vous ne vous aventurerez plus seule hors de votre cabine.

— Dois-je comprendre que si je refuse votre marché, vous m'emprisonnerez dans ma propre cabine ?

Drake se contenta de hausser les épaules.

— Fort bien. Mais mon idée de servir d'appât était excellente.

— Sûrement pas. Ai-je votre parole d'honneur ?

— Cela vous suffira-t-il ?

— Oui.

— Alors, vous l'avez. À présent dites-moi ce qu'a découvert le second ?

Soulagé qu'elle oriente la conversation sur sa mésaventure plutôt que sur leur intermède passionné, Drake se détendit.

— Pas le moindre indice.

— Si nous ne tendons pas un piège à cette canaille, nous risquons de ne jamais lui mettre la main dessus.

— Pas question.

— Mais, Drake…

— Vous m'avez donné votre parole.

— Et je m'y tiendrai. Mais il y a sûrement quelque chose à faire.

— Le second interroge l'équipage afin de savoir si certains ont vu l'un d'entre eux quitter ses quartiers cette nuit, à l'heure où vous avez été agressée.

— Bien, mais cela ne suffit pas.

— Il faudra vous en contenter pour l'instant.

Thea le dévisagea en silence. Sans doute était-elle contrariée qu'il ne puisse rien faire de plus pour retrouver son agresseur.

— J'aimerais beaucoup apprendre à vous procurer un plaisir semblable à celui que vous m'avez offert, cette nuit, déclara-t-elle à brûle-pourpoint.

Ces paroles eurent sur Drake un effet immédiat. Il eut envie de la jeter sur sa couchette et de trousser draps et jupons. Cependant, il ne pouvait faire cela à une femme qui s'exprimait comme une maîtresse, mais rougissait comme une pucelle.

— Bien que je me réjouisse de l'intérêt que vous portez à cet aspect des choses, il va falloir patienter, ma chère. Ma tante nous attend pour une partie de cartes.

— Pas un whist, j'espère ! Je ne suis absolument pas douée pour ce jeu. Et votre tante est sans pitié.

— Je crains que vous n'ayez pas le choix.

— Très bien. Mais n'espérez pas esquiver si facilement l'autre sujet. Vous m'avez donné votre parole, et l'honneur exige que vous la teniez, fit-elle en acceptant son bras.

Il parvint à grand-peine à garder son sérieux. Jamais, en trente ans, il n'avait autant eu envie de sourire, et a fortiori de rire, qu'en une heure en compagnie de Thea.

— Je suis très attaché à mon honneur, assura-t-il en lui pressant la main.

— Raison de plus.

Appuyée contre le bastingage, les cheveux au vent, Thea suivait des yeux les évolutions d'une mouette.

— Sommes-nous donc si près de la côte ?

À côté d'elle, Drake hocha la tête.

— Nous serons à Liverpool deux jours avant la date stipulée dans mon contrat.

— Avez-vous réussi à identifier mon agresseur ?

L'expression satisfaite de Drake disparut.

Elle venait de rater une occasion de se taire, et se serait giflée. Il le lui aurait dit s'il avait du nouveau, non ? En attendant, elle avait gâché ce merveilleux tête-à-tête alors qu'ils devenaient de plus en plus rares. En effet, plus *Le Dragon d'or* approchait du port, moins Drake avait de temps à lui consacrer. Il était tellement occupé qu'ils n'avaient pas eu l'occasion d'approfondir ce qui les attirait l'un vers l'autre.

Thea soupira. Bientôt, leurs chemins se sépareraient et les chances de le revoir étaient minces.

La perspective de cette séparation imminente la glaçait. Elle voulait davantage que ces instants de passions volés près de sa femme de chambre endormie. Un souvenir à chérir, qui lui réchaufferait le cœur quand il ne lui resterait plus que la solitude et le travail.

Elle avait pris ses dispositions, et espérait juste qu'il ne la trouverait pas trop hardie.

Elle se rendit compte soudain que Drake lui avait parlé.

— Excusez-moi, j'étais ailleurs. Que disiez-vous ?

Il afficha cette expression irritée qu'elle commençait à trouver très séduisante.

— Que peut-il y avoir de plus important que de retrouver l'homme qui vous attaquée ?

« Comploter pour rester auprès de l'homme dont elle craignait d'être amoureuse », faillit-elle lui répondre. Terrifiée par cette pensée, Thea s'empressa de la chasser. L'amour rendait les femmes faibles et vulnérables. Il les mettait à la merci d'hommes comme son père.

— Qu'y a-t-il ? Vous êtes toute pâle. Voulez-vous un peu de thé au gingembre ?

La sollicitude de Drake la rassura. Il était peut-être entêté, et ressemblait plus à son père qu'elle ne voulait l'admettre, mais un cœur tendre battait sous la fière carapace.

— Non, merci, répondit-elle. Que disiez-vous juste avant ?

— Je disais que nous n'avons pas l'ombre d'une piste. Aucun marin, que ce soient ceux qui étaient de quart ou ceux qui étaient dans leurs quartiers, n'a rien noté de particulier.

— J'imagine que les hommes d'équipage qui n'étaient pas de quart dormaient profondément.

La ration quotidienne de rhum, ajoutée au dur travail de la journée, n'y était sans doute pas étrangère.

— Probablement, répondit Drake d'un ton sec.

— Ne soyez pas fâché. Nous serons bientôt au port et il n'y aura plus de danger.

— Ce n'est pas ce que me souffle mon instinct.

— Ne vous laissez pas entraîner par votre imagination, lui conseilla-t-elle.

— L'instinct n'a rien à voir avec l'imagination, rétorqua-t-il. En outre, vous me cachez quelque chose.

Thea crispa les doigts sur le bastingage. Si elle lui révélait la véritable raison de sa présence sur ce bateau, il insisterait sûrement pour se charger de l'enquête à sa place, ou au moins lui prêter main-forte. La perspective de le voir davantage, fût-ce au prix de son indépendance, la tentait. Mais ce serait profiter de sa nature chevaleresque. Ce qu'elle ne voulait en aucun cas.

Elle reporta son attention sur la mouette, qui n'était plus qu'un point dans le ciel et, feignant une légèreté qu'elle était loin de ressentir, observa :

— C'est surprenant de penser que nous sommes suffisamment près de la terre pour que des oiseaux viennent jusqu'à nous, alors que l'océan paraît plus vaste que jamais, vous ne trouvez pas ?

La main de Drake se referma sur son poignet et il l'attira tout contre lui.

— Dites-le-moi.

— Vous devriez me lâcher. Songez à ma réputation.

— Je me charge de votre réputation, n'ayez crainte. Dites-moi ce que vous me cachez.

— J'ignore qui a essayé de me jeter par-dessus bord.

— Mais vous savez quelque chose. Il faut me le dire. Une fois au port, nous n'aurons plus aucun moyen de coincer ce vaurien.

Thea n'avait aucune envie de parler de cela. Elle voulait embrasser Drake, sentir sa bouche s'entrouvrir sous les assauts de sa langue. Elle eut beau s'efforcer de les chasser, ces pensées audacieuses persistèrent. Le moment était mal choisi, et elle ne voulait pas que Drake ait encore des ennuis avec lady Boyle. Car, à passer du temps avec la vieille dame, elle en était arrivée à la conclusion que si Drake semblait se moquer de l'opinion d'autrui, sa famille avait une grande importance à ses yeux.

— Drake ?

— Quoi ?

— Pourquoi est-ce si important pour vous d'atteindre Liverpool à la date prévue ?

— Je vous l'ai déjà dit.

— C'est vrai, mais je ne comprends pas. Vous vous moquez de ce que pensent les autres et, pourtant, vous tenez absolument à ne pas décevoir vos investisseurs. Ça n'a pas de sens.

Comme une rafale de vent balayait le pont, Thea frissonna dans sa robe de mousseline. Spontanément, Drake se mit à lui frictionner le dos pour la réchauffer. Elle mourait d'envie de lui retourner sa caresse, et plus encore, mais sans doute ne s'en serait-il même pas aperçu. À en juger par son regard lointain, il ne semblait en effet pas conscient qu'il la touchait.

— Certains de ces investisseurs sont des amis.

— Je sais, mais je suis sûre qu'il y a une autre raison. N'est-ce pas ?

— Oui, avoua-t-il à contrecœur.

— Laquelle ?

— Mon père.

— Je ne comprends pas, fit-elle, véritablement stupéfaite. Lady Boyle prétend que votre père ne vous a jamais reconnu. Ferait-il partie de vos investisseurs ?

— Ma tante ne sait pas tenir sa langue.

— Peut-être, mais cela ne change rien à la question. Quel rôle votre père joue-t-il dans cette aventure commerciale ?

— Lorsque j'ai atteint ma majorité, il a remis à ma mère une somme substantielle qui m'était destinée.

— Il n'était pas contraint de vous reconnaître pour effectuer une telle démarche ?

Drake eut un rire amer.

— Non. On peut faire les choses de façon civilisée dans la haute société sans jamais être obligé de reconnaître ses erreurs.

— Je ne comprends pas.

— Mon père m'a fait don de cet argent de manière anonyme, par le biais d'un tiers. Je l'ai utilisé pour acheter mon premier bateau.

— Oh…

— Dès que j'en ai eu les moyens, je l'ai remboursé.

— Cela a dû le vexer.

— Aucune idée. Nous ne nous sommes jamais parlé.

— Vraiment ? Vous devez pourtant fréquenter les mêmes cercles ?

— Nous sommes même membres du même club, répondit Drake. Tout comme mon grand-père. Je veux que mon père soit témoin de mes succès et qu'il regrette d'avoir refusé de reconnaître mon existence.

Thea aurait voulu pouvoir effacer le chagrin qu'elle percevait dans sa voix. Drake lui apparaissait soudain vulnérable, ce qu'elle n'aurait jamais soupçonné. Et cela l'effrayait. Savoir que sa fierté et son sens de l'honneur cachaient en réalité une soif de reconnaissance ébranlait davantage ses défenses, déjà fort peu solides. Chaque instant passé auprès de lui ancrait plus profondément en elle des sentiments dont elle ne voulait pas.

— Moi non plus, je n'ai jamais parlé à mon père, s'entendit-elle murmurer.

Son secret était enfoui en elle depuis si longtemps. Jamais elle n'avait jamais parlé de son père ou de son frère aux Merewether. Seule lady Upworth les évoquait dans ses lettres. Même à présent, elle n'était pas prête à révéler toute son histoire à Drake, mais un besoin impérieux la poussait à lui parler de son père.

— Je croyais que vous aviez perdu vos parents ? fit-il en s'écartant pour croiser son regard.

— Ma mère est morte quand j'avais treize ans. Je n'ai jamais connu mon père.

— Seriez-vous, vous aussi, une enfant naturelle ?

— Non, mes parents étaient mariés. Mais mon père s'est conduit de façon si méprisable envers ma mère qu'elle s'est enfuie lorsque j'étais bébé.

— Il ne l'a jamais retrouvée ?

— Il ne l'a jamais cherchée.

— Qu'en savez-vous ?

— Une amie nous tenait au courant.

C'était comme si Drake venait de recevoir une gifle magistrale. Cette nouvelle le bouleversait. Il voulait en savoir davantage, mais l'endroit se prêtait mal à une conversation intime. Sans réfléchir, il prit la main de Thea et l'entraîna à sa suite.

— Où allons-nous ?

— Quelque part où nous pourrons discuter sans crainte d'être dérangés.

Avant de pénétrer dans sa cabine, il vérifia que la coursive était déserte. Qu'il amène une femme célibataire dans ses quartiers ne plairait pas du tout à sa tante, ni à ses amies.

Après avoir refermé la porte, il fit signe à Thea de s'asseoir. La cabine, plus spartiate que celle de la jeune femme, ne comportait pour tout mobilier qu'une étroite couchette, une chaise et une table minuscule vissée au sol. Thea s'assit au bord de la couchette. La lumière qui filtrait par le hublot jouait sur son beau visage sérieux et accrochait des reflets roux dans ses cheveux soyeux.

Agrippant le bord du matelas à deux mains, elle s'abîma dans la contemplation du parquet.

— Je suppose que vous voulez connaître toute l'histoire.

« Oh que oui ! » songea-t-il. Il lui prit cependant le menton pour la forcer à le regarder et murmura :

— Seulement si vous avez envie de me la raconter.

Thea inspira profondément, puis se jeta à l'eau :

— Ma mère en était à son quatrième mois de grossesse quand mon père insista pour qu'elle l'accompagne à un bal organisé par des membres influents de la haute société. Elle aurait préféré aller à la campagne, mais elle savait qu'il se souciait du qu'en-dira-t-on, et elle l'aimait, c'est pourquoi elle accepta. Après avoir dansé, elle sortit prendre l'air dans le jardin. Un ancien prétendant, qui l'avait courtisée en même temps que mon père, la suivit.

Comme elle s'interrompait, Drake vint s'asseoir près d'elle et s'empara de sa main. Elle était glacée.

— Vous n'êtes pas obligée de poursuivre.

— Si, je veux tout vous dire. Cet homme, qui avait suivi ma mère, était un misérable. Il l'enlaça et l'embrassa de force. Mon père les surprit, et entra dans une rage folle. Il injuria ma mère et provoqua l'homme en duel. Ce duel n'eut jamais lieu. L'homme rendit visite à mon père et lui assura sur l'honneur que c'était ma mère qui lui avait fait des avances. Il présenta ses excuses à mon père et l'affaire fut entendue. Du moins entre les deux hommes. Mon père ne pardonna jamais à ma mère et refusa de croire sa version des faits. C'est un homme dur et inflexible.

Leurs pères respectifs avaient cela en commun, songea Drake.

— Il envoya ma mère à la campagne en attendant l'accouchement, enchaîna Thea. L'enfant à peine né, mon père fit irruption dans la chambre, et l'arracha des bras de sa femme en lui disant qu'elle ne le reverrait jamais.

— Votre mère vous a donc enlevée et s'est enfuie avec vous.

Thea eut un regard étrange, mais ne nia pas. Peut-être l'idée que sa mère s'était rendue coupable d'enlèvement lui déplaisait-elle, se dit Drake.

— Est-ce la raison pour laquelle vous n'êtes jamais retournée en Angleterre ? ajouta-t-il.

— Oui.

— Irez-vous voir votre père ?

— Non. Je ne veux ni le voir ni avoir affaire à lui d'aucune manière. Il a détruit notre famille par son manque de confiance et sa dureté. Il n'a aucune place dans mon cœur.

Drake inclina la tête, si près que Thea sentit son souffle sur ses lèvres.

— Et moi ? Ai-je une place dans votre cœur ?

Le regard de la jeune femme s'emplit d'une terreur dont il ne comprit pas la raison.

— Je vous en prie, ne parlons plus de cela, murmura-t-elle.

Il voulait l'entendre dire qu'elle avait conçu de l'affection pour lui, mais ces accents désespérés le dissuadèrent d'insister.

— Fort bien. Il y a mieux à faire avec nos bouches que parler.

Ce baiser les embrasa tous deux. Sans savoir comment, Drake se retrouva allongé sur elle, l'embrassant avec cette irrépressible passion qui s'emparait de lui chaque fois qu'il la touchait.

Thea l'enlaça et l'étreignit avec tant de force qu'il se demanda comment elle pouvait encore respirer.

Dieu qu'elle était douce ! Elle lui rappelait ces bonbons au gingembre que la cuisinière de son grand-père préparait autrefois pour Noël. Il en raffolait, et plus il en mangeait, plus il en réclamait. C'était la même chose avec Thea. Le simple fait de goûter à ses lèvres excitait son appétit.

La cloche signalant le changement de quart retentit.

— Thea, nous devons arrêter. Ma tante nous attend pour le thé.

— J'ai envoyé Melly m'excuser auprès d'elle et lui dire que je devais faire mes bagages.

Vu qu'il lui avait fallu moins de deux heures pour les faire avant son départ, Drake comprit que cette excuse n'était qu'une ruse.

Elle lui sourit, et ajouta :

— Melly doit passer ces derniers moments à bord avec les amies qu'elle s'est faites durant le voyage. Drake, je vous en prie, faites-moi l'amour.

Il avait prévu d'attendre le mariage pour aller plus loin avec elle dans l'apprentissage de la passion. Mais ses bonnes résolutions fondirent comme neige au soleil lorsqu'il croisa son regard brillant de désir. Thea était aussi imprévisible que le vent, et l'envie qu'il avait de prendre le large avec elle, irrésistible.

8

Les Merewether sont des gens adorables. Ils ont insisté pour que Thea et moi-même logions chez eux. Ruth adore les enfants et a toujours regretté de ne pas en avoir. Ashby m'a demandé de rester non seulement parce que Thea est une source de joie pour sa femme, mais aussi parce qu'il s'en veut de l'avoir obligée à quitter ses amis pour venir s'installer avec lui sur cette île minuscule.

Journal d'Anna Selwyn, comtesse de Langley,
Le 7 septembre 1799

Drake se leva et Thea se sentit affreusement déçue. Il allait refuser. Elle détourna les yeux, mortifiée par ce rejet.

Entendant un froissement d'étoffe, elle risqua un regard furtif dans sa direction. Il était en train de retirer sa cravate ! Il achevait de déboutonner son gilet lorsqu'elle comprit enfin ce que cela signifiait.

Seigneur, il fallait qu'elle dise quelque chose, n'importe quoi, pour briser le silence lourd d'attente qui emplissait à présent la cabine ! Mais aucun ne sortit de sa bouche lorsqu'elle l'ouvrit. Elle se contenta de fixer Drake avec de grands yeux.

Ce n'était pas possible de rester ainsi, telle une enfant devant un spectacle de marionnettes. Se levant à son tour, elle entreprit de dénouer le ruban qui fermait sa robe.

— Non, l'arrêta-t-il.

Elle se figea. S'était-elle méprise sur ses intentions ?

C'est alors qu'il l'attira contre lui, le regard chargé d'une émotion indéchiffrable.

— Je veux vous dévêtir moi-même.

— Bien.

De toute façon, elle tremblait tellement qu'elle doutait d'être capable de s'en sortir seule.

Lorsqu'il n'eut plus sur lui que ses dessous, qui se tendaient sur son sexe, elle réprima un frisson d'appréhension. Mais peut-être le tissu souple exagérait-il les reliefs de son anatomie.

Comme il lui effleurait la joue, elle leva les yeux. Il souriait à demi, et elle rougit en comprenant qu'il avait surpris la direction de son regard.

— Nous sommes différents, mais vous n'avez pas de raison d'avoir peur.

— Très différents, en effet. Et cela me fascine.

— Cela me fascine aussi, avoua Drake, avec un large sourire, cette fois.

Son sourire s'effaça lentement tandis qu'il la contemplait avec une intensité qui fit bondir son cœur dans sa poitrine. Une à une, il commença à retirer les épingles qui retenaient sa coiffure. Lorsque la masse soyeuse de sa chevelure cascada sur ses épaules, il y enfouit les doigts et chuchota :

— Vous avez des cheveux superbes. J'ai rêvé de les voir flotter librement sur votre corps nu.

— Vous… vous rêvez de moi ?

— Énormément.

— Oh… Et qu'avez-vous rêvé d'autre ?

— Je vais vous montrer…

Thea frissonna, mais ce n'était pas de froid. Elle avait envie qu'il lui montre. Et de le toucher, aussi.

Mais comme elle tendait la main vers lui, il la lui attrapa.

— Pas encore.

Il l'attira à lui jusqu'à ce que leurs corps se touchent.

Elle se risqua à caresser son dos si musclé. Et tressaillit de plaisir au contact de sa peau nue.

— Hum, fit-il en se penchant sur elle, vous sentez bon les parfums de l'île…

Tout en parlant, il dénoua habilement le ruban de sa robe. Elle sentit celle-ci se desserrer, puis Drake glissa les doigts à l'intérieur pour la caresser à travers sa fine chemise.

— Ma petite tentation tropicale… Savez-vous que cette aura de mystère qui vous accompagne m'a fasciné au premier regard ?

Elle rit à l'idée qu'une vieille fille de vingt-trois ans puisse apparaître aussi exotique à un homme comme Pierson Drake.

— Je suis pourtant une personne bien ordinaire.

— Vous êtes tout sauf ordinaire. Vous vous habillez comme une lady anglaise, et pourtant vous ne portez ni bas ni corset.

— Il fait trop chaud dans les Caraïbes pour porter des bas, quant au corset, vous savez ce que j'en pense.

S'écartant un peu, Drake fit glisser les manches de sa robe sur ses épaules. Lentement. Et Thea se retrouva bientôt uniquement vêtue de sa chemise. Le regard déjà incandescent de Drake semblait maintenant aussi brûlant que les vapeurs d'un volcan.

— Vous vous exprimez comme une dame, reprit-il, et pourtant, les mots qui sortent de votre bouche ne ressemblent pas aux balivernes que les dames nomment conversation.

— Je dis simplement ce que je pense.

— Précisément. N'ayant jamais vécu en Angleterre, vous ne pouvez savoir combien vous êtes différentes des femmes qu'on rencontre habituellement dans la haute société.

Tout en parlant, il n'avait cessé de la dévorer des yeux, et elle se mit à trembler. Doucement, il referma la main sur l'un de ses seins ; ce fut comme si une source venait de jaillir au plus intime d'elle-même. Les pointes de ses seins se dressèrent sous la fine chemise.

Drake la débarrassa de celle-ci, et elle sentit sa peau s'échauffer sous la caresse de son regard. Elle aurait dû être gênée, mais il n'en était rien.

— Vous êtes magnifique, Thea, souffla-t-il. Je n'aurais pu vous rêver plus belle.

Il s'exposait, songea-t-elle, en lui disant des choses qu'elle-même n'aurait jamais osé murmurer. Rien ne l'obligeait à lui dire qu'elle était magnifique. Toute sa vie, les hommes l'avaient ignorée et elle s'en était trouvée bien. Et voilà qu'elle avait devant elle l'homme le plus fascinant qu'elle ait jamais rencontré, et il lui avouait qu'il la désirait.

Une pensée plutôt enivrante, excitante même.

Elle se jeta dans ses bras. D'abord surpris, il l'enlaça, et la gratifia d'un baiser si ardent qu'elle crut que ses jambes allaient se dérober sous elle.

— Faites-moi l'amour, Drake.

Difficile de résister à une telle prière…

La soulevant dans ses bras, il la porta jusqu'à sa couchette. Ce qu'il s'apprêtait à faire serait irréversible, et changerait à jamais le cours de leur vie à tous deux.

— Vous devez être sûre de vous, Thea. Nous pouvons encore arrêter.

— Mais je ne le veux pas, Drake. Je vous en prie.

— Moi non plus, je ne le veux pas, fit-il en s'allongeant près d'elle.

Il s'obligea à rester immobile pour savourer le contact de son corps nu contre le sien. Elle était à lui et, lorsqu'ils se seraient enfin unis, elle le comprendrait.

— *Drake*, l'implora-t-elle.

— Oui ?

Alors qu'il avait l'intention de la taquiner un peu, histoire d'attiser son désir, elle le prit au dépourvu en l'attirant à elle pour lui donner un fougueux baiser. Il y répondit avec une passion équivalente. Elle se mit alors à le caresser avec fièvre, et partout où elle le touchait, son corps entrait en fusion.

Il couvrit un sein de sa main, le pressa, le pétrit, grisé de la sentir aussi réceptive. Elle gémit, arqua le dos, réclamant davantage encore. S'inclinant alors sur elle, il aspira entre ses lèvres le petit bourgeon dressé. Elle tressaillit violemment.

— *Drake !*

Il s'arrêta, leva les yeux. Thea le fixait, les pupilles dilatées par le désir.

— Pierson, dit-il.

— Pardon ?

— Nous sommes en train de faire l'amour, Thea. Appelez-moi Pierson.

— Pierson, haleta-t-elle. Ne vous arrêtez pas.

— À vos ordres, petit capitaine.

Elle allait répondre, mais ses mots se perdirent dans un long gémissement comme il prenait de nouveau la pointe de son sein dans sa bouche. Elle commença à onduler des hanches, et il ne résista pas à l'envie de laisser courir sa main jusqu'au triangle bouclé au creux de ses cuisses.

Thea se cambra contre sa main, tout en protestant.

— Vous n'êtes sûrement pas censé me toucher là.

Il faillit s'étrangler de rire.

— Oh que si !

— Mais, je croyais…

Elle s'interrompit avec un hoquet de surprise, car il venait de glisser les doigts dans l'étroit fourreau de son intimité. Doucement, il la caressa, et en ressentit un plaisir inouï. Jamais il n'avait éprouvé un désir aussi puissant de ne faire qu'un avec une femme. Il brûlait de plonger en elle, mais il mit un frein à son ardeur. Il voulait que cette première fois soit parfaite pour Thea.

— J'ignorais que ce serait ainsi, avoua-t-elle dans un souffle, et son étonnement émerveillé le fit sourire.

Des mains et de la bouche, il continua son exquise torture.

— Je vous en prie… n'arrêtez pas, le supplia-t-elle.

— Jamais.

Il accéléra le tempo jusqu'à ce que Thea se raidisse, tout entière tendue vers la jouissance.

— *Pierson…*

— Qu'y a-t-il, mon ange ?

— Il faut que cela cesse… Je n'en peux plus de ce supplice.

Après un dernier baiser, il quitta la couchette pour achever de se dévêtir.

— Vous… vous êtes sûr qu'il n'y a pas incompatibilité de taille entre vous et moi ? risqua-t-elle en le détaillant avec inquiétude.

Il vint s'agenouiller entre ses jambes, qu'il écarta avec douceur.

— Non, il n'y aura pas de problème, la rassura-t-il. Vous aurez juste un peu mal au début. Je ne connais malheureusement aucun moyen de l'éviter.

Sa sollicitude si sincère dissipa les craintes de Thea.

— Dites-moi ce que je dois faire, demanda-t-elle.

Il s'allongea sur elle et elle sentit son sexe à l'orée de sa féminité tandis qu'il couvrait sa bouche de la sienne. Il l'embrassa, doucement d'abord, puis avec une passion grandissante, si bien que, malgré elle, elle se tendit vers lui.

— Oui, c'est ça, Thea. Montrez-moi combien vous avez envie de moi.

Il se positionna et, lentement, commença à la pénétrer. Cela faisait *vraiment* mal. Elle dut se mordre la lèvre pour ne pas crier.

Drake s'immobilisa un instant, la sueur au front, le souffle court.

— Ça va ?

Elle hocha la tête, mais elle était tout sauf bien.

— Ça ira mieux ensuite, assura-t-il.

Il glissa la main entre eux et entreprit de la caresser juste au-dessus de l'endroit où leurs deux corps s'unissaient. Très vite, elle se détendit, le plaisir prenant le pas sur la douleur. Drake entra alors en elle plus profondément, et ne s'arrêta qu'en rencontrant un obstacle.

Comme il continuait ses caresses intimes, Thea eut l'impression d'être sur le point de basculer dans un précipice.

— Pierson, fit-elle, pantelante. Je n'en peux plus.

Elle creusa les reins tout en se cramponnant à lui, avide de sentir ses muscles solides tandis que tout son être éclatait en fragments éblouis.

Elle aurait voulu crier son plaisir, mais Drake posa ses lèvres sur les siennes, et plongea en elle, encore et encore. Puis soudain, il se raidit. La déferlante de la jouissance le balaya, et elle sentit sa sève se répandre en elle. Sensation inouïe. Leurs vies ne faisaient plus qu'une. Elle ne serait plus jamais comme avant…

Drake se laissa aller sur elle, et ils demeurèrent enlacés, haletants, le cœur cognant dans la poitrine.

— Vous ai-je fait mal ? murmura-t-il lorsqu'il fut en état de parler.

— Un peu, oui.

— Je suis désolé, dit-il en lui caressant la joue.

— Pas moi. Jamais je n'aurais imaginé que ce qui se passait entre un homme et une femme puisse être aussi beau.

Ni que cela la transformerait aussi radicalement. Si elle redoutait toujours le mariage, elle ne pouvait s'empêcher de rêver d'une vie où elle serait liée à lui aussi étroitement que leur esprit et leur corps venaient de s'unir. Elle voulait davantage que des instants volés. Mais c'était, hélas, impossible. Elle ne savait même pas s'il avait l'intention de se rendre à Londres. Peut-être ne le reverrait-elle jamais. Cette pensée lui fit monter les larmes aux yeux.

— Qu'y a-t-il ? s'inquiéta Drake.

Comment lui expliquer ? Incapable de retenir ses larmes, elle balbutia :

— Je… j'étais en train de penser qu'une fois que nous aurions touché terre, je ne vous reverrais peut-être jamais.

Il sourit, le rustre !

— Voilà qui risquerait d'être fort malcommode. Je crois en effet savoir que, d'ordinaire, un mari est amené à voir sa femme, du moins quelquefois.

Le cœur de Thea manqua un battement.

— Que voulez-vous dire ?

Drake s'écarta d'elle, quitta la couchette. Puis, ayant mis un genou en terre, il lui prit la main.

— Thea, voulez-vous me faire l'honneur d'être ma femme ?

Un flot de panique la submergea. Le mariage ? Aussitôt, l'image de sa mère à l'agonie surgit devant elle, et ses paroles résonnèrent dans sa mémoire. Comme si elle s'adressait à cette vision, elle répondit :

— Je ne peux pas.

— Comment cela ?

— Je vous remercie de votre proposition, mais le mariage ne m'intéresse pas, murmura-t-elle d'une voix sans timbre.

— Et pourquoi donc, nom de Dieu ?

— Ne jurez pas, je vous prie. Je ne crois pas vous avoir trompé sur mes intentions. Je ne vous ai jamais promis le mariage.

Drake la dévisagea, de plus en plus furieux. Comment avait-il pu se montrer aussi stupide ? Il avait été le jouet d'une femme.

Une fois de plus.

Comme la première fois, il n'y avait vu que du feu ! Avec le temps, pourtant, il croyait avoir appris à connaître les femmes. Celle-ci ne lui avait-elle pas dit qu'elle allait à Londres pour assister à la saison ? Or, qui disait saison disait mariage, de préférence avec un homme riche et titré. Pas avec un bâtard que son père n'avait jamais daigné reconnaître.

Deidre ne l'avait pas jugé assez bien pour elle ; comment avait-il pu se croire digne de Thea ? Comme Thea, Deidre ne voyait en lui qu'un amant. À l'époque, en jouvenceau naïf, il l'avait crue amoureuse de lui. Et il lui avait rendu cet amour avec toute la fougue de la jeunesse. Cependant, il s'était montré moins sot à vingt ans qu'à trente, puisqu'il avait eu la bonne idée de demander la main de Deidre avant de partager son lit. C'est alors qu'elle lui avait mis les points sur les « i » : elle entendait prendre pour mari plus qu'un bâtard sans titre ni fortune.

Trois mois après l'avoir éconduit, elle annonçait ses fiançailles avec un pair qui avait trois fois son âge. Drake n'avait éprouvé aucune satisfaction lorsque, après qu'il eut fait fortune, elle lui avait fait savoir qu'elle regrettait son choix. Il n'avait ressenti que de l'écœurement.

Ramassant les vêtements de Thea, il s'efforça de ravaler son amertume. Elle l'avait bien possédé !

— Rhabillez-vous, ordonna-t-il en lui jetant ses effets.

Elle poussa un petit cri, puis le fixa, soudain très pâle.

— Vous êtes très en colère contre moi.

— Je le suis plus encore contre moi-même.

Comment avait-il pu se laisser duper aussi facilement par son innocente sensualité ?

Elle ne fit aucun geste pour se rhabiller, se contentant de serrer sa robe contre elle.

— Pourquoi ?

— Je vous ai laissée vous servir de moi.

Elle ouvrit de grands yeux.

— Que voulez-vous dire ?

— Ne jouez pas les jeunes femmes naïves. Vous savez foutrement bien ce que je veux dire.

Il devait quitter cette cabine avant de se couvrir de honte en la suppliant de changer d'avis, car si la trahison de Deidre l'avait blessé dans son orgueil, la conduite de Thea l'ébranlait au plus profond de lui-même. Il se rhabilla sans un mot, tel un automate. Quelques heures sur le pont assorties de travaux pénibles atténueraient peut-être la douleur qui le taraudait. Il se dirigea vers la porte.

— Où allez-vous ?

Même aveuglé par la rage, il fut touché par l'affolement qu'il perçut dans la voix de Thea. Il pivota pour lui faire face, en tâchant de dissimuler sa peine sous le masque de la colère.

— Sur le pont.

— Mais... je croyais...

— Vous croyiez quoi ? Que nous avions le temps de batifoler encore un peu avant que vous ne regagniez votre cabine pour préparer vos malles ? Désolé de vous décevoir, mais j'ai à faire.

Thea tressaillit et ses yeux s'emplirent de larmes.

Avant de céder à la folle tentation de la prendre dans ses bras pour la réconforter, Drake lui tourna le dos et sortit de la cabine.

Thea fixait la porte qui venait de se refermer. Que s'était-il passé ? Elle venait de faire la plus belle expérience de sa vie, puis Drake l'avait rejetée. Uniquement parce qu'elle avait décliné son offre de mariage. Il devait pourtant comprendre qu'après ce qui était arrivé à sa mère, elle n'ait guère envie de commettre la même erreur.

Deux larmes brûlantes roulèrent le long de ses joues. Il était aussi dur et tyrannique que son père. Parce qu'elle avait refusé de se plier à ses désirs, il l'avait repoussée et, avec elle, ce qu'ils venaient de vivre ensemble. Fallait-il qu'elle soit sotte !

Elle se leva et fit la grimace : elle avait mal entre les cuisses, qui étaient par ailleurs toutes collantes. Elle alla à la toilette de Drake et fit de son mieux pour se nettoyer. Puis elle s'habilla, se coiffa, et examina son reflet dans le miroir.

En apparence, elle semblait la même qu'en entrant dans cette cabine. Mais, à l'intérieur, elle était différente. Elle souffrait, et cependant, elle était aux anges. Toute la colère de Drake ne pourrait effacer le bonheur qu'elle avait ressenti entre ses bras. Et jamais elle n'oublierait comment il s'était agenouillé devant elle, pour lui demander sa main.

La tentation avait été grande de dire oui. Mais sa réaction à son refus lui prouvait qu'elle avait pris la bonne décision. Du moins l'espérait-elle, car elle connaissait si peu les hommes et leur cœur. L'exemple de son père oblitérait toutes les autres expériences qu'elle avait de la gent masculine. Elle n'avait pas oublié le chagrin de sa mère, ni que celle-ci était morte d'une fièvre qu'elle n'aurait jamais contractée si elle n'avait été contrainte de fuir l'Angleterre.

Que se passerait-il si, après avoir épousé Drake, elle venait à être en désaccord avec lui sur un sujet ou un autre ? Redeviendrait-il l'homme froid et dur dont elle venait d'avoir un aperçu ? Serait-il capable de l'insulter comme son père avait insulté sa mère ?

Cependant, même si elle ne l'épousait pas, elle savait que le lien qui l'attachait à lui demeurerait à jamais. Comment faisaient les femmes qui passaient d'un homme à l'autre ? s'interrogea-t-elle. Pour sa part, elle avait l'impression qu'une partie d'elle-même ne lui appartenait plus.

Elle entrouvrit la porte de la cabine, s'assura que la voie était libre, et sortit.

Elle était dans le couloir menant à sa cabine quand un bruit de pas résonna derrière elle. Alors qu'elle se retournait, s'attendant à voir le commis de cuisine, une bouffée de l'horrible odeur qui émanait de son agresseur lui parvint aux narines. Sans réfléchir, elle se mit à crier à pleins poumons. Le marin qui venait dans sa direction s'arrêta net, et la fixa, les yeux écarquillés, comme si elle était folle.

La porte d'une cabine s'ouvrit et le visage ratatiné d'une vieille dame apparut dans l'entrebâillement.

— Que se passe-t-il ? Qu'est-ce que c'est que ce raffut ?

Le marin pivota et prit ses jambes à son cou. Thea commença par s'approcher de la porte qui venait de s'ouvrir, mais la vieille dame la lui claqua au nez. Changeant alors de tactique, elle se lança à la poursuite du marin.

Au bout du couloir, elle heurta de plein fouet un homme de haute taille qui venait en sens inverse. Drake ! Oubliant sa colère contre lui, elle s'écria :

— Le marin ! Je l'ai *vu*. À l'instant ! Il vient de s'enfuir.

— Que me chantez-vous là, Thea ? fit-il sèchement. Visiblement, lui n'avait pas décoléré.

— Il me suivait dans le couloir. J'ai entendu des pas, je me suis retournée, et j'ai reconnu son odeur ! Il faut le rattraper, vite !

— A-t-il tenté de vous agresser ?

— Non ! Mais c'était lui, Drake. J'en suis absolument certaine. Il s'est enfui lorsque la vieille dame a ouvert sa porte parce que je criais.

— Vous avez crié ?

— Mais oui ! Faites quelque chose, sacrebleu !

Elle tenta de le secouer, mais il demeura inébranlable.

— Je n'ai vu personne sur le pont en arrivant.

— C'est incompréhensible ! Il devait courir particulièrement vite. Je ne me suis pas lancée immédiatement à sa poursuite, si bien qu'il avait une légère avance sur moi.

— Regagnez votre cabine et enfermez-vous à clef, ordonna Drake en la poussant dans le couloir. N'ouvrez à personne. Je vais voir le capitaine.

— Ne soyez pas ridicule ! Comment allez-vous savoir qui rechercher, sans moi ?

— Vous allez nous décrire le marin en question.

Thea s'immobilisa.

— Je veux participer aux recherches. J'ai quelques questions à lui poser.

— Voilà qui est absolument exclu, décréta Drake en lui saisissant le bras pour l'entraîner vers sa cabine.

Il semblait rien moins que disposé à discuter.

— Et moi, je vous dis que je viens avec vous, riposta-t-elle en tentant de se libérer. Je suis davantage concernée que vous par cette affaire. Il s'agit de ma sécurité.

— Vous êtes à bord de mon bateau et vous devez m'obéir.

Parvenu devant la porte de sa cabine, il sortit une clef de sa poche. Il avait fait un double, l'arrogant personnage ! Qu'en penserait sa tante si elle l'apprenait ?

Après avoir ouvert la porte, il poussa Thea à l'intérieur sans ménagement et tourna les talons.

— Est-ce à cela que ressemblerait ma vie si je vous épousais ? lança-t-elle, furieuse. Vous exigeriez que je vous obéisse comme un chien bien dressé, et si je m'opposais à vous, vous me malmèneriez ?

Drake s'arrêta net, et se tourna vers elle, le visage décomposé. Elle regretta aussitôt ses paroles. À tort, du reste, car elle avait toutes les raisons d'être en colère contre lui. Mais le chagrin qu'elle lisait dans ses yeux lui était insupportable.

— Nous ne le saurons jamais, n'est-ce pas ? répondit-il.

Incapable de prononcer un mot, elle tendit la main pour le toucher, mais il s'écarta.

— Je regrette, soupira-t-elle. Je ne voulais pas vous blesser.

— Je vais chercher le capitaine, dit-il, le visage de marbre, à présent. Il connaît ses hommes aussi bien que son navire.

Sur ce, il pivota pour quitter la cabine.

— Pierson, attendez ! Je vous en prie.

Il s'immobilisa.

Thea ne savait trop quoi dire, mais elle ne pouvait en rester là avec lui.

— Il faut que je vous explique.

Il se retourna lentement. Son masque froid avait laissé place à une expression féroce.

— Inutile, votre conduite parle d'elle-même. Un bâtard vous suffit comme amant, mais pas comme mari. Il se trouve malheureusement pour moi que vous n'êtes pas la première à le penser. Vous voudrez bien m'excuser de ne pas vous souhaiter bonne chance dans votre chasse au beau parti.

— C'est donc ce que vous pensez ? s'exclama-t-elle, stupéfaite. Qu'après vous avoir accepté dans mon lit, dans mon corps, je m'en vais chercher un autre homme pour mari ?

— Que voulez-vous que je pense d'autre ? Vous avez refusé de m'épouser.

— Mais pas dans l'espoir de trouver un meilleur parti ! Il faut absolument que vous le compreniez.

Il la prit par les bras et l'attira tout près de lui. Sentant la chaleur qui émanait de son corps, elle dut lutter pour ne pas se blottir contre lui.

— Fort bien. Expliquez-moi le pourquoi de votre refus.

Elle inspira à fond, et déclara :

— Je ne veux pas me marier, Drake. Jamais. Après ce qui est arrivé à ma mère, je refuse de donner à un homme le pouvoir de me faire autant souffrir.

— Jamais je ne vous traiterais comme votre père a traité votre mère.

— Qu'en savez-vous ? Vous êtes accoutumé à obtenir ce que vous voulez.

Elle regarda ostensiblement autour d'elle pour souligner ses paroles.

— Vous ne pouvez comparer le souci que je me fais pour votre sécurité avec les soupçons infondés dont votre père a accablé votre mère.

— Vous ne comprenez pas ! Vous n'avez pas connu ma mère, mais le fait de nous… d'avoir perdu mon père l'a anéantie. Sa vie entière, elle en a éprouvé du chagrin. La tristesse était là, en permanence, dans son regard comme dans le moindre de ses sourires. Je ne veux pas risquer de perdre, comme elle, une part de moi-même.

— Tous les mariages ne se terminent pas comme celui de vos parents.

— Le mariage donne trop de pouvoir aux hommes sur les femmes, objecta-t-elle. Même les prétendus mariages réussis. Tante Ruth est heureuse, à sa manière, mais elle a dû changer de vie pour oncle Ashby. Elle n'a pas eu le choix. Jamais je ne m'exposerai à cela.

— Se plaint-elle de vivre sur l'île ?

— Non, mais là n'est pas la question.

— Croyez-vous qu'elle regrette d'avoir suivi son mari ? A-t-elle envie de rentrer au pays ?

— Non, mais ce n'est pas l'essentiel.

— Si son bonheur n'est pas l'essentiel, qu'est-ce qui l'est ?

— Vous déformez mes propos ! s'agaça-t-elle.

— J'essaie simplement de vous faire entendre raison, contra-t-il en lui caressant la joue. Le mariage n'est pas un asservissement. Je suis sûr que Merewether aurait volontiers consenti le même sacrifice pour sa femme.

— Ç'aurait été contraire aux conventions.

— Et alors ? Un mariage entre vous et moi n'aurait rien de conventionnel.

Elle aurait voulu le croire. Mais même s'ils faisaient fi des conventions, ils devraient se plier aux lois anglaises et, une fois mariés, Drake pourrait faire d'elle pratiquement ce qu'il voudrait en toute impunité.

Cela dit, le raisonnement de Drake ajouté à ce qui s'était passé entre eux lui troublaient tellement l'esprit qu'elle jugea préférable de mettre fin à leur échange.

— Nous n'avons pas le temps de discuter de cela maintenant. Il faut retrouver mon agresseur.

Drake s'inclina pour déposer sur ses lèvres un baiser énergique.

— Vous avez raison, acquiesça-t-il. Plus nous approchons du port, plus il risque de s'enfuir à la nage.

— Je vais attendre ici, se résigna Thea.

Juste avant de quitter la cabine, Drake lança :

— Cette conversation n'est pas terminée.

9

Il y a sur cette île plus d'Anglais que je ne pensais ; des hommes d'affaires ou des planteurs, essentiellement. Ruth et moi-même avons du mal à supporter ces derniers. Nous n'approuvons pas l'esclavage, et je regrette d'avoir peut-être fait connaître trop clairement ma position sur ce sujet. Ashby m'a conseillé de ne pas aller trop loin, dans mon intérêt, mais pas dans le sien ni celui de Ruth. C'est pourquoi je ne suis pas son conseil.

Journal d'Anna Selwyn, comtesse de Langley,
le 3 décembre 1799

Le capitaine ressemblait plus à ce que lady Upworth aurait appelé un dandy qu'à un officier de marine. Il portait un gilet rouge cornaline brodé de perroquets multicolores, sur une chemise d'un blanc immaculé surmontée d'un col beaucoup trop haut pour lui permettre d'exercer confortablement son métier. Même sa coiffure, ébouriffée par le vent, semblait être savamment étudiée.

Lorsque Drake lui présenta Thea, il adressa à celle-ci un sourire si charmant qu'elle ne put s'empêcher de le lui retourner.

— Mademoiselle Selwyn, êtes-vous sûre que l'homme que vous venez de voir dans ce couloir était bien celui qui vous a agressée ?

— Certaine.

— Elle l'a reconnu à son odeur, précisa Drake.

— Malheureusement, reprit le capitaine avec le même charmant sourire, la plupart de mes hommes ne profitent pas des occasions qu'ils ont de se laver. C'est pourquoi je vois mal comment ce critère pourrait vous permettre de les distinguer les uns des autres.

Soudain affreusement lasse, Thea alla s'asseoir sur sa couchette. Comme Drake venait s'asseoir près d'elle, elle lui adressa un regard réprobateur. Une telle familiarité en présence d'un autre homme était certainement mal vue. Et ne manquerait pas de parvenir aux oreilles de sa tante.

Mais il lui fit un clin d'œil, lui prit la main et la serra dans la sienne. Aussitôt, elle sentit ses forces revenir.

— Je sais, sans doute possible, que l'homme que j'ai vu était celui qui a tenté de me jeter par-dessus bord.

— En outre, enchaîna Drake, pour quelle raison un marin se serait-il trouvé dans le couloir menant aux cabines des passagers ? Et pourquoi se serait-il enfui lorsque Thea s'est mise à hurler, s'il n'avait rien à se reprocher ?

Ces questions prouvaient qu'il la croyait et lui firent chaud au cœur.

— Je ne saurais le dire, répondit le capitaine. J'ose espérer que mes hommes sont suffisamment courageux pour ne pas prendre leurs jambes à leur cou dès qu'ils entendent une femme crier… Cela vous ennuierait-il de me le décrire, mademoiselle Selwyn ?

— Non, bien entendu. Mais asseyez-vous, je vous en prie.

Le capitaine prit place sur l'unique chaise. Elle se retint de sourire devant sa posture très guindée. Décidément, il ne ressemblait à aucun des capitaines qu'elle avait connus.

Cependant, dès qu'elle se lança dans la description de son agresseur, elle comprit qu'elle avait affaire à un homme intelligent qui connaissait parfaitement son équipage. Il lui posa en effet des questions précises, lui soutirant des détails qu'elle n'imaginait pas avoir remarqués.

— Cet homme avait-il un tatouage ou quelque chose de ce genre ?

— Je crois qu'il portait une boucle d'oreille. Et, lorsqu'il s'est enfui, j'ai remarqué que l'arrière de son pantalon était déchiré et… je crois qu'il ne portait rien dessous.

Une étincelle jaillit dans le regard du capitaine.

— Qui est-ce ? demanda Thea.

— Un fieffé goujat que j'aurais dû chasser depuis longtemps. Hartford P. Cox. Ce tire-au-flanc doublé d'un bon à rien a été surpris en train de dormir pendant son quart. Je l'ai rétrogradé du poste de second à celui de simple matelot.

— Dans ce cas, nous allons le retrouver facilement, observa Thea, soulagée.

— Absolument.

— Me laisserez-vous l'interroger ? demanda-t-elle à Drake. Il faut absolument que je sache qui l'a embauché.

— Il n'est pas question que vous approchiez cet homme. Auriez-vous oublié qu'il a tenté de vous jeter par-dessus bord ?

— Mais je l'en ai empêché, lui rappela-t-elle. D'ailleurs je ne courrai aucun danger, cette fois : vous serez là, et il aura les mains liées. N'est-ce pas, capitaine ?

— Je le ferai mettre aux fers à l'instant même où je mettrai la main sur sa sale carcasse, assura ce dernier.

— Vous voyez, Drake ?

— Non.

— Permettez-moi d'insister.

— Vous pouvez insister jusqu'à en perdre la voix, je ne vous laisserai pas vous prendre le moindre risque.

Thea voulut dégager sa main, mais il la retint.

— Vous n'êtes pas mon seigneur et maître, monsieur Drake, et je ne permettrai pas que vous me dictiez ma conduite. Je parlerai à ce misérable, que cela vous plaise ou non.

L'attitude de Drake se fit alors franchement menaçante. Il approcha son visage si près du sien qu'elle dut cambrer le cou.

— Aussi longtemps que vous serez à bord de mon bateau, je me considérerai comme responsable de vous. Me suis-je fait bien comprendre ?

Thea hocha la tête. Drake avait, à n'en pas douter, un sens des responsabilités très développé, et son message était on ne peut plus clair – ce qui ne signifiait pas qu'elle soit obligée d'être d'accord avec ou de s'y soumettre. Cependant, le moment semblait mal choisi pour le lui dire.

— Nous allons retrouver Fox et je le ferai mettre aux fers, intervint le capitaine. Vous en serez avertis dès que ce sera fait.

— Merci, capitaine, répondit Drake sans quitter Thea des yeux.

Dès que l'officier eut quitté la cabine, il demanda :

— Expliquez-moi pourquoi vous tenez tant à parler à cet homme.

Garder plus longtemps le secret était impossible. Sans la coopération de Drake, elle ne pourrait interroger le marin.

— Cela a commencé il y a environ six mois, mais il est possible que cela dure depuis plus longtemps. Je n'ai découvert que récemment ce qui se passait et je n'ai eu le temps d'examiner que les livres de comptes des six derniers mois.

La colère de Drake retomba d'un coup. Il la dévisageait, incrédule.

— Cela fait six mois qu'on essaie de vous tuer ?

— Ne soyez pas mélodramatique, Pierson. Ce n'est pas du tout ce que j'ai dit.

— Que diantre avez-vous dit, alors ?

Elle allait répondre quand la porte s'ouvrit.

— Monsieur Drake ! Peut-on savoir ce que vous faites, seul avec Mlle Thea ? Voilà qui est tout à fait inconvenant.

Thea ferma un instant les yeux.

— Tu as terminé ta visite, Melly ?

— Oui, et il semble que je sois revenue à temps. Que dirait votre mère, cette sainte femme, si elle vous voyait ? Je me le demande.

Drake se leva alors, obligeant Thea, dont il tenait toujours la main, à se lever aussi.

— Elle nous présenterait sans doute ses vœux de bonheur.

La réaction outrée de Thea fut couverte par le cri de joie de sa femme de chambre.

— Je savais que vous étiez un homme d'honneur, monsieur. Je me disais : Melly, M. Drake ne rendrait pas ainsi visite à Mlle Thea au risque de compromettre sa réputation s'il n'avait des intentions honnêtes.

Réussissant enfin à se libérer, Thea intervint d'une voix ferme :

— Melly, cesse immédiatement. Je ne suis aucunement fiancée à M. Drake.

— Bien sûr que si, puisqu'il vient de le dire.

— Il n'a rien dit de la sorte. Il a seulement déclaré que ma mère nous souhaiterait d'être heureux, ce dont je doute, ma mère n'ayant jamais cru que le statut de femme mariée puisse être source de bonheur.

— La pauvre chère âme avait de bonnes raisons de le penser. Mais toute mère rêve de voir sa fille faire un bon mariage.

— Pas la mienne, et je ne comprends pas comment tu en es venue à penser pareilles sottises.

Melly ne se laissa pas ébranler.

— Je pense peut-être des sottises, mais je vous assure que je suis joliment heureuse que vous épousiez M. Drake.

— Je n'ai *pas* l'intention d'épouser M. Drake !

Comme Melly ouvrait la bouche pour répliquer, Thea l'arrêta d'un geste.

— Je suis sérieuse. Je ne me marierai pas.

Si Drake semblait trop content de lui pour se laisser convaincre, Melly, elle, paraissait avoir enfin compris.

— Si M. Drake est ici, c'est pour une excellente raison, reprit Thea. L'autre nuit, comme je n'arrivais pas à dormir, j'ai décidé d'aller faire une petite promenade sur le pont.

— Ne me dites pas que vous êtes sortie toute seule, en pleine nuit ! C'est le comble de l'inconvenance ! Qu'aurait dit votre mère, cette sainte femme ?

Drake n'en savait fichtre rien, mais il aurait préféré que la mère de Thea, sainte ou pas, n'ait pas à ce point prévenu sa fille contre le mariage.

— Donc, reprit Thea, ignorant l'intervention de sa femme de chambre, alors que j'étais sur le pont, quelqu'un m'a attaquée et a tenté de me jeter par-dessus bord.

Melly pâlit et se laissa tomber sur sa couchette.

— Quelqu'un a essayé de vous jeter par-dessus bord ? répéta-t-elle, avant d'ajouter à l'adresse de Drake : Comment pouvez-vous tolérer une chose pareille ? Une femme respectable devrait pouvoir se promener sur le pont de votre navire en toute sécurité. J'ai bien envie de… de…

— Votre maîtresse n'avait pas à se trouver seule sur le pont, surtout en pleine nuit.

— Ne détournez pas la conversation. Mlle Thea est certes parfois entêtée. Mais ce n'est pas une raison pour qu'un gredin s'en prenne à elle.

— Ce n'est pas ce que je voulais dire.

— Écoutez-moi tous les deux, soupira Thea. Ce n'est pas en nous querellant que nous avancerons. Il est impératif que je puisse interroger ce coquin avant qu'il saute par-dessus bord et disparaisse.

— Il me semble que si ce coquin disparaissait, nous dormirions plus tranquilles, commenta Melly en réprimant un frisson.

— Pas nécessairement, dit Drake. Nous devons partir du principe qu'il s'agissait d'un acte prémédité. Tant que nous n'aurons pas arrêté cet homme, Thea ne sera pas en sécurité.

— Mais qui voudrait du mal à Mlle Thea ? Pourquoi ne pas penser plutôt que ce vaurien aurait attaqué n'importe quelle dame isolée ? Il y a des malfaisants sur cette terre, monsieur Drake, qui ne se soucient pas de la vertu d'une femme.

Melly le regarda comme si elle le comptait au nombre de ces malfaisants.

— C'est votre maîtresse qui refuse le mariage, crut-il bon de préciser. Pas moi.

— C'est absurde, dit Thea en bondissant sur ses pieds. Ni mon honneur ni le vôtre n'ont été ternis. Je ne permettrai pas que vous insinuiez le contraire devant ma femme de chambre.

Comme leurs regards se croisaient, Thea eut le bon goût de rougir. Elle se détourna et enchaîna :

— Ne nous éloignons pas du sujet. Nous sommes ici pour chercher comment arrêter ce misérable, pas pour discuter de mon statut de célibataire.

— Et moi, j'étais venue vérifier que vous vous prépariez pour le dîner, intervint Melly. Nous mangeons à la table du capitaine, ce soir, je vous rappelle.

— Peut-être, mais, pour l'instant, nous sommes en train de discuter de cette histoire et j'apprécierais que tu collabores.

— Je ne vois pas bien comment.

— Le jour où nous avons embarqué, as-tu remarqué des gens de chez nous parmi les personnes qui sont montées à bord pour voir la machine à vapeur ?

— Vous pensez que quelqu'un de chez nous se serait introduit à bord pour vous attaquer ?

— Bon sang, Melly, contente-toi de répondre à ma question !

— Je ne me rappelle pas. Notre départ a été tellement précipité.

— Excuse-moi de m'être énervée, Melly, soupira Thea en pressant les doigts sur ses tempes. Ces derniers jours ont été éprouvants.

— Voulez-vous quelque chose contre la migraine ? Du thé au gingembre, peut-être ?

— Non, merci, Melly.

Drake rejoignit Thea, s'arrêta juste derrière elle et posa les mains sur ses épaules.

— Ça va aller. Je ne laisserai personne vous faire du mal.

— Pouvez-vous empêcher aussi qu'on ne fasse du mal à oncle Ashby ?

Elle avait chuchoté, mais il avait perçu la peur dans sa voix. Elle n'avait pas peur pour elle, mais pour celui qu'elle appelait son oncle. Drake la fit pivoter face à lui, ignorant les commentaires de Melly sur la conduite des jeunes gens avant le mariage.

— Laissez-moi vous aider, Thea.

Elle se serra contre lui un instant, puis, se dégageant :

— Oui, Drake, aidez-moi, je vous en prie. Je ne veux pas qu'il arrive quelque chose à oncle Ashby.

Melly se leva à grand bruit et se dirigea vers la porte, le visage écarlate.

— Qu'on ne compte pas sur moi pour continuer à vous chaperonner si ma présence ne vous dissuade pas de vous comporter de façon aussi indécente ! déclara-t-elle avant de sortir en claquant la porte.

— Je l'ai déçue, soupira Thea.

— Cela vous ennuie ?

— Oui. Melly a toujours été d'une grande loyauté. Elle est beaucoup plus qu'une femme de chambre à mes yeux.

— Pourquoi serait-elle déçue ?

— Parce que je refuse de me comporter comme une vraie dame et de vous épouser.

— Dans ce cas, il existe un moyen facile de lui faire plaisir.

— Je ne crois pas pouvoir m'y résoudre si c'est au prix de mon propre bonheur.

— Êtes-vous donc si sûre que le mariage vous rendrait malheureuse ?

— Non…

C'était déjà ça.

— Parlez-moi de Merewether.

Thea se mordit la lèvre, et il devina qu'elle réfléchissait à ce qu'elle pouvait lui révéler.

— Je veux tout savoir.

— Quelqu'un, de notre comptoir de Londres, nous vole. D'après les livres de comptes, je n'arrive pas à savoir s'il s'agit de marchandises ou d'argent. Ayant noté des anomalies, j'ai écrit au neveu d'oncle Ashby pour lui demander des explications. C'est lui qui supervise nos bureaux de Londres. Je n'ai pas reçu de réponse, j'ai tout de même vérifié les comptes de ces derniers mois. Je savais ce que je cherchais et je n'ai eu aucun mal à le trouver.

— Est-ce la raison pour laquelle vous vous rendez en Angleterre ?

Voilà qui semblait beaucoup plus sensé. Thea n'était pas le genre de femme à se laisser tenter par les plaisirs frivoles de la saison mondaine. En revanche, elle était du genre à se lancer seule aux trousses d'un voleur.

— Oui, avoua-t-elle. Comprenez-moi, Drake. La santé d'oncle Ashby ne supporterait pas le climat anglais, et encore moins le voyage. La dernière fois que tante Ruth et lui sont retournés au pays, il a dû garder le lit durant un mois à son retour.

— Pourquoi n'avoir pas prévenu les autorités ?

— Et si le voleur est le neveu d'oncle Ashby ? Croyez-vous que le cœur du cher homme résisterait à une telle révélation ? Il est malade, Drake. S'il devait apprendre que son neveu vole la compagnie, il risquerait d'avoir une attaque.

— Soit, et si le voleur se révèle être son neveu, que comptez-vous faire ?

— L'obliger à démissionner, je suppose, et engager quelqu'un de plus fiable.

— Sans rien en dire à Merewether ?

Thea se raidit.

— N'essayez pas d'insinuer que ce serait une trahison. J'essaie de protéger mon oncle, comme il nous a protégées, ma mère et moi, lorsque nous sommes arrivées sur l'île.

Drake ne pouvait s'empêcher d'admirer la loyauté de Thea, même s'il maudissait son sens de l'indépendance.

— Si le voleur est son neveu, votre lettre l'aura averti du danger, observa-t-il. Et il semblerait qu'il ait décidé de régler le problème en se débarrassant de vous.

— Peut-être, mais rien ne permet d'affirmer qu'il s'agit de lui. Quelqu'un d'autre, qui pourrait être le voleur, a pu intercepter ma lettre.

La chose était peu probable, mais à quoi bon discuter ?

— Vous savez ce que cela implique, n'est-ce pas ?

— Que le voleur a un complice sur l'île, répondit Thea. J'ai pensé d'abord que le responsable de l'accident pouvait être un marin revenu d'Angleterre avec Whiskey Jim. Mais vous n'avez embauché aucun marin de chez nous et n'avez embarqué aucun nouveau passager à part Melly et moi. L'homme qui a essayé de me jeter par-dessus bord est forcément payé par quelqu'un.

— Quelqu'un qui est aussi à l'origine de l'accident dans l'entrepôt.

— Exactement. L'accident ayant échoué, ce quelqu'un est monté à bord sous prétexte de s'intéresser à votre machine à vapeur, et a payé ce matelot pour qu'il s'en prenne à moi.

— Et c'est la raison pour laquelle vous tenez à l'interroger, n'est-ce pas ?

— En effet. Je dois protéger oncle Ashby du complice du voleur.

— Comment comptez-vous agir sans que Merewether se doute de quoi que ce soit ?

Thea se mit à tripoter le premier bouton de sa chemise. Dans sa hâte à quitter sa cabine, un peu plus tôt, il n'avait pas remis sa cravate. Et ses doigts contre son cou provoquèrent une réaction instantanée.

Elle le regarda, l'air stupéfait.

— Vraiment, Pierson, ce n'est pas le moment de songer à ces choses-là, fit-elle d'une voix un peu haletante.

— Vous avez raison, admit-il avec un sourire. Mais j'ai du mal à me concentrer sur autre chose quand vous êtes près de moi.

— Vraiment ?

— Oui.

Comment pouvait-elle en douter ?

— C'est gentil.

Incapable de résister, il posa les lèvres sur les siennes. Nouant les bras autour de son cou, elle lui rendit son baiser.

— Vous êtes si délicieuse, j'en veux toujours davantage.

— Je ne voudrais pas que vous m'accusiez d'avarice.

Cette fois, ce fut elle qui l'embrassa, librement.

Voilà ce qui lui manquait depuis qu'ils s'étaient quittés : la chaleur, l'intimité. Elle se sentait en sécurité dans ses bras, hors d'atteinte des voleurs et de leur cohorte – y compris du spectre du mariage.

Très vite, leur baiser s'enfiévra, leur souffle s'altéra. Drake s'arracha à sa bouche et posa le front contre le sien.

— Il vaut mieux arrêter, Thea, sans quoi Melly risque de découvrir une scène beaucoup plus compromettante que tout à l'heure.

— Bien, acquiesça Thea à contrecœur.

Drake jugea plus prudent d'aller s'asseoir.

— Dites-moi ce que vous savez d'autre sur ce voleur.

— Rien. Je vous ai tout dit.

— Qu'avez-vous l'intention de faire une fois à Londres ?

— D'abord, je dois aller rendre visite à lady Upworth.

— C'est elle, l'amie qui vous écrivait d'Angleterre ?

— Oui.

— C'est une vieille amie de ma tante, commenta Drake. Et ensuite, que ferez-vous ?

— Je commencerai à enquêter dans les bureaux de la compagnie.

Il s'assombrit.

— Comment ?

— Eh bien, je pensais me présenter, tout simplement, et demander son aide au neveu d'oncle Ashby. Mais, à présent, je ne suis plus si certaine que ce soit une bonne idée.

— Autant marcher directement dans un nid de vipères ! s'emporta-t-il.

Loin de la déranger, la colère de Drake la réconfortait. C'était tellement bon de pouvoir compter sur quelqu'un. Cela ne lui était pas arrivé depuis la mort de sa mère.

— Vous avez certes raison, reconnut-elle, mais je ne vois pas quoi faire d'autre.

— J'ai peut-être une idée.

— Laquelle ?

— Je vais feindre de vouloir m'associer à *Merewether Shipping*. Je vous demanderai de me montrer les comptes, et nous mènerons l'enquête ensemble.

10

Thea grandit à une vitesse étonnante ; c'est tout juste si je la reconnais. Elle court partout et parle étonnamment bien pour une enfant de son âge. Toutes les mères sont-elles aussi fières de leur progéniture ? Peut-être Langley m'a-t-il rendu un petit service, après tout. En me volant mon fils, il m'a permis de mieux apprécier ma fille. C'est mon trésor à moi, et je veux me montrer digne d'elle.

Journal d'Anna Selwyn, comtesse de Langley,
le 24 mars 1800

— Et la lettre ? songea soudain Thea. Quelqu'un au bureau de Londres sait déjà que j'ai remarqué des anomalies dans les comptes.

Drake avait surpris une lueur d'espoir dans son regard. Elle était donc prête à se reposer sur lui. Eh bien, il allait lui montrer qu'elle pouvait lui faire confiance.

— Vous endormirez leur méfiance en prétendant qu'après réflexion, vous en avez conclu qu'il s'agissait de simples erreurs.

— Le voleur ne risque-t-il pas de se sentir menacé si nous demandons à voir les livres de comptes, et de tenter de nous mettre hors d'état de nuire ? Il a déjà prouvé que rien ne l'arrêtait.

— C'est justement ce que j'espère.

— En fait, vous lui tendez un piège dans l'espoir qu'il fera une nouvelle tentative, comprit-elle. Mais n'est-ce pas dangereux pour vous ?

— Ni plus ni moins que pour vous.

— Peut-être, mais c'est mon problème.

— C'est aussi le mien, désormais. Vous êtes avec moi, Thea, même si vous êtes trop entêtée pour l'admettre. Par conséquent, vos problèmes sont les miens.

Drake attendit qu'elle démente ses propos, mais elle n'en fit rien, et parut encore plus inquiète.

— Je ne veux pas que vous vous sentiez responsable de moi.

— Vous n'avez pas le choix.

— Et si vous étiez blessé ?

— Je sais me défendre.

Il aurait voulu la prendre dans ses bras, effacer cette expression soucieuse de son beau visage. Mais il n'osait s'y risquer, car il craignait, s'il la touchait de nouveau, de ne pas la lâcher avant de l'avoir possédée.

— Il y a une question que nous n'avons pas réglée, reprit-il.

— Laquelle ?

— Où logerez-vous ?

— Chez lady Upworth. Elle m'a invitée à de nombreuses reprises. Mon arrivée inopinée ne devrait pas la déranger. Du moins je l'espère.

— Le problème, c'est qu'elle risque de ne pas m'accueillir aussi volontiers. Elle est très à cheval sur les principes, tout comme ma tante.

— Que voulez-vous dire par « vous accueillir » ?

— Je ne vous quitterai pas d'une semelle tant que nous n'aurons pas réglé son compte à votre voleur.

— Je serai parfaitement en sécurité chez lady Upworth.

— Non.

Thea se hérissa visiblement

— J'accepte que vous m'aidiez, dit-elle en se redressant de toute sa hauteur. Mais il n'est pas question que vous me dictiez ma conduite.

— Vous aimez bien ma tante.

— Oui, concéda-t-elle, l'air méfiant.

— Elle ne verra pas d'inconvénient à ce que je loge aussi chez elle, expliqua-t-il.

— Ne risque-t-on pas de trouver étrange que j'habite chez votre tante ?

— Peu importe.

— Certainement pas. Je ne veux pas que vous me reprochiez ensuite d'avoir terni votre réputation.

Cette accusation était si grotesque que Drake éclata de rire.

— Je vous prierai, monsieur, de ne pas vous moquer de moi. J'ai d'excellentes raisons de m'inquiéter. Après que nous avons fait l'amour, l'honneur vous a poussé à me demander en mariage, et vous vous êtes fâché parce que je refusais. Je ne veux pas que vous me reprochiez de vous avoir induit en erreur cette fois encore.

— Ce n'est pas l'honneur qui m'a poussé à vous demander en mariage.

— J'ai entendu ce qu'a dit votre tante, Drake, répliqua-t-elle. Elle estime que votre honneur est en jeu dans cette affaire, simplement parce que vous êtes venu me rendre visite dans ma cabine. C'est sans aucune intention cachée que je vous ai séduit. Je n'avais pas imaginé que vous vous sentiriez obligé de me demander ma main ensuite. J'aurais dû y songer, mais l'émotion m'a submergée… Je ne suis pas du tout ainsi, d'ordinaire, ajouta-t-elle en détournant le regard. Je veux dire, je ne me laisse pas à ce point gouverner par mes émotions.

Drake n'en croyait pas un mot. Tout ce qu'elle faisait, au contraire, était dicté par ses émotions et par une loyauté intransigeante semblable à la sienne. Incapable de garder ses distances plus longtemps, il la rejoignit et la prit par les épaules.

— Ce n'est pas l'honneur qui m'a poussé à vous demander en mariage, Thea, répéta-t-il. J'avais pris la décision avant même que nous ne fassions l'amour.

Elle le dévisagea, incrédule.

— Pourquoi ?

Pourquoi ? Il n'avait pas analysé pourquoi il désirait l'épouser. Cela lui avait paru inévitable et il l'avait accepté comme tel.

— Parce que vous feriez une épouse admirable, répondit-il finalement.

— Admirable ? fit-elle, moqueuse. J'ai du mal à l'imaginer !

Soudain, elle ouvrit de grands yeux, émerveillée.

— Êtes-vous en train de me dire que vous m'*aimez* ?

Aimer ? Drake avait vu des mariages d'amour se transformer en enfer sitôt passé l'attrait de la nouveauté. Son père avait juré un amour éternel à sa mère avant de la mettre enceinte et de l'abandonner. Les galants et les débauchés faisaient des serments d'amour aux épouses des autres. Les salons regorgeaient de dandys poseurs qui débitaient des poèmes sur l'amour tout en papillonnant de femme en femme, mus par des sentiments aussi éphémères que les fleurs qu'ils envoyaient avec les billets dans lesquels ils juraient leur flamme éternelle.

La seule fois où il avait été question de sentiments, c'était avec Deidre. Elle avait prétendu l'aimer, mais avait épousé un homme plus riche et plus convenable. Drake avait cru l'aimer, puis avait fini par admettre que sa fierté avait plus souffert que son cœur.

Aimait-il Thea ?

Il l'ignorait. Il avait besoin d'elle, et c'était déjà suffisamment terrible.

Comme Drake ne répondait pas, Thea en déduisit que sa question l'avait mis mal à l'aise. Bien sûr qu'il ne l'aimait pas. Comment aurait-il pu aimer une vieille fille de vingt-trois ans, incapable de tenir sa langue et dotée d'un physique quelconque, même si tout le monde affirmait qu'elle était le portrait de sa mère ?

— Pardonnez-moi, je ne voulais pas vous embarrasser.

Comme il ouvrait la bouche pour répondre, elle l'en empêcha d'un geste.

— Non, reprit-elle, il vaut mieux pas. Que vous ne m'aimiez pas, je veux dire.

— Pourquoi cela ?

— Parce que je ne peux pas vous épouser.

— Bien sûr que si ! Qui plus est, vous le ferez.

— Combien de fois vais-je devoir vous le répéter ? *Je ne me marierai pas.* Sans compter que je ferais une épouse exécrable, vous le savez parfaitement.

— Je ne suis pas d'accord avec vous. Vous êtes tout ce que je pourrais désirer chez une épouse. D'abord, il y a cette passion entre nous. Je n'ai aucune envie d'épouser une femme qui m'interdirait sa chambre une fois qu'elle m'aurait donné les deux héritiers requis.

— Certes, admit Thea.

C'est vrai qu'elle avait envie de lui, en ce moment même. Mais le désir s'estomperait avec le temps. Forcément.

— Il y a aussi le fait que vous vous moquiez de l'opinion de la bonne société, poursuivit Drake.

— Pourquoi ?

— Parce que mon épouse subira certainement un certain ostracisme.

— Lady Boyle m'a pourtant dit que votre grand-père ne permettait pas que la bonne société vous ignore.

Le regard de Drake se fit lointain tandis qu'il répondait :

— Il est vrai que quiconque veut pouvoir se vanter de compter mon grand-père parmi ses relations a intérêt à nous témoigner certains égards, à ma mère et à moi-même. Mais ce respect est superficiel. La bonne société sait parfaitement vous faire sentir sa désapprobation sans vous rejeter ouvertement.

— C'est terrible.

— Mais vrai. Toute femme qui s'affiche en ma compagnie devient une réprouvée. Il n'est pas bien vu d'être courtisée par un bâtard, quand bien même ce dernier est le petit-fils d'un duc.

— Avez-vous courtisé beaucoup de femmes ? risqua-t-elle, mal à l'aise à cette idée.

Drake baissa les yeux sur elle. Son expression était indéchiffrable.

— Une seule.

— A-t-elle craint que la bonne société ne la désapprouve si elle vous épousait ?

— Elle ne s'imaginait pas épouser un bâtard sans le sou.

— Vous êtes un enfant illégitime, corrigea-t-elle, pas un bâtard, et vous n'êtes pas pauvre.

— Je l'étais, à l'époque. Je n'avais que vingt ans, et un avenir peu prometteur.

— L'aimiez-vous ?

— Je croyais l'aimer.

— C'est elle, n'est-ce pas ?

— Elle quoi ?

— La femme qui vous trouvait digne d'être son amant, mais pas son mari.

Comme Drake détournait le regard, Thea comprit qu'elle avait deviné juste.

— Que s'est-il passé ? demanda-t-elle doucement.

— Je suis peut-être un bâtard, mais je ne donne pas dans les commérages. Si vous voulez connaître toute l'histoire, adressez-vous à ma tante.

La rebuffade arracha un tressaillement à Thea qui recula d'un pas.

— Les commérages ne m'intéressent pas.

— Cela n'a plus aucune espèce d'importance, à présent : je désire vous épouser.

— Parce que vous me voulez dans votre lit et que vous imaginez que je me moque de ce qu'on dira si je vous épouse.

— N'est-ce pas le cas ?

— Bien sûr que si.

— Alors épousez-moi.

— Je ne peux pas.

— Pourquoi ?

— Je vous l'ai déjà expliqué.

— Vous que rien n'effraie, pourquoi êtes-vous aussi poltronne dès qu'on prononce le mot « mariage » ?

Ses paroles lui firent l'effet d'une gifle. Non, elle n'était pas poltronne ; juste réaliste. Le mariage comportait trop de sacrifices pour une femme, et trop peu d'avantages. En outre, elle avait fait une promesse à sa mère, une promesse qu'elle devait tenir.

— Vous ne comprenez pas, riposta-t-elle.

— Alors aidez-moi à comprendre.

Drake l'attira dans ses bras, mais elle se débattit pour se dégager.

— Expliquez-moi pourquoi vous refusez de m'épouser, insista-t-il.

— J'ai fait une promesse à ma mère. Sur son lit de mort, elle m'a demandé deux choses. Vous ne comprenez donc pas ? Je ne pouvais pas refuser.

Drake se figea.

— Votre mère vous a fait promettre de ne jamais vous marier ?

— Pas exactement. Je lui ai promis de ne jamais épouser un homme comme mon père.

À en juger par l'expression de Drake, il ne risquait pas de l'enlacer de nouveau.

— Vous me croyez donc semblable à votre père ?

— Je ne vous crois pas cruel, mais vous êtes intransigeant, certain d'avoir raison et déterminé à agir à votre guise.

Il lui ressemblait, en somme. Mais le mariage lui donnerait le pouvoir d'aller contre sa volonté à elle. Le droit et la société penchaient toujours en faveur de l'homme.

— Vous voulez épouser un homme dénué de caractère afin d'être sûre qu'il ne vous fera jamais subir ce que votre père a fait subir à votre mère ?

Le ton sur lequel il avait posé cette question disait à quel point il trouvait cela ridicule.

— Je ne veux épouser personne.

— Et ce qui s'est passé cet après-midi ?

— C'était merveilleux.

— Je sais que cela vous a plu, mais avez-vous songé aux conséquences ?

— À quelles conséquences faites-vous allusion, exactement ?

— À un enfant. Un petit bâtard qui subira ce que j'ai subi, et plus encore si vous refusez qu'il porte mon nom.

Ébranlée, Thea recula en titubant et s'assit sur une chaise.

— Un enfant ? Je n'y avais pas pensé…

— De toute évidence, lâcha Drake, glacial.

Spontanément, elle porta la main à son ventre.

— J'imagine qu'il ne suffit pas d'une fois pour donner la vie, hasarda-t-elle.

Il eut un rire dur.

— Ma mère n'a connu mon père qu'une seule fois.

La condamnation qu'elle lisait dans son regard était plus qu'elle n'en pouvait supporter.

— Pourquoi n'y avez-vous pas songé, vous ? s'écria-t-elle. Si nous avons conçu un enfant, ce dont je doute, vous y avez amplement coopéré.

— En effet. Vous aviez raison en disant que j'étais intransigeant, Thea. Aucun de mes enfants ne se verra jamais traiter de bâtard. Si vous êtes enceinte, vous *devrez* m'épouser.

Sur cette promesse, qui sonnait comme une menace, il sortit en claquant la porte.

Seigneur, qu'avait-elle fait ?

— Comment ça, un canot a disparu ? Que diantre me chantez-vous là ?

Drake ne décolérait pas depuis sa dispute avec Thea, deux jours auparavant. Non seulement cette petite péronnelle avait refusé de l'épouser, mais en plus, Fox avait disparu et pas un membre de l'équipage n'avait été capable de le retrouver. Il n'avait pas fermé l'œil depuis cette disparition et son humeur s'en ressentait.

Empoignant par le maillot le matelot qui venait de lui annoncer la disparition du canot, il le souleva de terre.

— Le capitaine n'avait-il pas expressément ordonné qu'on monte la garde autour des canots jusqu'à ce qu'on ait retrouvé Fox ?

— Si, monsieur, mais ce canot-là était en réparation. On pensait pas qu'il pourrait prendre la mer avec.

— Drake ?

Thea ! Enfer et damnation. Il n'avait aucune envie de lui annoncer que Fox avait disparu, et avec lui la seule piste susceptible de les mener au complice du voleur. De quoi avait-il l'air, à présent, lui qui avait promis de retrouver Fox par tous les moyens ? Il faisait un fameux protecteur ! Incapable de retrouver, à bord de son propre bateau, le coquin qui l'avait agressée ! Il se tourna vers elle, sans reposer le matelot.

— Que faites-vous ? s'exclama-t-elle en le rejoignant à grandes enjambées. Vous ne voyez pas que cet homme est au bord de la syncope ?

Drake relâcha aussitôt le jeune garçon, qui retomba bruyamment sur le pont.

Constatant que Thea était seule, la colère le reprit. Comment Melly avait-elle pu la laisser alors qu'on n'avait toujours pas arrêté son agresseur ? Personne d'autre que lui ne comprenait donc quel danger courait Thea ?

— Où est votre femme de chambre ? aboya-t-il.

— J'avais besoin de méditer. J'ai décidé de prendre l'air. Melly m'accompagnait jusqu'à ce que je vous aperçoive. Je l'ai envoyée dans le salon des passagers.

— Fox s'est enfui, dit-il abruptement.

— Mais comment ? Nous sommes à bord d'un bateau.

— Un canot en réparation a disparu.

— Est-ce pour cela que vous malmeniez ce pauvre matelot ?

— Il était chargé de surveiller les canots. Qu'il s'estime heureux que je ne l'aie pas jeté par-dessus bord.

— Mais si ce canot était en réparation, Fox n'a pas pu prendre la mer avec.

— Nous sommes plus près de la côte que vous ne le croyez. Et j'imagine qu'il préfère prendre ce risque plutôt que d'affronter le sort qui l'attend s'il se fait prendre.

— Quand est-il parti ?

— Probablement cette nuit. Il aura attendu l'obscurité pour couvrir sa fuite. C'était une nuit sans lune.

— Je sais.

Tiens, elle non plus n'avait pas dormi...

— Eh bien, enchaîna-t-elle, je n'ai plus qu'à faire mon enquête en espérant qu'il n'arrive rien à oncle Ashby pendant mon séjour en Angleterre.

Elle tentait de donner le change, mais son regard trahissait sa peur. Incapable de résister plus longtemps, Drake l'attira contre lui. À sa grande surprise, non seulement elle ne le repoussa pas, mais elle l'enlaça en réprimant un frisson.

— Vous m'avez manqué, avoua-t-elle d'une voix cassée.

Par tous les diables, qu'elle se décide une fois pour toutes ! Soit il était un monstre cruel qu'elle refusait d'épouser, soit un homme sans qui elle ne pouvait vivre. Il ne pouvait être les deux à la fois.

Ce qu'elle ne comprenait pas, apparemment.

— Tout ira bien, mon ange, fit-il d'une voix apaisante en lui caressant le dos. Nous retrouverons ce voleur et il nous révélera le nom de son complice sur l'île. Il ne vous arrivera rien à vous ni à Merewether.

S'il avait échoué à retrouver Fox, il saurait tenir cette promesse-là. Il le fallait.

— Vous êtes toujours d'accord pour m'aider ? hasarda-t-elle.

— En voilà une question !

— Cessez de me crier dessus.

— Me connaissez-vous donc si mal, Thea ? D'abord, vous m'accusez d'être aussi cruel que votre père, puis vous suggérez que je pourrais vous laisser vous débrouiller toute seule une fois que nous serons en Angleterre. Accusez-moi aussi d'avoir séduit votre bonne pendant que vous y êtes !

Thea s'esclaffa et sa colère s'envola d'un coup.

— Je vous promets que jamais je ne vous accuserai d'avoir séduit Melly !

— Je suis soulagé de l'entendre.

— Je ne cherchais pas à vous offenser, Drake, assura-t-elle, soudain sérieuse. J'ai juste pensé que, puisque j'avais refusé de vous épouser, vous ne souhaiteriez peut-être plus m'aider dans mon enquête.

Aussitôt, la colère le reprit.

— Par tous les diables, je crois qu'il est temps de mettre certaines choses au point ! Premièrement, je vais vous aider à retrouver votre voleur.

— Merci.

— Deuxièmement, vous logerez chez ma tante à Londres, afin que je puisse garder un œil sur vous.

Comme elle s'apprêtait à protester, il la fit taire d'un regard.

— Songez à la sécurité de votre bonne : si vous courez un danger, vos proches le courent également.

— Bien.

— Troisièmement…

Il lui prit le menton, et plongea son regard dans le sien.

— Troisièmement, vous allez m'épouser. Parce que même si je suis inflexible, j'ai du cœur, et même si je suis plus fort que vous, je ne suis pas cruel.

— Oh, Pierson…

Elle n'acheva pas, et sans doute le fait qu'elle ne cherche pas à discuter était-il un bon signe.

11

Lady Upworth m'a envoyé des croquis qu'elle a faits de Jared. C'est un enfant magnifique, absolument parfait. Parfois, alors que mes bras se languissent de lui, Thea s'approche de moi de son petit pas chancelant, comme si elle devinait. Elle grimpe sur mes genoux et reste là, sans rien dire – ce qui ne lui ressemble guère – tandis que je la berce et lui chante des chansons que j'aimerais tant chanter aussi à mon fils. Lady Upworth ne parle pas de Langley dans sa dernière lettre. Je la crois surprise et déçue que ma disparition n'ait pas poussé son neveu à se radoucir à mon égard. Je ne suis quant à moi pas étonnée. C'est un homme sans cœur que l'orgueil empêchera toujours de reconnaître son erreur.

Journal d'Anna Selwyn, comtesse de Langley,
le 11 novembre 1800

L'attelage de lady Boyle en était à sa énième embardée sur la route cahoteuse qui reliait Liverpool à Londres. Afin de ne pas se retrouver une fois de plus sur le plancher de la voiture, Thea agrippa la lanière prévue à cet effet, qui pendait du plafond. Une première fois lui avait suffi ; elle sentait encore le bleu qu'elle s'était fait à la hanche.

Bientôt, le chemin devenant meilleur, elle lâcha la poignée et s'installa plus confortablement sur la banquette de cuir. Les autres occupants de la voiture somnolaient. Lady Boyle et son amie, Mme Coombs, étaient assises en face d'elle et de Melly, et elle s'émerveillait de ce que toutes ces dames parviennent à garder leur équilibre sans difficultés apparentes – pas une n'avait ne serait-ce que penché le buste en avant.

Se blottissant contre la portière, elle jeta un coup d'œil dehors. Le paysage était totalement nouveau pour elle. Si les collines tapissées d'herbe grasse ne ressemblaient en rien au paradis tropical de son île, la beauté qui en émanait la touchait cependant profondément ; elle se demandait à quoi ressemblerait Londres.

À son arrivée à Liverpool, elle avait failli s'évanouir. La foule, les quais bondés et animés ressemblaient si peu à son île qu'elle fut tentée de rebrousser chemin et de rentrer chez elle sur-le-champ. Drake avait dû deviner ce qu'elle éprouvait, car il l'avait entourée d'un bras protecteur, et l'avait gardée ainsi le temps d'organiser son voyage à Londres.

Il l'avait ensuite laissée à l'auberge avec sa tante, Mme Coombs et Melly, pendant qu'il s'occupait des formalités liées à son contrat et à la date de son retour. Enfin, il avait pris les dispositions nécessaires pour qu'elle rejoigne Londres dans la voiture de sa tante.

Il avait choisi quant à lui de faire le trajet à cheval, près de la voiture. Il n'y avait, de toute façon, pas vraiment de place pour lui à l'intérieur, et si Thea se sentait coupable de l'obliger à voyager dehors par ce froid, elle lui était aussi reconnaissante.

Les sentiments qu'il faisait naître en elle étaient complexes, et elle avait besoin de temps pour y voir clair. Avec lui, elle se prenait à rêver de ce à quoi elle avait autrefois prévu de renoncer : un mari, des enfants. Frôlant son ventre de la main, elle songea que, alors qu'elle aurait dû l'épouvanter, l'idée de porter un enfant de lui l'emplissait au contraire de joie.

Elle ne doutait pas qu'il soit capable de mettre sa menace de mariage à exécution si elle était enceinte. Lui qui, sa vie durant, n'avait cessé de payer pour la faute de ses parents, n'avait aucune intention d'infliger la même punition à son enfant.

Troisièmement, vous allez m'épouser.

Ces mots la hantaient. Croyait-il pouvoir lui ordonner de l'épouser ? Probablement, tout comme il tentait de contrôler tant d'autres choses. Et le fait que cela ne l'ennuie pas outre mesure effrayait Thea. Était-elle sur le point de rompre la promesse faite à sa mère ?

Parce que même si je suis inflexible, j'ai du cœur, et même si je suis plus fort que vous, je ne suis pas cruel. Ces mots résonnaient sans fin dans sa tête.

Était-il possible d'être inflexible sans être cruel ? Elle l'ignorait. Si son esprit se refusait à le croire, son cœur désirait que cela soit vrai.

Ces questions demeurant sans réponse, elle s'efforça de se concentrer sur son enquête. Elle eut beau chercher la faille dans le plan de Drake, elle n'en trouva aucune. Se faire passer pour un candidat à l'investissement était une excellente idée, qui leur permettrait d'avoir accès aux comptes et leur fournirait un prétexte pour passer un certain temps dans les bureaux de Londres. En outre, cela lui permettrait d'être constamment avec Drake.

Et cette perspective l'inquiétait autant qu'elle la réjouissait.

Thea scruta la route noyée de brume devant l'hôtel particulier de lady Boyle. Mais, hélas, entre les rideaux de dentelle, que cette dernière interdisait d'ouvrir, et le brouillard londonien, l'exercice était vain.

— Ce n'est pas parce que vous regarderez cent fois par cette fenêtre qu'il reviendra plus vite, mon enfant.

Thea soupira.

— Je sais, acquiesça-t-elle. J'ai hâte de savoir comment s'est passé son rendez-vous à la Lloyd. *Le Dragon d'or* étant rentré dans les délais, ils vont devoir lui payer la prime.

— Il s'en est fallu de peu, observa lady Boyle tout en faisant cliqueter ses aiguilles à tricoter.

— En effet. À deux jours près, il était hors délai ! Il doit être plus que satisfait.

Était-ce seulement vrai ? Il avait la réussite modeste et avait traité sa visite à la compagnie d'assurance comme n'importe quel rendez-vous d'affaire.

— Il s'en est fallu de bien moins encore, ma chère.

— Que voulez-vous dire ?

— Il avait prévu de demander au capitaine de faire jeter l'ancre afin de fouiller le bateau pour chercher cet individu qui s'est permis de vous accoster.

Si Drake avait minimisé l'agression auprès de sa tante, il lui en avait tout de même dit suffisamment pour qu'elle se scandalise que pareille chose puisse se produire sur le bateau de son neveu.

— Mais, s'étonna Thea, il aurait alors perdu tout le bénéfice de ce voyage.

— Ne dites pas de sottises, s'agaça lady Boyle en soulevant son tricot pour l'examiner. Il n'aurait jamais perdu que la prime de la Lloyd.

— Vous devez faire erreur. Drake n'aurait jamais pris volontairement le risque de perdre cette prime. Il m'a affirmé qu'arriver au port dans les délais était pour lui une question d'honneur.

— Il semble que mettre la main sur votre agresseur lui ait paru plus important encore.

Plus important que son honneur ? Qu'il lui soit permis d'en douter. Lady Boyle avait certainement mal compris. Elle poserait la question à Drake à la première occasion.

Le bruit de la porte d'entrée lui fit tout oublier.

Drake était de retour !

Elle se précipita hors de la pièce, au mépris des instructions de lady Boyle selon lesquelles une dame ne devait jamais courir vers un gentleman, ni même courir tout court. Elle dévala les marches avec une rapidité parfaitement indigne d'une dame et, lorsqu'elle arriva au bas de l'escalier, trouva Drake en train de remettre son chapeau et son manteau au très policé majordome de sa tante.

Elle s'immobilisa à deux pas de lui.

Il se retourna, l'interrogea du regard.

— S'est-il passé quelque chose ?

— Non, bien sûr.

— Dans ce cas, pourquoi cette course folle dans l'escalier ?

— Je mourais d'envie d'entendre le récit de votre visite à la Lloyd.

— Ce fut tout ce qu'il y a de plus ordinaire.

Elle l'aurait étranglé.

— Étant donné que je ne suis jamais venue à Londres, je n'ai jamais eu affaire à une compagnie aussi importante et j'ignore comment se passe le recouvrement d'une prime. Vous allez devoir tout me raconter.

Lui prenant le bras, Drake gravit avec elle l'escalier à une allure beaucoup plus tranquille qu'elle ne l'avait descendu.

— Il ne s'est rien passé de très excitant. J'avais apporté les papiers de Liverpool attestant de la date de mon arrivée au port. On m'a remis une traite d'un montant correspondant à ma prime. Voilà tout.

— Et vos investisseurs ? Sont-ils venus aussi toucher leur prime ?

— Ils vont le faire. La plupart sont des messieurs de la haute société, ils dépêcheront donc leur homme d'affaires qui s'en chargera à leur place.

— Mais, ils vont se priver de la satisfaction d'aller la chercher eux-mêmes.

— Je vous assure qu'ils ne se priveront pas de celle d'en dépenser le montant ! s'esclaffa Drake.

— J'imagine, oui.

Ils étaient arrivés en haut de l'escalier. Thea s'arrêta.

— Drake, commença-t-elle après s'être raclé la gorge, votre tante m'a dit quelque chose… Je suis sûre qu'elle aura mal compris, mais je voulais tout de même vous poser la question.

— Lorsque vous n'achevez pas vos phrases, c'est que vous êtes excitée ou inquiète. Dans lequel de ces deux états êtes-vous ?

— Ni l'un ni l'autre, assura-t-elle. Votre tante m'a appris que vous étiez prêt à faire jeter l'ancre afin qu'on cherche Fox.

— En effet, mais il se trouve qu'il s'est enfui à bord du canot juste avant.

— Je ne comprends pas.

— Plus nous approchions du port, plus grand était le risque qu'il rejoigne la côte à la nage. C'est pourquoi je voulais jeter l'ancre alors que nous étions encore suffisamment loin de la côte.

— Mais la fouille aurait peut-être pris des jours. Et même si vous l'aviez trouvé tout de suite, le bateau aurait perdu l'élan qui lui permettait d'avancer si vite.

— Cela n'a plus d'importance, à présent, puisque Fox s'est enfui.

— Cela vaut sans doute mieux. Quelle déception, sinon, pour vos investisseurs et vous-même !

Drake l'enlaça. Elle aurait dû se dégager. Si les domestiques les surprenaient, il dirait certainement qu'elle était compromise. Mais elle ne pouvait se soustraire à l'intensité de son regard.

— Votre sécurité compte plus à mes yeux que la déception de mes investisseurs.

Sa tante avait donc raison, songea Thea juste avant qu'il ne prenne possession de ses lèvres. Il ne l'avait pas embrassée depuis le fameux après-midi où ils avaient fait l'amour. Or, même si elle avait essayé de se convaincre que c'était pour le mieux, elle se rendait compte à présent qu'elle s'était menti à elle-même. La bouche de Drake couvrant la sienne, voilà ce qu'elle désirait.

— *Pierson !*

La voix stridente de lady Boyle mit un terme brutal à l'ivresse qui s'était emparée de Thea. Drake la relâcha lentement avant de se tourner vers sa tante.

— Tante Joséphine, je ne m'étais pas aperçu que vous étiez là.

— Apparemment, riposta la vieille dame en pointant sur lui l'une de ses aiguilles à tricoter. Tu ne t'es pas aperçu non plus que tu prenais des libertés inacceptables avec Thea, au vu et au su de quiconque passerait par là. Il n'est d'ailleurs pas impossible qu'un domestique vous ait surpris.

Drake s'inclina courtoisement.

— Je vous présente mes excuses, tante Joséphine. À l'avenir, je veillerai à ne me laisser aller au libertinage avec Thea que dans la plus stricte intimité.

Lady Boyle ouvrit la bouche, puis la referma sans rien dire.

— Cessez immédiatement, Drake, intervint Thea. Vous contrariez votre tante.

Puis, s'adressant à la vieille dame :

— Ce que veut dire votre neveu, c'est qu'il ne prendra plus ce genre de liberté à l'avenir.

— J'en doute fortement, jeune fille.

Ce fut au tour de Thea de demeurer sans voix.

— Il semblerait que ma tante me connaisse mieux que vous, commenta-t-il.

— Voilà qui m'étonnerait, à moins que vous n'entreteniez avec elle des relations contre nature !

Thea regretta aussitôt ses paroles, mais il était trop tard. Elle jeta un coup d'œil inquiet à lady Boyle en se demandant si cette dernière n'était pas irrémédiablement écœurée par son comportement.

Mais, à sa grande surprise, la vieille dame mêla son rire à celui, moins discret, de son neveu.

— Venez donc, vous deux. Vous devez songer à votre visite à lady Upworth. Elle ne devrait pas tarder à apprendre que Thea est en ville. Avant d'emmener cette jeune fille acheter sa garde-robe, je tiens à attendre que lady Upworth ait été informée de sa présence. Elle voudra certainement se joindre à nous pour ces emplettes.

Drake immobilisa son cabriolet devant le vieil hôtel particulier. La façade était très différente de celui de lady Boyle. Thea s'extasia devant le briquetage, si différent de ce qui se faisait sur son île. Un autre détail la surprit également : la demeure de lady Upworth n'était pas noircie par la poussière de charbon, comme tant d'autres à Londres. Comment sa tante s'y prenait-elle ?

— Croyez-vous qu'elle m'aimera ? lâcha-t-elle à brûle-pourpoint, rompant le silence dans lequel elle s'était enfermée depuis leur départ de chez lady Boyle.

— Ne m'avez-vous pas dit que vous correspondiez avec elle depuis que vous savez écrire ?

Thea se rassura, songeant aux centaines de lettres qu'elle avait échangées avec sa tante au fil des ans.

— Si, en effet.

— Dans ce cas, je suis certain qu'elle vous aime déjà.

— Merci.

Drake lui répondit d'un hochement de tête avant de sauter à terre pour l'aider à descendre. Puis il lui offrit sa main gantée pour l'escorter jusqu'à la porte. Celle-ci s'ouvrit presque immédiatement après le coup de heurtoir.

— Oui ? s'enquit le majordome, dont la silhouette voûtée et les cheveux gris n'entamaient en rien l'autorité qui seyait à sa fonction.

— Nous venons voir lady Upworth.

Le vieux domestique s'effaça pour permettre aux visiteurs d'entrer.

— Qui dois-je annoncer ?

Thea sentit sa gorge se serrer. Elle était tout près de sa tante, le seul membre de sa famille encore en vie qui soit au courant de son existence. L'opulence de cette demeure, ces mille choses étranges qui auraient pourtant dû lui être familières à force d'en avoir entendu parler, tout l'oppressait soudain, si bien qu'aucun son ne parvint à sortir de sa gorge. Elle adressa un regard désespéré à Drake, qui répondit au majordome.

— Veuillez l'informer que Mlle Selwyn et M. Drake attendent qu'elle veuille bien les recevoir.

Thea ne s'était pas encore ressaisie que le domestique était de retour.

— Milady va vous recevoir dans son boudoir.

Il ouvrit la marche et les conduisit solennellement à l'étage. Ouvrant une porte sculptée, il leur fit signe d'entrer. Thea était comme paralysée. Drake lui prit le bras et la tira doucement à l'intérieur de la pièce.

Le mobilier était tel que lady Upworth l'avait dessiné. Une série de fauteuils garnis de coussins au petit point faisaient face à une méridienne près de la cheminée. Une odeur de cire et de fleurs séchées flottait dans l'air. Le secrétaire, que sa tante était si heureuse d'avoir déniché dans une boutique sur Pall Mall, était placé près de la fenêtre, en tout point semblable au dessin qu'elle en avait fait.

Près de ce secrétaire, une vieille dame vêtue avec élégance était assise. Sa tante.

— Est-ce bien toi ? fit-elle d'une voix cassée.

Elle se leva en s'appuyant au meuble. Les plis de sa jupe noire retombèrent gracieusement sur le sol et un bruissement de soie accompagna sa marche.

Elle semblait infiniment fragile et son pas était hésitant. Thea n'avait pas songé à cela. Les lettres ne montrent pas les ravages du temps ni les infirmités. La santé apparemment précaire de sa tante était un choc. Si elle avait attendu un an de plus pour accomplir ce voyage, serait-elle arrivée trop tard ?

Saisissant Thea avec une poigne étonnante pour une femme d'apparence aussi frêle, lady Upworth la serra dans ses bras. D'abord, Thea ne bougea pas, incapable de répondre à cette étreinte. Puis, comme mus par une volonté propre, ses bras se refermèrent sur la vieille dame. Cette femme était du même sang qu'elle, de sa famille. Elle n'était plus seule au monde. Elle la serra avec force, et elles demeurèrent ainsi un long moment. Thea sentait son cœur se gonfler à l'idée de faire à nouveau partie d'une famille.

Enfin, lady Upworth s'écarta.

— Laisse-moi te regarder.

C'est ce qu'elle fit, de ses yeux aussi bleus que ceux de Thea.

— Tu es le portrait de ta mère, murmura-t-elle enfin. Je ne me pardonnerai jamais de l'avoir envoyée là-bas.

— Si vous ne l'aviez pas fait, elle m'aurait perdue.

— Nul ne sait quelle tournure les événements auraient pu prendre, mais elle est morte là-bas. Elle n'a revu ni Jared ni ton père…

La vieille dame n'acheva pas sa phrase. Thea savait ce qu'elle voulait dire et ne souhaitait pas que Drake l'entende. Elle ne voulait pas qu'il apprenne jusqu'où son père était allé dans la cruauté. Elle en avait honte. Discrètement, elle jeta un regard dans sa direction. Avait-il noté la référence à son frère ?

— N'y pensons plus pour le moment, dit-elle à sa tante.

Celle-ci hocha la tête, mais des larmes brillaient dans ses yeux.

— Tu as raison. C'est de l'histoire ancienne. Tu es là, et c'est tout ce qui compte. Je t'avoue franchement que je ne pensais pas vivre assez longtemps pour te revoir.

Ces mots confirmaient les craintes de Thea : sa tante était malade.

Drake offrit son mouchoir à lady Upworth, qui le prit et se tamponna les yeux en respirant profondément.

— Merci, monsieur… monsieur Drake, c'est bien cela ?

Se rappelant les bonnes manières, Thea fit les présentations.

— Vous êtes un parent de lady Boyle, n'est-ce pas ? fit lady Upworth.

— Lady Boyle est ma grand-tante.

Le regard de la vieille dame s'illumina. Après avoir jaugé Drake du regard, tel un cheval aux enchères, elle ajouta :

— Vous êtes le fils de lady Noreen, c'est bien cela ?

Thea se crispa, et surveilla, inquiète, la réaction de Drake.

— En effet, répondit celui-ci sans ciller.

— Je vois… Thea a fait la traversée sur votre bateau.

Toujours imperturbable, Drake opina.

— Thea, pourquoi n'as-tu pas voyagé sur l'un des navires de Merewether ? s'étonna-t-elle.

La jeune femme hésita. Elle ne voulait pas confier ses soucis à sa tante, mais hésitait à lui mentir. Le regard bleu de la vieille dame semblait si pénétrant. Et tous ces secrets qu'elle gardait pour elle commençaient à lui peser ; elle se sentait comme sale à l'intérieur.

— Si j'avais attendu le départ d'un de nos bateaux, je serais partie un mois plus tard et j'aurais manqué le début de la saison, répondit-elle finalement.

— Je vois…

Lady Upworth alla s'asseoir dans un fauteuil près de la cheminée. D'un geste gracieux, elle invita les deux jeunes gens à faire de même. Thea s'assit sur la méridienne, Drake l'imita.

La vieille dame haussa un sourcil surpris, mais se garda de tout commentaire.

— Lady Boyle a pensé que vous aimeriez participer à l'achat de la garde-robe de Thea, expliqua Drake.

Une lueur s'alluma dans le regard de la vieille dame. Thea, quant à elle, n'avait aucune envie de perdre en emplettes un temps qu'elle aurait pu employer plus utilement.

— Bien entendu, répondit lady Upworth. Dès demain, Thea viendra loger ici, et je prendrai rendez-vous avec la modiste, le coiffeur…

— Thea restera chez ma tante, l'interrompit Drake.

Bien qu'il se soit exprimé d'un ton sans réplique, la vieille dame ne se laissa pas plus intimider que Thea.

— C'est absurde. Elle doit loger dans sa famille.

Drake se tourna vers Thea.

— Ne m'avez-vous pas dit que lady Upworth était une amie de votre famille ?

— Je…

— C'était un mensonge nécessaire pour la protéger de son père, intervint la vieille dame. Ni sa mère ni elle ne pouvaient se permettre de faire étalage de notre parenté, de peur qu'on ne découvre où elles se cachaient.

Drake accepta l'explication, mais fixa Thea d'un regard implacable.

— Vous auriez pu me le dire, lui reprocha-t-il.

— Oui, j'aurais dû. Mais cela ne m'a pas semblé important à ce moment-là, d'autant que nous nous querellions.

Elle aurait voulu qu'il comprenne ce qu'elle ne comprenait pas totalement elle-même. Tout ce qu'elle savait, c'est qu'elle avait préféré cacher sa parenté avec lady Upworth jusqu'à ce qu'elle la rencontre.

— Ainsi, vous vous êtes querellés ? observa la vieille dame avec un sourire entendu. Si j'en juge par tes lettres, tu as beaucoup plus d'esprit que la plupart des jeunes filles, Thea.

— Je vous vous assure, ma tante, que ce n'était pas moi qui avais provoqué cette querelle.

Lady Upworth eut un petit rire musical.

— Rares sont les dames qui admettraient avoir été à l'origine d'une querelle.

Songeant au refus affolé qu'elle avait opposé à Drake lorsqu'il l'avait demandée en mariage, Thea dut admettre qu'elle était à l'origine d'au moins une querelle avec lui. Elle aurait pu affronter la situation différemment. Et, pour commencer, ne pas se jeter à la tête de ce pauvre garçon.

— Je dois reconnaître que, bien que maman ait essayé de faire de moi une dame, j'ai des lacunes dans un certain nombre de domaines.

— Qu'en pensez-vous, monsieur Drake ? s'enquit lady Upworth. Ma nièce a-t-elle des défauts ?

Thea se tendit. Elle aurait préféré que sa tante ne pose pas une question aussi embarrassante à Drake.

— Votre nièce ignore les convenances, commença-t-il, et s'adresse à de simples marins comme s'il s'agissait de gentlemen. Elle harangue presque tous les gens qu'elle rencontre à propos de l'abolition de l'esclavage, s'expose au danger sans réfléchir, est aussi têtue que cinq femmes réunies, trouve à redire sur tout et a, en outre, beaucoup plus de considération pour sa bonne que n'en ont habituellement les dames anglaises.

Thea en resta bouche bée. Si elle ne s'attendait pas que Drake chante ses louanges, elle n'imaginait pas non plus qu'il dresserait ainsi la liste de ses défauts devant sa tante. Comme elle tentait de s'éloigner subrepticement de lui sur la méridienne, il se déplaça jusqu'à ce qu'elle se retrouve acculée.

— Il semblerait que ce siège ne soit pas assez grand pour deux, siffla-t-elle. Vous devriez peut-être en prendre un autre.

— Je m'y trouve très bien.

— Pas moi, fit-elle en faisant mine de se lever.

Il l'arrêta d'un regard.

— Mais si.

— Je vous assure que non !

Drake prit alors la vieille dame à témoin.

— Voyez plutôt comme votre nièce est difficile.

Furieuse, Thea tenta de le pousser discrètement. Mais il ne bougea pas d'un centimètre, ce qui la fit enrager d'autant plus. Elle se tenait si raide qu'on aurait juré qu'elle portait un corset.

Drake ne résista pas à la tentation de l'énerver davantage.

— La plupart du temps, votre nièce ne se conduit pas du tout comme une dame, lady Upworth.

— Je vois, dit celle-ci.

Drake comprit à son sourire que l'attitude de Thea l'amusait, et il en fut ravi. Il avait obligé la jeune femme à réagir à la manière spontanée qui lui était habituelle afin de voir comment réagirait sa tante. Si lady Upworth avait paru choquée, il aurait pris des mesures pour protéger Thea de la vieille dame.

Il voulait aussi que cette dernière sache à quoi s'attendre si elle présentait sa nièce dans le monde. Thea n'avait rien d'une oie blanche qui se fondrait aisément dans le moule imposé par la haute société. C'était une « originale » qu'il fallait respecter comme telle.

— Je crois en effet que vous voyez, dit-il à la vieille dame qui couvait sa nièce d'un regard approbateur.

— En effet. Ce sera un plaisir de te présenter dans le monde, mon enfant.

— Vous plaisantez ? Vous n'avez pas entendu ce que vient de dire M. Drake ? C'est la vérité, vous savez. Je ne suis pas du tout une personne comme il faut. En fait, aux yeux de certains, je suis un peu excessive.

— Ne dis pas de sottises : tu es délicieuse, au contraire. Et je crois comprendre que M. Drake est entièrement de mon avis.

— Cette fois, je sais que vous plaisantez. M. Drake ne me trouve pas délicieuse, il vient de me clouer au pilori en quelques mots.

Drake s'empara de sa main.

— Pas du tout : je vous tiens dans la plus haute estime.

— C'est pour cela que vous venez de dresser la liste de tous mes défauts devant ma tante tel un colporteur vantant sa marchandise ?

— Je cherchais simplement à l'avertir.

— L'avertir ? répéta-t-elle d'une voix qui grimpait dangereusement dans les aigus. Suis-je à ce point une calamité qu'il faille « avertir » ma tante ?

— Non, mais vous êtes une femme de caractère qui ne trouvera sa place dans la haute société que si on la protège et la présente de la manière appropriée.

— Je me moque de ma place dans la haute société !

— Pas votre tante.

Drake se tourna vers la vieille dame qui suivait leur échange d'un regard fasciné.

— Demandez-lui s'il n'est pas important à ses yeux que vous soyez reçue dans les meilleurs salons.

— Est-ce important pour vous, ma tante ? s'enquit Thea.

— Ça l'est, oui. Mais n'aie crainte. Avec l'aide de la famille de Drake, tu seras lancée dans le monde avec succès, j'en suis certaine.

— Je ne suis pas un bateau.

— Non, mon enfant. Tu es ma très chère nièce et tu risques de causer un certain remous dans le monde.

— Peut-être ne devriez-vous pas vous donner la peine de me lancer dans le monde. Après tout, je ne compte pas rester très longtemps en Angleterre, et j'ai l'impression que tout cela va vous demander beaucoup de travail. Je ne vois pas l'intérêt de renouveler ma garde-robe, d'autant que je suis sûre que personne ne me remarquera.

Drake éclata de rire.

— Vous moquez-vous à nouveau de moi, monsieur ? s'offusqua Thea.

Puis, se tournant vers sa tante :

— Je suis sûre qu'un gentleman ne se moque pas d'une dame. Hélas, Drake l'oublie très souvent !

— Thea, vous ne pourriez passer inaperçue même si vous vous y efforciez, assura-t-il. Vous avez des opinions bien trop arrêtées et êtes bien trop intrépide pour passer quelque temps à Londres sans vous faire remarquer.

— Je croyais que tu étais venue pour la saison, ajouta lady Upworth.

Drake surprit le regard perspicace de la vieille dame. Thea l'avait-elle remarqué aussi ?

— Ma chère, ce sera un plaisir de te lancer dans le monde. Tu as trop longtemps attendu de prendre la place qui te revient. Il est temps que tu profites des nombreux privilèges auxquels ton rang te donne droit.

— Mais tout est si différent, ici. À la maison, j'étais juste Mlle Thea. Ici, je suppose qu'on va m'appeler lady Thea et que je serai obligée de porter ces affreux corsets, observa la jeune femme en serrant convulsivement la main de Drake. Eh bien, je refuse. Tout simplement. Si je dois faire partie de la haute société, elle me prendra telle que je suis. Je suis trop vieille pour me couler dans le moule de la débutante.

Devinant que Thea avait eu son compte d'émotions pour la journée, et qu'il était temps d'y mettre un terme, Drake intervint.

— Nous reparlerons de vos débuts dans le monde plus tard.

— Mais…

— Personne ne vous obligera à porter de corset. Venez, votre tante est fatiguée.

Lady Upworth soupira.

— Ma santé n'est plus ce qu'elle était, je l'avoue. Reviendras-tu demain ? J'aimerais que nous bavardions davantage. Nous avons encore tant de choses à nous dire.

Drake aurait aimé savoir quelles étaient ces choses qui rendaient la vieille dame soudain si grave. Mais il aurait tout le loisir d'interroger Thea. Qu'il soupçonnait de lui cacher des éléments importants de sa vie.

— Oui, répondit celle-ci en se levant pour aller embrasser sa tante. Je reviendrai demain. Reposez-vous.

Drake l'entraîna vers la porte. Juste avant de sortir, il se retourna vers lady Upworth.

— Il faut que vous sachiez que j'ai l'intention d'épouser Thea.

— Je suis peut-être vieille, mon garçon, rétorqua-t-elle, mais je ne suis pas aveugle.

12

Je dois trouver quelque chose pour occuper mon esprit et mon temps. Thea est merveilleuse, mais elle n'y suffit pas. Surtout lorsque je suis dans mon lit, à rêver de mon fils et d'un époux qui serait à la fois mon ami et mon amour. Comment puis-je être assez sotte pour seulement penser une chose pareille ? Les hommes voient le mariage différemment des femmes.

La fièvre jaune arrive. Les insulaires disent qu'elle revient chaque année et que beaucoup meurent. Seigneur, faites que je ne sois pas de ceux-là. Faites que je résiste, pour ma fille.

Journal d'Anna Selwyn, comtesse de Langley,
le 18 janvier 1801

Thea aurait voulu secouer Drake comme un prunier.

Le foudroyant du regard, elle prit place avec raideur dans le cabriolet.

— Comment avez-vous pu dire une chose pareille ?

Drake fit claquer les rênes et la voiture s'ébranla.

— C'est la pure vérité.

— *Votre* vérité. Et que faites-vous de mon refus de vous épouser ?

— Je finirai par vous convaincre.

Son assurance à toute épreuve avait le don de la mettre hors d'elle.

— Sacrebleu, votre arrogance est sans limites.

— Mon arrogance est à la hauteur de votre entêtement, répliqua-t-il avec un haussement d'épaules qui faillit la faire exploser.

— Ce n'est pas de l'entêtement ! J'ai fait une promesse et j'ai bien l'intention de la respecter.

— Je n'en attendais pas moins de vous.

Sa réponse la prit de court.

— Dans ce cas, je ne puis vous épouser.

— Bien sûr que si. Je ne suis pas votre père, et vous finirez par l'admettre un jour ou l'autre. Votre mère m'aurait bien aimé.

— Elle vous aurait trouvé dominateur.

— Peut-être, mais elle m'aurait bien aimé tout de même.

— Comment pouvez-vous en être aussi sûr ? Vous ne l'avez jamais connue.

— Parce que je suis un homme d'honneur. Or, ce n'est pas le caractère inflexible de votre père qui a détruit votre famille, c'est son manque d'intégrité.

Thea lui glissa un regard de biais. Se pouvait-il qu'il ait appris la vérité ? L'horrible et ultime trahison dont son père s'était rendu coupable ? Non, impossible.

— Que voulez-vous dire ?

— Seul un homme dépourvu d'honneur aurait été à ce point certain que sa femme n'en avait pas non plus.

Ce raisonnement était sans faille. Si Drake avait raison, et si la bassesse du comte de Langley était à l'origine de l'échec du mariage de ses parents, que devait-elle en conclure quant à la promesse faite à sa mère ? Nul ne pouvait accuser Drake d'être dénué d'honneur. Il en avait même à revendre. Seigneur, tout cela était si troublant ! La vie était si simple avant qu'elle ne rencontre Drake et ne monte à bord de son bateau…

— Si vous n'avez aucun égard pour mes sentiments, songez combien vous avez dû inquiéter ma tante, observa-t-elle, abordant le sujet sous un autre angle.

Drake se raidit et ses mains se crispèrent sur les rênes.

— Vous craignez qu'elle n'approuve pas votre mariage avec un bâtard ? rétorqua-t-il. Avez-vous honte de moi, Thea ?

— Je vous *interdis* de vous affubler de ce nom ! s'écria-t-elle.

Arrêtant l'attelage devant la maison de sa tante, Drake se tourna vers elle, le visage indéchiffrable.

— C'est pourtant ce que je suis, Thea Vous feriez bien de vous y faire dès maintenant.

— Vous n'êtes pas un bâtard ! s'entêta-t-elle. Vous êtes le fils illégitime d'une femme qui, apparemment, est tout à la fois une dame et une excellente mère. Que votre père soit trop bougrement stupide pour vous reconnaître ne fait pas de vous un bâtard. Je vous interdis de vous affubler de ce nom en ma présence !

Thea s'aperçut que son discours véhément avait eu un témoin en entendant le valet de pied de lady Boyle se racler la gorge.

L'ignorant, elle ajouta :

— Eh bien ?

— Si tel est votre souhait.

— Tel est mon souhait.

— Fort bien, concéda Drake, qui sourit enfin. Pouvons-nous descendre de voiture, à présent ? Nous commençons à provoquer un attroupement.

Jetant un coup d'œil autour d'elle, Thea découvrit qu'il disait vrai. En plus du valet de pied de lady Boyle, un couple élégant dans un attelage, accompagné d'une nurse et de leur enfant, semblait intéressé par leur querelle. Avait-elle mis Drake dans l'embarras ? Si oui, il n'avait qu'à s'en prendre à lui-même. Elle ne se serait jamais emportée ainsi s'il n'avait pas prononcé ce mot horrible.

— Je pensais que nous irions chez *Merewether Shipping* en sortant de chez lady Upworth, avoua-t-elle.

— Vous avez besoin de vous reposer. L'après-midi a été éprouvant.

Sa sollicitude la touchait, et une émotion qu'elle préférait ne pas nommer la submergea. Mais elle ne pouvait se permettre de se laisser fléchir.

— Je ne suis pas une petite nature. Allons chez *Merewether Shipping* sans attendre, décréta-t-elle, péremptoire.

Drake haussa les sourcils.

— S'il vous plaît, soupira Thea.

— Les désirs de madame sont des ordres, répondit-il, narquois, avant d'ajouter à l'adresse du valet de pied : Avertissez ma tante que nous avons à faire cet après-midi et que nous serons de retour pour le thé.

De manière imprévue, la colère de Thea avait apaisé les angoisses de Drake, parce que, il le comprenait à présent, les circonstances de sa naissance ne diminuaient en rien la valeur qu'il avait à ses yeux. L'observant du coin de l'œil, il constata qu'elle se tenait toujours droite comme un « i ».

Elle n'avait aucune idée, songea-t-il, de ce que sa réaction signifiait à ses yeux. Les seules personnes à l'avoir jamais accepté pour lui-même étaient son grand-père et sa mère. Pour le reste de sa famille, son statut de bâtard prévalait. Sa propre tante ne s'était-elle pas sentie obligée de mettre Thea en garde ?

Il aurait voulu l'embrasser, sa petite têtue, jusqu'à ce qu'elle en oublie sa colère, lui montrer combien la foi qu'elle avait en lui comptait à ses yeux. Il avait renoncé aux tendres sentiments après sa douloureuse expérience avec Deidre, mais doutait que ce qu'il éprouvait en cet instant se résume à un simple désir physique.

Encore que ce soit un élément indéniable. Se remémorant son corps nu étendu sur sa couchette, il dut admettre qu'il avait non seulement envie de l'embrasser, mais aussi de s'enfouir en elle, de ne faire plus qu'un avec elle. Il voulait dormir auprès d'elle nuit après nuit, et l'idée qu'elle puisse porter son enfant l'emplissait de joie.

Déjà, son corps réagissait vigoureusement à ces pensées. Diantre, elle ferait bien de changer promptement d'avis à propos de leur mariage, cette petite péronnelle.

Étant donné la manière dont il réagissait physiquement à ce genre de pensées, attendre le mariage pour faire de nouveau l'amour avec elle était-il la meilleure solution ? s'interrogea-t-il. À bord du bateau, cela lui avait paru plus honorable. Thea refusant de l'épouser, il avait préféré l'éviter ; d'abord sous le coup de la colère, parce que l'idée qu'elle le croie de la même espèce que son père le révoltait ; puis dans l'espoir que ce qu'ils avaient partagé lui manquerait suffisamment pour qu'elle accepte le mariage.

Bien qu'astucieux, ce calcul n'avait apparemment pas porté ses fruits. Thea se conduisait comme si elle avait oublié comment son corps répondait au sien. Il connaissait mainte manière de lui rafraîchir la mémoire. N'était-ce pas le meilleur moyen de la convaincre que le mariage était le bon choix ? Il lui montrerait que ce qui s'était passé cet après-midi-là dans sa cabine n'était qu'un début.

— N'allez pas vous imaginer que votre déplorable habitude d'employer ce terme inapproprié à votre endroit m'ait fait oublier ce que vous avez dit à ma tante, lâcha-t-elle soudain, le tirant de ses pensées.

— Elle était en droit de connaître mes intentions.

— C'est ridicule. Vos intentions ne regardent en rien ma tante.

Thea était fort naïve et ignorait visiblement tout de la haute société.

— Auriez-vous oublié comment ma propre tante a réagi en découvrant que je vous rendais visite dans votre cabine ?

— Non, mais cela n'a pas duré. Voyez plutôt comme elle est restée calme lorsqu'elle nous a surpris en train de nous embrasser sur le palier.

Le calme apparent de lady Boyle venait du fait qu'il lui avait annoncé avoir la ferme intention d'épouser Thea. Or, sa tante savait que rien ne pouvait l'arrêter lorsqu'il avait pris une décision.

— Quand les inévitables commérages vont commencer à circuler, votre tante réagira certainement comme la mienne à bord du *Dragon d'or*, riposta-t-il. Autrement dit, elle perdra son calme. Je ne voulais pas qu'elle s'inquiète, c'est pourquoi je l'ai avertie que mes intentions étaient tout ce qu'il y a d'honorables.

Après tout, lady Upworth avait des raisons d'en douter. Il était le fils de son père, et s'il eût aimé l'oublier, la bonne société, elle, ne l'oublierait jamais.

Thea s'agita sur son siège, puis posa la main sur son bras, qu'elle pressa doucement.

— C'est très délicat de votre part, mais ne croyez-vous pas qu'elle sera déçue que nous ne nous mariions pas ?

— Ne vous inquiétez pas. Au final, elle éprouvera un grand soulagement.

La jeune femme laissa échapper un soupir.

— Si nos deux tantes pouvaient renoncer à l'idée de me « lancer » dans le monde. Cela va non seulement compliquer les choses, mais aussi m'empêcher de me consacrer à mon enquête comme je le souhaiterais. Vous avez une idée du temps que je vais perdre à acheter de nouvelles toilettes ?

Dans la bouche de Thea, cela semblait un sort pire que la mort.

— Allons, vous apprécierez d'être en compagnie de votre tante, non ? Et puis, vous seriez bien la première femme à ne pas s'intéresser à sa garde-robe.

Voyant qu'elle se mordillait la lèvre, il eut soudain envie d'arrêter l'attelage et de s'emparer de sa bouche. Après quoi, il sèmerait une pluie de baisers le long de son cou… Elle pousserait de petits gémissements… Il lui caresserait les seins…

Son désir avait pris des proportions telles qu'il faillit ne pas entendre la réponse de Thea.

— Je serai sans doute heureuse de passer un moment avec ma tante. Ainsi qu'avec lady Boyle. Mais j'avoue que les chiffons ne me passionnent guère et que je n'ai aucune envie de faire mes débuts dans le monde.

— Vous avez entendu votre tante : c'est important pour elle.

— Elle veut que je prenne la place qui me revient, mais cela ne marchera pas.

— Pourquoi ?

— Parce que je n'ai pas été élevée dans ce but.

— Restez vous-même et vous charmerez tout le monde. Voyez plutôt comme vous m'avez charmé.

Mais, loin de sourire à cette remarque, comme il l'avait espéré, Thea répliqua le plus sérieusement du monde :

— Je ne vous ai pas charmé, je vous ai séduit. C'est différent.

S'efforçant de ne pas laisser ses pensées dériver de nouveau, Drake répliqua :

— Vous ne m'avez pas séduit.

— Bien sûr que si ! Vous ne vouliez pas me faire l'amour, si bien que j'ai dû vous supplier.

Drake était prêt à prolonger cette conversation, mais par sur le siège d'un cabriolet, et les mains occupées par les rênes.

— Nous pourrions peut-être en discuter un peu plus tard, suggéra-t-il.

— Inutile. Je tenais juste à vous faire remarquer que je ne vous avais pas charmé, et que je n'étais donc pas susceptible de charmer la bonne société.

— Il n'empêche que vous devrez laisser lady Upworth et ma tante vous présenter.

— Je n'en ai aucune envie.

Thea ressemblait soudain à une petite fille tenant tête à ses parents. Or, c'était une jeune femme mûre et intelligente. Son refus devait donc être motivé par autre chose que son enquête ou sa crainte de mal se conduire dans le monde. D'autant que, d'après ce qu'il avait constaté, elle ne s'effrayait pas aisément.

— Pourquoi ? insista-t-il.

— Je ne tiens pas à rencontrer mon père. Je n'ai pas envie de le reconnaître comme tel, mais je ne veux pas non plus passer mon temps à mentir pour le protéger.

— Ne croyez-vous pas qu'il serait temps de le rencontrer ? De faire la paix avec lui ?

— Comment pouvez-vous me demander cela après ce qu'il a fait à ma mère ? Et à moi ?

Elle semblait tellement outrée pas sa suggestion qu'il hésita à poursuivre. Mais son épouse devrait avoir sa place dans la société. C'était important pour sa mère et pour son grand-père, et donc pour lui.

— Votre mère ne lui a-t-elle rien fait, d'une certaine manière ? Après tout, elle vous a enlevée à votre père et l'a privé du plaisir de vous voir grandir. Peut-être découvririez-vous que ce n'est pas le monstre que vous croyez.

Loin de lui l'idée de justifier les actions du père de Thea, mais peut-être cet homme n'était-il pas aussi horrible que sa mère l'avait dépeint.

— Vous le défendez ? s'écria-t-elle. Je croyais que vous aviez compris. Vous avez dit vous-même qu'il manquait d'intégrité.

— Nul n'est parfait, Thea. Votre père a ses défauts, mais cela ne signifie pas qu'il ne vous aime pas.

Et s'il s'avérait que cet homme n'aimait pas Thea, il ferait en sorte qu'elle le voie le moins possible – voire pas du tout. Il voulait qu'elle soit heureuse. Mais il n'était pas convaincu que son entêtement à ne pas rencontrer ni reconnaître son père soit la solution qui lui apporte le plus de joie.

— Et votre père à vous ? répliqua-t-elle. Ne croyez-vous pas que cet argent qu'il vous a procuré quand vous avez atteint votre majorité était sa façon à lui de vous montrer son amour ?

Ce n'était pas du tout la même chose. Le père de Drake n'avait pas voulu de lui et n'avait jamais reconnu son existence. Thea, en revanche, savait que son père désirait son enfant, même s'il ne voulait plus de sa femme.

— Vous ne savez pas de quoi vous parlez.

— Comme c'est commode ! s'exclama-t-elle en ouvrant son ombrelle. Quand il s'agit de me faire la leçon au sujet de ma famille, vous êtes omniscient. Mais dès que j'attire votre attention sur un point évident, je ne suis qu'une ignorante. Je vous croyais pourtant différent de ces hommes qui pensent que les femmes n'ont pas de cervelle.

Cette remarque agaça Drake. Il savait que Thea était intelligente, mais cela ne signifiait pas pour autant qu'elle avait raison. Son père lui avait donné de l'argent uniquement parce que c'était ce qui se faisait dans la haute société. Cela n'impliquait pas une tendresse quelconque envers lui.

Ils arrivaient devant les établissements *Merewether Shipping,* ce qui lui évita de répondre à l'accusation de Thea.

Lorsque le cabriolet s'immobilisa devant le vaste édifice de brique, Thea oublia instantanément leur dispute. À mesure qu'ils approchaient de leur destination, elle avait commencé à avoir des doutes quant à sa capacité à démasquer le voleur. Londres était tellement différente de sa petite île.

Même les établissements *Merewether Shipping* lui semblaient soudain bien vastes, bien impressionnants.

Abaissant l'ombrelle qui faisait écran entre Drake et elle, elle éprouva de la gratitude à l'avoir auprès d'elle, si solide, si rassurant.

— Merci, murmura-t-elle.

— De quoi ?

— De m'aider.

Après avoir jeté une pièce à un gamin en lui demandant de tenir les rênes, Drake se tourna vers elle et encadra son visage de ses mains.

— Nous allons retrouver le coupable.

Elle posa les mains sur les siennes.

— Il le faut. La sécurité d'oncle Ashby en dépend.

— La vôtre aussi.

— Ce n'est pas aussi important.

— Pour moi, ça l'est.

Il l'embrassa, rien qu'une fois, très doucement, mais Thea en fut remuée jusqu'au tréfonds. Comment pouvait-elle ne serait-ce qu'envisager de vivre sans cet homme ?

Ignorant la bouleversante prise de conscience que ce simple baiser venait de provoquer, Drake sauta allègrement à terre et fit le tour de l'attelage pour l'aider à descendre. Elle prit la main qu'il lui tendait, laissant le sentiment de sécurité qu'elle ressentait à chaque contact la submerger.

Ils gagnèrent l'entrée, et s'arrêtèrent en même temps, comme s'ils s'étaient consultés.

— J'en ai les jambes qui flageolent à l'idée que vous auriez pu entreprendre ces recherches seule, avoua-t-il.

Bien que l'idée d'un Drake aux jambes flageolantes ne laisse pas d'être cocasse, Thea comprenait son inquiétude. Les quais grouillaient de marins aux mines patibulaires, d'enfants sales, de catins dont les vêtements couvraient à peine les seins rougis. L'une d'entre elles, du reste, était adossée au mur, près de l'entrée des établissements *Merewether Shipping*. Ses jupons étaient mouillés afin de mouler ses formes en dessous de la ceinture, et Thea frissonna avec sympathie.

Si la froidure anglaise n'était pas vraiment une surprise, en revanche la façon dont elle pénétrait jusqu'aux os en était une. Et que dire des odeurs ! Des ordures flottaient sur la Tamise, et pourtant, les quais et le fleuve offraient un spectacle saisissant. Ignorant tout de la ville, Thea se sentit soudain submergée par le sentiment de ne pas être à la hauteur.

Quelle naïveté d'avoir cru qu'elle pourrait mener seule l'enquête. Les jours d'oncle Ashby seraient plus sûrs s'il avait pu compter sur quelqu'un de plus capable. Hélas, il n'avait qu'elle !

Et Drake, heureusement.

— Entrons, fit-elle en tirant son compagnon.

— Qu'y a-t-il ? demanda-t-il en la retenant.

— Je viens de me rendre compte de ce que j'ai été sotte de penser qu'une personne comme moi, élevée dans une petite île, pouvait venir à bout d'une telle tâche dans un tel endroit. Sans votre aide, je… je ne sais pas ce que j'aurais fait. Tout est si impressionnant…

— Je suis persuadé que vous pouvez venir à bout de tout ce que vous voulez dès lors que vous le décidez.

— Vraiment ?

— Vraiment, Thea.

Ils pénétrèrent dans le bâtiment par une grande et lourde porte. Dès qu'elle se fut refermée derrière eux, le bruit en provenance des quais cessa. Ils se retrouvèrent dans un hall où s'alignaient des rangées de portes toutes fermées. Pas un bruit de voix ne filtrait pour briser le sentiment de solitude absolue qui régnait en ces lieux.

Un jeune homme vêtu d'un pantalon à pieds et d'une redingote à la dernière mode sortit d'un bureau. Ses boucles blondes frôlaient son col. Levant les yeux de la liasse de papiers qu'il tenait à la main, il tressaillit, visiblement surpris.

— Que puis-je pour vous ?

— Nous cherchons M. Emerson Merewether, répondit Thea en retirant ses gants. Auriez-vous l'amabilité de nous conduire jusqu'à son bureau ?

— Certainement.

Tournant les talons, il repartit dans la direction d'où il était venu et s'arrêta devant la première porte à sa droite.

— Monsieur Merewether, des personnes désirent vous voir, annonça-t-il.

Il s'effaça pour les laisser entrer, et Thea ne put s'empêcher de sourire. On aurait dit la réplique du bureau d'oncle Ashby, à une exception près : il ne comportait pas de petit coin tranquille pour prendre le thé. Toutes les surfaces étaient recouvertes de papiers ou de caisses d'expédition. Lorsque l'homme assis derrière le bureau se leva pour les accueillir, elle crut voir oncle Ashby en plus jeune.

— Bonjour. Thea Selwyn, se présenta-t-elle. Et voici M. Drake.

— Mademoiselle Selwyn ? L'associée de mon oncle ? s'étonna Emerson Merewether en serrant la main qu'elle lui tendait. J'ignorais que vous deviez venir en Angleterre.

— J'en suis moi-même la première surprise, monsieur Merewether.

— Thea a entrepris ce voyage sur un coup de tête, précisa Drake. Personne n'en a été averti.

Il s'exprimait comme si Thea et lui étaient de vieilles connaissances. Comme si elle avait dû le prévenir de ce voyage. Dans quel but ?

— Monsieur Drake, mademoiselle Selwyn, voulez-vous vous asseoir ? proposa Emerson, qui s'était ressaisi rapidement.

Regardant autour de lui, Drake constata, comme Thea, qu'il n'y avait aucun siège disponible. Heureusement, le jeune homme blond se mit en devoir de débarrasser deux fauteuils qui croulaient sous des piles de documents.

— Barton, fit Emerson. Faites apporter des rafraîchissements, voulez-vous ?

— C'est inutile, intervint Thea. Nous ne nous attarderons pas. Nous ne sommes là que pour une brève discussion d'affaires.

— Dans ce cas, voulez-vous que je reste, monsieur Merewether ? s'enquit l'employé.

— Non, je vous remercie. Je vous appellerai si j'ai besoin de quoi que ce soit.

Puis, s'adressant à ses visiteurs, Merewether ajouta :

— Barton est mon assistant.

Le jeune homme parti, le silence retomba. Thea cherchait comment aborder le sujet des registres lorsque Drake prit la parole.

— Monsieur Merewether, je songe actuellement à développer ma compagnie de transport maritime en m'associant avec votre oncle et Thea.

Emerson parut beaucoup plus stupéfait par cette annonce que par leur arrivée inopinée.

— Je viens juste de recevoir une lettre d'oncle Ashby et il n'y fait pas la moindre allusion. Si j'avais su qu'il cherchait un associé, je me serais proposé pour prendre une part du capital.

Zut. Il était évident qu'Emerson était vexé. Thea le rassura aussitôt.

— Soyez sûr, monsieur Merewether, que nous n'avons aucune intention de vous exclure.

— Je dois écrire à oncle Ashby. C'est une nouvelle tout à fait inattendue.

Thea voyait son plan voler en éclats sous ses yeux. Il fallait à tout prix empêcher Emerson d'écrire à son oncle.

C'est alors que Drake se mit à rire, lui arrachant un sursaut.

— Je crois que vous n'avez pas compris la nature de cette association ! Thea et moi sommes fiancés et, par contrat de mariage, ses parts passeront sous ma tutelle.

Thea retint un cri de surprise. Drake aurait à répondre de ce mensonge, se promit-elle. Mais pour l'instant, elle n'avait d'autre choix que de jouer le jeu.

Emerson avait retrouvé le sourire, un sourire si semblable à celui d'oncle Ashby qu'elle en eut subitement le mal du pays.

— Je n'avais pas compris, en effet, admit-il. Permettez-moi de vous adresser toutes mes félicitations.

Drake accueillit ces félicitations d'un hochement de tête tandis que Thea se contentait d'un faible sourire.

— Afin de préparer le contrat de mariage, j'aimerais parcourir vos registres, expliqua Drake.

— C'est absolument impossible. Il s'agit de documents confidentiels, monsieur.

S'éclaircissant délicatement la voix, Thea déclara :

— En tant que *directrice associée*, il va sans dire que je serai présente pendant que M. Drake consultera *nos* livres de comptes, monsieur Merewether.

Elle avait souligné à dessein certains mots afin de rappeler à Emerson qui commandait dans cette histoire.

Ce dernier eut le bon goût de rougir.

— Oui, bien sûr. Pardonnez-moi si je vous ai offensée, mademoiselle Selwyn. J'en suis venu à considérer la société comme une affaire familiale, et je protège jalousement vos intérêts et ceux d'oncle Ashby.

Thea sourit. Elle comprenait. Emerson semblait être un garçon charmant.

— J'aimerais emporter les registres sans attendre, intervint Drake. Nous vous les rapporterons la semaine prochaine, dès que j'y aurai trouvé les renseignements dont j'ai besoin pour établir notre contrat de mariage.

Emerson se rembrunit.

— Je suis certain que vous pouvez trouver ces renseignements sans emporter les registres. Nous en avons besoin constamment. En fait... Barton pourrait relever les chiffres dont vous avez besoin et vous les faire porter à votre domicile.

La réticence d'Emerson à laisser ces registres sortir de ses bureaux, si elle était légitime, n'en était pas moins ennuyeuse.

— Je crains que Drake ne soit du genre indépendant et obstiné, observa Thea, et qu'il n'ait pas confiance en des chiffres relevés par un autre que lui-même.

— Thea dit vrai, renchérit Drake. Je préfère m'en charger moi-même. Mon homme d'affaires trouve d'ailleurs assommant cette habitude que j'ai de vérifier les comptes de ma société.

Emerson affichait la même expression qu'oncle Ashby lorsque sa patience était à bout.

— Je puis vous assurer que Barton est un employé modèle, s'entêta-t-il. Il vous fournira des chiffres précis.

Drake eut un sourire qui fit littéralement fondre Thea.

— Je n'en doute pas, mais, comme Thea vient de le souligner, je suis plutôt indépendant et obstiné. J'aimerais voir les registres.

— Ne pourriez-vous au moins les consulter ici ?

La requête d'Emerson était tout à fait raisonnable et elle allait accepter quand Drake secoua la tête. Son sourire s'était évanoui, et il arborait à présent cette expression impassible qu'elle trouvait plutôt inquiétante. Il se leva et lui offrit un bras qu'elle accepta sans réfléchir.

Tout en se dirigeant vers la porte, il ajouta sans même se retourner :

— Faites immédiatement porter ces registres jusqu'à mon attelage. Nous avons promis à lady Boyle d'être rentrés pour le thé.

13

Je me suis découvert des dispositions pour les affaires. Ashby était prêt à me laisser investir dans sa compagnie mais, mes fonds étant limités, je lui ai proposé de tenir ses comptes. D'abord, il a refusé, estimant ce travail indigne d'une dame. Je lui ai prouvé qu'il avait tort. À présent, je m'occupe des stocks, et des comptes et, hier, j'ai même négocié mon premier chargement de marchandise. Une expérience étonnante que j'ai hâte de renouveler.

Journal d'Anna Selwyn, comtesse de Langley,
le 15 juillet 1801

— Franchement, Drake, vous n'auriez pas dû être aussi abrupt avec ce pauvre Merewether. Vous l'avez blessé dans sa dignité, j'en suis sûre.

Comme l'attelage s'ébranlait, Thea retint les registres, empilés entre elle et lui, et qui menaçaient de tomber.

— Qu'il aille au diable avec sa dignité. C'est votre employé, il n'a pas à tenir tête à votre fiancé.

— À ce propos, pensez-vous que ce soit une bonne idée d'avoir prétendu que nous étions fiancés ? Le bruit risque fort de se répandre.

— Il se répandra de toute façon. Lorsqu'on saura combien nous avons été proches à bord du *Dragon d'or*, vous n'aurez d'autre choix que de vous fiancer avec moi. Que cela vous plaise ou non, vous êtes compromise.

Thea n'appréciait pas du tout le ton ferme dont Drake usait avec elle.

— C'est ridicule, riposta-t-elle. Vous n'allez tout de même pas m'épouser parce que vous m'avez rendu quelques visites dans ma cabine.

— Il ne s'agissait pas de simples visites, si vous vous voulez bien vous donner la peine de vous en souvenir.

Elle s'empourpra, mais ne put nier.

— Je m'en souviens. Les moments que j'ai passés avec vous ont été les plus beaux de ma vie. Je ne suis pas près de les oublier.

— Dans ce cas, pourquoi refuser de m'épouser? Non, ne dites rien, je connais la réponse! Vous pensez que je vais me transformer en un monstre cruel, comme votre père. Et je vous répète qu'il n'était peut-être pas aussi monstrueux que vous le croyez. Que votre mère a peut-être noirci le tableau.

— Décidément, vous ne comprenez pas.

— Non, en effet, fit-il en donnant un petit coup de rênes pour augmenter l'allure. Si votre sainte mère – comme Melly aime à la nommer – était encore vivante, j'aurais deux ou trois mots à lui dire.

Cette colère soudaine déconcertait Thea.

— Vous ne pensez pas ce que vous dites. Vous êtes en colère pour une raison que j'ignore, mais ne vous retournez pas contre ma mère. Elle a perdu plus que vous l'imaginez à cause de mon père. Tout ce qu'il mérite, c'est mon dégoût, pas que vous preniez sa défense.

Drake était maintenant à quelques centimètres d'un autre attelage. Elle aurait dû lui faire remarquer qu'il conduisait dangereusement, mais son expression l'en dissuada.

— Qu'en savez-vous? insista-t-il. Ne pensez-vous qu'il a au moins le droit de donner sa version de l'histoire ? Mais peut-être n'avez-vous pas envie d'apprendre que votre mère n'était pas aussi parfaite que vous le pensiez ?

— Vous ne savez pas ce que vous dites, se récria-t-elle, les larmes aux yeux.

Drake fut contraint de ralentir comme ils abordaient les quartiers où la circulation était plus dense.

— Thea, vous avez une famille, ici, en Angleterre. Des gens qui vous aimeraient si vous leur en laissiez la possibilité. Préférez-vous leur tourner le dos par respect pour la mémoire de votre mère ?

Drake était conscient qu'il ne cherchait pas seulement à la réconcilier avec sa famille, mais aussi à la convaincre de rester en Angleterre. Tous les arguments lui étaient bons. Thea était faite pour vivre dans ce pays. Avec lui.

— Il n'est pas question de leur tourner le dos à tous, mais uniquement à mon père.

Drake soupira. Si Thea s'installait en Angleterre, il faudrait bien qu'elle trouve un terrain d'entente avec son père.

— Ne croyez-vous pas que cela risque de devenir très gênant ? Que comptez-vous faire ? Demander à lady Upworth qu'elle vous présente comme sa nièce sans dire qui est votre père ? Tout le monde devinera, vous savez. Je doute qu'elle ait beaucoup de neveux qui aient été abandonnés par leur femme.

— Ma mère n'a pas abandonné mon père ! C'est lui qui l'a chassée.

Il ne faisait aucun doute que le père de Thea s'était mal conduit avec sa mère. Mais cela ne faisait pas de cet homme un ogre. Sans doute s'était-il radouci avec l'âge – ce n'était pas rare. Drake n'aimait pas l'idée que le cœur si généreux de Thea soit déchiré par l'amertume à cause d'un père qu'elle n'avait jamais connu. Aussi fit-il une ultime tentative pour la raisonner.

— Votre mère vous a emmenée aux Caraïbes pour vous y cacher. Comment appelez-vous cela ?

— L'instinct de survie.

Cette réponse en disait long. Le père de Thea s'était-il montré violent ? Si tel était le cas, il était compréhensible que sa fille le perçoive comme un monstre. Mais Drake ne permettrait pas que cet homme la menace.

— Thea, votre mère craignait-elle pour ses jours ?

— Non. Elle craignait qu'il ne découvre mon existence et ne m'emmène. Alors, elle se serait retrouvée sans rien.

— Comment cela, qu'il ne « découvre votre existence » ? Je croyais qu'elle vous avait enlevée après qu'il l'eut menacée de ne plus jamais la laisser vous voir ?

— Non. J'ai dit qu'elle m'avait emmenée après qu'il l'eut menacée de ne plus jamais lui laisser voir son enfant.

Thea dissimulait décidément des montagnes de secrets.

— Expliquez-moi.

Il ne s'attendait pas vraiment à ce qu'elle accède à sa demande. Mais Thea faisait-elle jamais ce à quoi il s'attendait ?

— Bien…

Elle se mordilla sa lèvre, et il entendit presque les rouages de son cerveau cliqueter tandis qu'elle s'interrogeait sur ce qu'elle pouvait lui révéler ou non.

— C'est mon frère qui est né le premier, commença-t-elle. Mon père a fait irruption dans la chambre et l'a arraché aux bras de ma mère. Elle a eu beau l'implorer, il est resté sourd à ses prières. Il se moquait qu'elle souffre. Je suis née quelques minutes après que mon père eut quitté Langley Hall avec la nourrice de mon frère. Melly et la sage-femme ont accepté d'aider ma mère à me cacher.

— Si elle aimait tant votre frère, comment a-t-elle pu quitter l'Angleterre et renoncer définitivement à lui ?

— Au début, elle a tenté de le voir. Chez lady Upworth. Mais mon père a découvert leur manège et y a mis fin. Dans son journal, maman raconte qu'il est arrivé un jour chez elle à l'improviste pour lui faire la morale. Il s'en est fallu de peu qu'il la surprenne avec moi dans les bras. Elle a eu tellement peur qu'elle a décidé de quitter l'Angleterre. C'était une décision difficile à prendre, et qu'elle a souvent regrettée. Mais, à en croire lady Upworth, mon père est toujours resté campé sur ses positions en ce qui concernait ma mère et ne l'aurait jamais autorisée à voir son fils.

Il fallut un moment à Drake pour digérer ce qu'il venait d'apprendre. Thea avait un frère, un jumeau. Qu'elle n'avait de toute évidence jamais vu.

— Je comprends que vous refusiez de rencontrer votre père, reconnut-il. Mais votre frère ? Maintenant que vous êtes adulte, vous ne risquez rien à lui faire connaître votre existence.

Lui-même avait appris à vivre en sachant qu'il avait des demi-frères et des demi-sœurs qui ignoraient tout de lui. Mais une femme avait le cœur plus tendre.

— Je ne me sens pas encore prête, avoua-t-elle.

— Vous m'avez dit que votre mère vous avait fait promettre deux choses. Quelle était la seconde ?

— Que je remette son journal à mon frère. Elle voulait qu'il sache qu'elle l'a toujours aimé et n'a jamais cessé de penser à lui.

Drake comprenait mieux pourquoi, aux yeux de Thea, son père était au-delà de toute rédemption. Non seulement il avait brisé leur famille, mais il l'avait privée de son frère, lui infligeant une blessure inguérissable.

— Autrement dit, votre mère vous a fait promettre de rencontrer votre frère.

Elle craignait sans doute que sa fille n'entreprenne jamais le voyage pour l'Angleterre sans une bonne raison. Elle *voulait* qu'elle retourne sur sa terre natale.

— J'ai prévu de tenir ma promesse, je vous assure. Mais pas tout de suite. Tout s'est passé si vite. Le plus urgent, pour l'heure, c'est de retrouver le voleur et de protéger oncle Ashby. Mais je sais que je n'ai pas le choix, et que je serai amenée à rencontrer mon frère un jour ou l'autre.

— Vous n'avez pas le choix non plus en ce qui concerne nos fiançailles.

Elle ne comprenait donc pas que ce sens de l'honneur qui l'obligeait à tenir la promesse faite à sa mère l'obligeait, lui, à l'épouser.

— Bien sûr que j'ai le choix !

— Pas si vous tenez à prendre votre place dans la bonne société.

— Combien de fois devrai-je vous répéter que c'est là le cadet de mes soucis ?

— Et votre tante ? Qu'elle ne soit plus reçue dans le monde est aussi le cadet de vos soucis ?

— Que voulez-vous dire ?

— Si elle continue de vous reconnaître pour sa nièce, comme vous savez qu'elle le fera, votre déshonneur rejaillira sur elle.

— C'est absurde ! Notre amitié à bord de votre bateau ne saurait affecter la place de ma tante dans la bonne société.

— Je constate que vous connaissez bien peu le monde dont nous parlons. Ce qui n'est pas mon cas. Le scandale est un vieux compagnon pour moi. La vie de votre tante deviendra fort difficile si nous ne nous fiançons pas.

— C'est tellement injuste ! Je n'ai pas la moindre envie de faire mes débuts dans le monde, mais si je m'y soustrais c'est ma tante qui en souffrira. Si je me soumets à la coutume, mais que je refuse de me fiancer avec vous, elle en pâtira aussi.

Comme Thea se mordillait de nouveau la lèvre, Drake rendit les armes.

— Arrêtez, je vous en supplie. Chaque fois que vous vous mordez la lèvre ainsi, j'ai envie de vous embrasser.

En outre, il commençait à trouver très inconfortable la conduite de l'attelage dans l'état d'excitation où il était.

— Je... c'est une vieille habitude. Je suis désolée qu'elle vous perturbe.

— Tout chez vous me perturbe, Thea, soupira-t-il.

— Nous pourrions peut-être prétendre être fiancés pendant la durée de mon séjour en Angleterre, hasarda-t-elle. Enfin, si cela facilite la vie de lady Upworth.

Drake éprouva une douce satisfaction à l'écoute de cette suggestion. Ces fiançailles n'auraient rien de fictif, mais le moment n'était pas encore venu de l'expliquer à Thea.

— Parfait, fit-il.

— Tout de même, vous auriez pu me mettre au courant avant de l'annoncer à M. Merewether. J'aurais pu compromettre notre plan en réagissant de manière trop évidente.

— Vous êtes trop intelligente pour commettre une telle bévue. Du reste, j'ai dû improviser, afin d'éviter qu'il écrive à son oncle.

— Sans doute. Je suis cependant étonnée qu'il vous ait cru.

— Pourquoi cela ?

Il avait été d'autant plus convaincant, trouvait-il, qu'il n'avait fait que dire la vérité.

— J'ai du mal à imaginer qu'il ait avalé ces fariboles concernant le contrôle que vous prendriez sur ma part de la société après notre mariage. Bien que nous ne nous soyons jamais rencontrés, M. Merewether et moi-même nous connaissons un minimum. Depuis qu'il s'occupe de nos bureaux de Londres, nous échangeons une correspondance à travers laquelle il a dû deviner que jamais je ne céderais ma place au sein de *Merewether Shipping* – même si j'étais assez folle pour me marier.

S'il n'aimait pas son commentaire sur le mariage, Drake comprenait néanmoins son inquiétude. Toute personne la connaissant savait qu'elle n'était pas du genre à abandonner son entreprise aux soins de son mari.

— S'il m'a cru, c'est parce que c'est ce que feraient la plupart des femmes qu'il connaît, risqua-t-il.

— Est-ce ce que vous attendriez de la vôtre ?

Mesurant toute la portée de la question, Drake hésita un instant avant de répondre.

— Je n'attendrais pas de vous que vous vous désintéressiez de votre entreprise du jour au lendemain. Cela dit, étant mon épouse et la mère de nos enfants, vous ne pourriez pas passer vos journées dans ces bureaux.

— Je pourrais effectuer une partie du travail depuis notre maison… Je veux dire, votre femme pourrait le faire.

— Vous pourriez, en effet. Ma famille se félicite d'ailleurs que je conduise moi-même mes affaires de la sorte.

— Ce ne serait pas un mariage ordinaire.

Drake gara l'attelage devant chez sa tante pour la deuxième fois de la journée. Puis, prenant Thea par le menton, la fit se tourner vers lui.

— Nous ne sommes pas un couple ordinaire, déclara-t-il. Notre naissance et notre éducation ont fait de nous des gens différents. Je n'ai nulle envie d'épouser une femme qui se désintéresse de ses affaires. J'ai envie de vous épouser, vous. Je vous demanderai seulement, dans l'intérêt de nos enfants et de nos familles, de ne pas faire étalage de vos activités. Il n'est rien de tel qu'un parfum de commerce pour ternir votre réputation dans la haute société.

— Vous ne trouvez pas que l'on perd un temps considérable à se préoccuper de ce qui est ou n'est pas acceptable dans la bonne société lorsqu'on vit en Angleterre ? Je peux vous assurer que, sur mon île, je ne me préoccupais pas autant de ce que les autres pensaient.

— Je n'en doute pas un instant !

Comme le valet de pied venait s'occuper de l'attelage, Drake sauta à terre et vint aider Thea à descendre.

Il lui offrit son bras et ordonna qu'on fasse porter les livres de comptes dans la bibliothèque de sa tante.

— Annoncerons-nous la bonne nouvelle à ma tante ?

— Je suppose que oui.

Thea ne semblait pas folle de joie à cette idée.

— Sera-t-elle très fâchée contre vous lorsque vous lui annoncerez que tout cela n'était qu'une farce ? demanda-t-elle.

— Je ne le lui dirai pas.

— Ah… Nous pourrions peut-être feindre de nous quereller au point que nous serions dans l'obligation de rompre nos fiançailles.

— Ne faisons pas trop de plans pour l'avenir.

S'il avait son mot à dire, leurs très réelles fiançailles seraient suivies d'un très réel mariage. Peut-être pas conventionnel, mais néanmoins très réel.

Thea pénétra en compagnie de Drake dans le salon de lady Boyle en s'interrogeant sur la fable qu'ils s'apprêtaient à jouer concernant leurs prétendues fiançailles.

Elle n'était pas stupide au point de ne pas s'être aperçue qu'il aurait préféré que ces fiançailles soient bien réelles, mais elle était à cours d'arguments pour le convaincre que son honneur ne souffrirait nullement s'il ne l'épousait pas. Certes, elle comprenait qu'il se soucie de sa tante, mais elle doutait que sa conduite à elle puisse avoir de telles conséquences pour lady Boyle sur le plan mondain. Sur son île des Caraïbes, il était impensable que quelqu'un soit victime d'ostracisme sous prétexte qu'il était parent avec quelqu'un d'infréquentable.

Non pas qu'elle soit infréquentable, mais elle avait du mal à se conformer aux règles en vigueur dans la bonne société à longueur de journée.

— Maman ! Quelle agréable surprise !

Thea se raidit. La mère de Drake était donc à Londres ? Elle se rappelait pourtant avoir entendu lady Boyle affirmer que lady Noreen ne viendrait pas pour la saison. Cette nouvelle l'avait déçue, car elle aurait aimé rencontrer une femme de la haute société dotée d'assez de courage pour élever seule un enfant illégitime.

Mais à présent, l'idée de rencontrer un autre membre de la famille de Drake l'affolait. Que dirait lady Noreen en apprenant leurs prétendues fiançailles ?

La fille de duc qu'elle était rêvait certainement d'un meilleur parti pour son fils.

Aux abois, Thea posa les yeux sur la belle femme que Drake venait de saluer. Lady Noreen avait en commun avec son fils des cheveux de jais, des yeux sombres, et des traits réguliers. Mais elle semblait minuscule comparée à lui.

— Pierson, fit-elle en tendant les mains à son fils.

Celui-ci la rejoignit à grandes enjambées, s'empara de ses mains et l'embrassa.

— Quelle joie de vous voir !

— Tu m'as manqué, mon chéri.

Thea n'ignorait pas que de telles démonstrations d'affection entre membres de la haute société n'étaient pas habituelles. Aussi prit-elle aussitôt en affection cette femme qui avait appris à son fils à passer outre les conventions sociales.

— Voilà donc qui explique votre présence dans la capitale, alors que, si je me souviens bien, vous ne comptiez pas assister à la saison.

— Ne sois pas ridicule, Pierson. Tu sais pertinemment que, si je suis là, c'est pour faire la connaissance de ta future épouse.

Pierson grommela dans sa barbe tandis que sa mère faisait signe à Thea.

— Venez, ma chère. Voilà au moins cinq ans que j'attends que mon fils se choisisse une épouse. Je ne veux pas attendre une seconde de plus pour faire votre connaissance.

Thea s'avança, comme irrésistiblement attirée par cette femme chaleureuse et authentique. Elle s'immobilisa devant elle, puis plongea dans une révérence, se rappelant au dernier moment les leçons de sa mère.

— C'est un honneur de vous rencontrer, milady.

— Fort bien, mademoiselle Selwyn, approuva lady Boyle.

Thea esquissa un sourire et s'inclina devant la vieille dame.

— Je vous remercie, dit-elle.

— Ah, je vois qu'elle a le sens de l'humour et des manières impeccables. Voilà qui me plaît.

Glissant un regard inquiet à Drake, le sourire de Thea s'évanouit. Il scrutait le visage de sa mère, comme s'il tentait de deviner ce qu'elle pensait d'elle.

Il ne lui restait plus qu'à révéler la vérité à lady Noreen.

— Je suis au regret de vous dire que mes manières ne sont pas parfaites, commença-t-elle. Maman et ma tante Ruth ont fait de leur mieux, mais les règles de la vie en société sur mon île ne sont pas aussi strictes qu'à Londres, et je crains d'avoir contracté de bien mauvaises habitudes.

— Ne dites donc pas de sottises, mon petit, intervint lady Boyle. Vous êtes une jeune fille délicieuse, comme je l'ai expliqué à ma nièce.

Ce soutien était aussi inattendu qu'agréable. Mais la vieille dame n'était tout de même pas aveugle à ses défauts, songea Thea.

— Elle est parfaite, maman, renchérit Drake. Ne la laissez pas vous convaincre du contraire.

Thea fit volte-face, les mains sur les hanches.

— Ce n'est pourtant pas ce que vous avez dit à ma tante ! Vous lui avez dressé la liste exhaustive de mes défauts tel un homme se confessant avant d'affronter le Créateur. Votre mère ne mérite-t-elle pas la même franchise ?

— Mais je lui ai dit la vérité, ma chère : vous êtes parfaite pour moi.

Ces mots lui firent si chaud au cœur qu'elle dut joindre les mains pour se retenir de les poser sur lui.

— Oh, Drake…

Ils se fixèrent en silence, les yeux de Drake lui délivrant un message qu'elle craignait d'interpréter.

S'arrachant enfin à sa contemplation, il se tourna vers sa mère et déclara en souriant :

— Vous allez l'adorer, maman.

Les joues en feu, Thea risqua un coup d'œil à lady Noreen dont le regard brillait d'émotion.

— Milady ?

— Je suis très heureuse, Thea. Me permettez-vous de vous appeler Thea ?

— Oui, bien sûr.

— Vous devrez m'appeler Noreen, du moins jusqu'à votre mariage. Ensuite, vous m'appellerez maman.

— J'en serais honorée.

Mais elle avait aussi le cœur lourd. Elle n'avait aucune envie de faire souffrir lady Noreen, mais ne voyait pas comment l'éviter.

Le mensonge concernant ces fiançailles venait de commencer.

Thea se réfugia dans la bibliothèque, où elle se laissa tomber dans le premier fauteuil venu. Après une journée passée à courir les boutiques en compagnie de sa tante, de la mère de Drake et de lady Boyle, elle était épuisée. Tout en se débarrassant de ses souliers, elle se demanda comment elle avait pu laisser Drake la convaincre de jouer le jeu de ces fiançailles fictives.

Ses arguments lui avaient certes paru convaincants, dans la voiture. Mais, après réflexion, il lui semblait qu'il devait exister un autre moyen de préserver la réputation de sa tante. Un moyen qui ne l'obligerait pas à mentir et à jouer la comédie. Dire que, désormais, toutes les personnes qu'elle rencontrerait la croiraient fiancée à Drake…

Ce dernier y avait d'ailleurs veillé en faisant paraître une annonce dans les deux plus grands journaux londoniens. Elle avait eu beau lui dire que c'était inutile, il avait répondu que le mal était fait. En outre, avait-il ajouté, sa mère s'attendait qu'il annonce ainsi ses fiançailles.

Sa mère. Thea aimait sincèrement lady Noreen. Tout en étant parfaitement conforme à l'image qu'on se faisait d'une dame de la haute société, c'était aussi une femme bonne, aimante envers les siens, qui protégeait farouchement son fils. Thea n'avait pas tardé à découvrir qu'elle ne s'était pas mariée de crainte que son fils ne soit rejeté ou contraint d'aller vivre chez des parents au diable vauvert.

Elle voulait ce qu'il y avait de mieux pour son fils et avait renoncé à ses propres projets pour qu'il l'obtienne. Elle était ravie qu'il ait enfin décidé de se marier et traitait Thea comme la fille qu'elle n'avait pas eue, ce qui rendait cette comédie encore plus exécrable aux yeux de celle-ci.

Lorsqu'elle avait fait part de ses inquiétudes à Drake, il les avait balayées en l'assurant qu'*il* n'avait pas la moindre intention de décevoir sa mère.

Pas étonnant, dans ces conditions, qu'elle ait envie de l'étrangler la plupart du temps…

Le plus troublant étant que, le reste du temps, elle avait envie de le toucher. Sans doute parce qu'il était toujours près d'elle. Il ne la perdait jamais de vue, sauf lorsqu'elle était allée faire des emplettes avec sa mère et les autres dames. À peine lady Noreen avait-elle évoqué cette sortie qu'il s'était empressé de disparaître, le traître.

Quitte à lui empoisonner la vie, il aurait au moins pu avoir le courage de la soutenir durant l'épreuve qui consistait à courir les boutiques de modistes.

Laissant échapper un soupir, Thea appuya la tête contre le dossier du fauteuil et ferma les yeux, histoire de se reposer un instant avant de retourner à ses livres de comptes.

— Pauvre petite chérie épuisée.

Thea ouvrit brusquement les yeux en reconnaissant la voix de Drake. Il était penché au-dessus d'elle, terriblement séduisant dans ses vêtements à la fois simples et élégants. Comparés à lui, les hommes en général et les dandys en particulier étaient vêtus de manière si recherchée que c'en était ridicule.

— Vous vous êtes décidé à sortir de votre cachette maintenant que le supplice est terminé, railla-t-elle.

— Quel supplice ? Je croyais que vous deviez faire des achats ?

Thea se redressa dans son fauteuil et réprima un gémissement. Seigneur, elle avait mal partout !

— C'est du pareil au même. Vous êtes déjà allé faire des achats avec votre tante ?

Drake lui tendit la main pour l'aider à se lever.

— Une fois. Pour m'acheter des gants.

Ce simple mot arracha un frisson à Thea. Lady Boyle avait en effet tenu à ce qu'elle achète des gants assortis à chacune de ses toilettes et, de surcroît, à ce qu'elle les essaie. Tous. Sans exception. Comme si, en dehors de la teinte, ils n'étaient pas identiques.

— Dans ce cas, observa-t-elle, vous devez avoir une petite idée de ce que j'ai enduré. Je prenais ma tante pour une vieille dame frêle, mais c'est moi qui étais à bout de force après la troisième boutique.

Elle le suivit à petits pas, à cause de ses pieds gonflés, jusqu'à un sofa situé sous la fenêtre, et qui semblait une invitation muette au repos. Thea aimait la bibliothèque de lady Boyle. Des livres semblables à ceux qui avaient bercé son enfance étaient alignés sur les étagères et donnaient à cette pièce un petit air familier qui la rassurait. Elle aimait aussi l'odeur de cuir et de papier qui flottait dans cette pièce, une odeur plus agréable que les miasmes de la ville qui l'assaillaient dès qu'elle sortait.

— Je croyais que toutes les femmes adoraient acheter de nouvelles toilettes, la taquina Drake.

— Votre mère, ma tante et la vôtre adorent cela, sans aucun doute. Même lorsqu'il s'agit d'habiller quelqu'un d'autre. Je suis même sûre que cela accroît leur plaisir. Ce ne sont pas *elles* qui ont à subir tous les essayages.

Drake la fit asseoir sur le sofa.

— Mais vous, vous n'avez pas aimé cela.

Elle le foudroya du regard.

— Ai-je l'air d'avoir passé un après-midi agréable ? Des heures durant, j'ai été tripotée et secouée par des femmes qui ont certainement lu le marquis de Sade.

Il faillit s'étrangler.

— Ne me dites pas que vous avez lu ses ouvrages !

— Bien sûr que non.

— Dans ce cas, comment se fait-il que vous en ayez entendu parler ? s'étonna-t-il en s'asseyant près d'elle.

— J'ai grandi aux Caraïbes, pas dans un couvent. Les marins sont bavards. Surtout les français.

Comment la conversation avait-elle pu dévier ainsi ? s'interrogea Thea. Elle avait envie de se plaindre, pas de parler des racontars des marins. Mais elle oublia l'un et l'autre lorsque Drake s'empara de ses pieds et les posa sur ses genoux.

— Vous portez des bas ? dit-il, surpris, en relevant le bas de sa robe.

— Naturellement. Vous n'avez pas remarqué combien il fait froid en Angleterre ?

Encore que le contact de ses mains la faisait mentir. Elle avait chaud, soudain. Très chaud.

— J'étais en train de songer à la première fois que je vous ai vue. Vous aviez relevé votre robe et éventiez vos ravissantes chevilles. Des chevilles *nues*.

Ses ravissantes chevilles ?

— J'ignorais que vous étiez là, souffla-t-elle.

Sa voix, encore cinglante quelques minutes plus tôt, était devenue si haletante qu'elle en était presque inaudible.

Tel était l'effet que Drake avait sur elle.

14

Ashby et Ruth s'inquiètent de ce que je passe trop de temps à l'entrepôt. Ils prétendent que la compagnie des marins n'est une bonne chose ni pour moi ni pour ma petite Thea. Je trouve quant à moi que les marins sont de braves gens pour la plupart, et, malgré leur langage coloré, je ne me sens jamais menacée en leur compagnie. En ce qui concerne Thea, le bilan est plus mitigé. Ce matin, elle m'a demandé si elle pouvait avoir « un putain de biscuit ». Ruth a failli s'évanouir, et j'ai dû me retenir de rire.

Journal d'Anna Selwyn, comtesse de Langley,
le 12 octobre 1803

Avec un petit rire, Drake entreprit de lui masser doucement la plante du pied.

— C'est l'un de mes meilleurs souvenirs, avoua-t-il. Vous sembliez si libre, si heureuse.

Le bonheur, songea-t-elle, c'était de se faire masser les pieds par un homme aussi incroyablement séduisant. Elle se détendit contre les coussins.

— Dieu que c'est agréable, soupira-t-elle.

Elle aurait été un chat qu'elle en aurait ronronné de plaisir.

— Mais je suis sûre que votre tante aurait des palpitations si elle entrait et nous surprenait ainsi.

— J'ai fermé la porte à clef, fit-il avec un sourire espiègle.

— Lady Boyle aura une attaque si elle s'en aperçoit.

— Qu'a donc pu vous dire ma tante pour que vous craigniez tant sa réaction ?

— Ma tante et la vôtre ont passé la journée à m'expliquer quelle devait être la conduite d'une femme fiancée au petit-fils d'un duc.

— Et ma mère ?

— Elle s'est montrée plus mesurée et s'est contenté de souligner que, étant donné que vous évoluiez dans la haute société, on s'attend que j'en fasse autant. Savez-vous combien j'ai peur de décevoir votre mère ? J'ai dû me montrer exemplaire à chaque seconde et je déteste l'idée de lui mentir.

— Vous avez, semble-t-il, passé une horrible journée.

— Vous n'imaginez pas à quel point. Des heures durant, j'ai dû essayer plus de robes que je n'en porterai dans toute ma vie, et a fortiori le temps d'une saison.

— Acheter de nouvelles tenues ne vous intéresse donc pas ?

Thea ferma les yeux, savourant la détente que les mains de Drake lui procuraient.

— C'est tellement différent de la façon dont les choses se passaient sur mon île. Lorsque j'avais besoin d'une nouvelle robe, tante Ruth la confectionnait avec l'aide de Melly. Je n'ai même jamais eu à aller acheter du tissu, car les plus belles étoffes du monde arrivaient au port. Vous ne croirez jamais jusqu'où la modiste voulait échancrer mes décolletés. Il fait bien trop froid en Angleterre pour s'exposer autant… Vous ne trouvez pas bizarre que je doive porter toutes ces épaisseurs de jupons et autres sous-vêtements, mais qu'on veuille dévoiler ma gorge à la vue de tous ?

Drake eut un petit rire.

— Je ne trouve pas cela amusant, le tança-t-elle, avant de soupirer de nouveau, car il s'était mis à lui masser l'autre pied.

— Oh, c'est tellement bon…

— Je parie que vous n'avez pas hésité à dire à la modiste ce que vous pensiez de cette mode, fit-il, railleur.

— En effet. Mais ma tante est restée inflexible sur le chapitre des sous-vêtements. Elle n'a que faire des découvertes des médecins américains.

— Vous aurait-elle convaincue de porter un corset ? s'inquiéta-t-il.

— Non. Dieu merci, lady Boyle a pris mon parti en prétextant qu'on ne pouvait exiger d'une femme élevée dans la brousse qu'elle adopte toutes les coutumes anglaises. Je n'ai pas vraiment grandi dans la brousse, mais je me suis bien gardée de le lui préciser. Discuter avec votre tante est épuisant.

Les doigts vigoureux de Drake remontèrent jusqu'à ses chevilles. Se doutait-il de l'effet que cela produisait sur elle ? Des picotements étranges lui parcouraient les jambes et elle mourait d'envie – ce qui était totalement indécent – de sentir ses mains plus haut encore.

— Les robes que vous avez choisies découvriront-elles largement votre gorge ? s'enquit-il.

— Pardon ?

Comment pouvait-il s'attendre qu'elle parvienne à suivre la conversation alors que son corps était en feu ?

Il répéta la question en gommant ostensiblement tout amusement de sa voix.

— Non, répondit Thea. Je suis restée ferme et j'ai insisté pour que les décolletés ne soient pas plus échancrés que ceux que je porte habituellement. Je n'ai pas envie d'attraper la fièvre sous prétexte que la mode anglaise exige qu'on lésine sur le tissu.

— Bien.

Thea demeura silencieuse, trop absorbée par les sensations qu'éveillaient en elle les caresses de Drake. L'alternance d'effleurements et de massages était merveilleusement relaxante, mais aussi délicieusement intime.

Comment avait-elle pu attendre aussi longtemps qu'il la touche ? Elle voulait, non, elle avait *besoin* de sentir ses mains sur sa peau nue, sur tout son corps.

Ouvrant les yeux, elle rencontra son regard. Il brûlait d'une fièvre semblable à celle qu'elle éprouvait.

— N'essaieriez-vous pas de me séduire, par hasard ? murmura-t-elle, essoufflée, et mortifiée de l'être.

Les mains de Drake remontèrent lentement au-dessus de ses genoux, provoquant des frissons de plaisir jusqu'au plus intime de sa personne.

— Est-ce que vous le désirez ?

— Oui... Je veux dire *non*.

Elle tenta de libérer ses jambes, mais il la retint d'une main, continuant de l'autre ses caresses incendiaires.

— Nous ne pouvons pas faire cela.

— Pourquoi ? demanda Drake en s'aventurant jusqu'à un endroit qu'aucun autre avant lui n'avait jamais touché.

L'espace d'une longue minute, Thea ne sut que répondre. Elle avait beau chercher désespérément à argumenter, rien ne lui venait à l'esprit. Elle avait l'impression que ses pensées se dissolvaient sous ses caresses.

Soudain, elle se rappela.

— Un bébé. Nous risquerions de faire un bébé.

— Et ce serait ennuyeux ?

— Oui.

— Pourquoi ?

Oui, au fait, pourquoi ? Thea s'imagina enceinte de Drake et trouva cette vision très excitante. Au prix d'un effort surhumain, pourtant, elle se souvint de ses objections à la chose.

— Parce que vous insisteriez pour que je vous épouse.

Drake se pencha alors vers elle, si près que ses lèvres effleurèrent presque les siennes.

— Vous êtes terriblement intelligente, Thea.

— Merci…

— Mais parfois, votre entêtement vous aveugle.

Elle fronça les sourcils. Qu'essayait-il de lui dire ?

— J'insisterai pour que vous m'épousiez, de toute manière, déclara-t-il.

Puis ses lèvres furent sur les siennes, brûlantes, exigeantes. Abandonnant toute pensée rationnelle, Thea succomba à ce baiser avec un enthousiasme non dissimulé.

Drake exultait.

Thea réagissait à son baiser avec le même abandon que sur le bateau. Avait-elle idée de l'effet que produisaient sur lui ces témoignages de passion ? Sans lâcher sa bouche, il glissa les mains plus haut sous ses jupes, l'empoigna par les hanches et la positionna à cheval sur ses genoux.

Spontanément, elle se frotta contre son sexe gonflé, et il fut à un doigt de jouir.

Lui agrippant les fesses, il l'immobilisa d'autorité. Frémissante, elle gémit contre ses lèvres. Il lui caressa alors doucement le postérieur, glissant de temps à autre les doigts entre ses cuisses, jusqu'à ce qu'elle cherche sa main.

— Attendez, mon cœur, vous n'êtes pas encore prête.

Le regard voilé par la passion, elle s'écarta légèrement de lui, incrédule

— Cela fait des *jours* que je suis prête.

Ainsi donc, elle s'était languie de ses caresses.

— Je veux que vous me suppliiez, dit-il en souriant.

— Je l'ai déjà fait la première fois. Ne pourrions-nous sauter cette étape et faire l'amour ?

Il rit de son air sérieux. Puis songea soudain combien cela avait dû être difficile pour elle, si fière et indépendante, de lui demander de lui faire l'amour, de l'en *supplier*, comme elle disait.

— Est-ce mon tour de supplier ? demanda-t-il.

À en juger par le sourire de Thea, l'idée lui plaisait. Après avoir déposé un baiser sur son oreille, il lui en mordilla le lobe. Pantelante, elle pressa ses seins contre son torse.

— Hum, c'est bon…

— M'autorisez-vous à vous faire l'amour ? lui chuchota-t-il alors au creux de l'oreille.

— Si j'accepte, vous allez encore penser que je vous ai compromis, souffla-t-elle tout en déboutonnant sa chemise d'une main impatiente.

— S'il vous plaît.

Thea glissa les mains entre les pans, indiquant ainsi que, quoi qu'elle en dise, elle avait envie de lui. Le contact de ses doigts fins sur sa peau brûlante ne fit qu'accroître l'excitation de Drake.

— Nous ne sommes pas mariés, monsieur Drake. Que dirait votre tante ?

Il comprit enfin que la petite rusée le taquinait depuis le début.

Saisissant le tissu de son corsage entre ses dents, il tira jusqu'à découvrir un sein ferme et rond, et referma la bouche sur la pointe. Thea tressaillit, puis laissa échapper un long gémissement. Il poursuivit sa douce torture, aspirant, titillant de la langue.

— *Pierson…* souffla-t-elle.

Il aimait qu'elle l'appelle par son prénom. Cela établissait entre eux une véritable intimité. Il était le seul à la mettre dans cet état, le seul qu'elle ait jamais autorisé à la toucher ainsi.

L'instinct primitif de la possession se mêlait en lui à une satisfaction toute masculine. Thea était sienne. Maintenant et à tout jamais.

Il la plaqua contre son sexe gonflé.

— Me sentez-vous, Thea ?

— Oui…

— Sentez-vous comme je suis dur ?

Pour toute réponse, elle l'embrassa avec une telle fougue qu'il faillit perdre tout contrôle. S'arrachant à ses lèvres, il murmura :

— Me procurerez-vous le soulagement que je recherche ?

— Est-ce simplement un soulagement que vous voulez ?

— C'est *vous* que je veux, Thea. J'ai besoin de vous. Jamais je n'avais ressenti un tel besoin de toucher et d'être touché. Votre refus de m'épouser m'a rendu furieux.

— Je sais, soupira-t-elle. Vous vous sentez obligé de m'épouser depuis que je vous ai séduit. Et vous êtes en colère parce que je ne soumets pas aux contraintes de votre rigide sens de l'honneur.

Drake fut le premier surpris de s'entendre rire. Comment se débrouillait-elle pour l'amuser et l'exaspérer simultanément ?

— Mon sens de l'honneur n'a rien à voir avec ma colère, mon cœur. Je veux partager votre lit nuit après nuit, et je ne le puis hors des liens du mariage. Savez-vous que le besoin de vous tenir dans mes bras me tient éveillé des heures durant ?

Thea lui embrassa la tempe.

— Mais là, vous me tenez dans vos bras, chuchota-t-elle.

Elle avait raison. Leur discussion sur le mariage attendrait, car lui ne le pouvait plus. Thea non plus, apparemment. Elle commença à déboutonner son pantalon, et le contact de ses mains durant cette opération le mit au supplice.

— Dépêchez-vous, mon cœur, je n'en peux plus.

— Moi non plus.

Libérant enfin son sexe, elle le prit dans sa main et le pressa doucement. Drake crut exploser de plaisir. Le souffle court, il insinua les doigts entre les cuisses de Thea. Elle se creusa les reins en retenant un cri. Impitoyable, il continua ses caresses intimes jusqu'à ce qu'elle se tortille contre lui en respirant avec peine.

La sentant prête, il voulut l'allonger sur le sofa, mais elle résista.

Souhaitait-elle qu'il la supplie davantage ?

Comme il la regardait, redoutant qu'elle ne trouve une bonne raison pour ne pas aller plus loin, elle se hissa de façon à approcher son sexe, qu'elle tenait toujours dans sa main, de l'orée du sien. Drake n'en croyait pas ses yeux : son innocente Thea comptait-elle le chevaucher ?

Apparemment… oui.

— C'est possible dans cette position, n'est-ce pas ?

Il hocha la tête.

Elle le lâcha, et il ne put s'empêcher d'arquer le dos pour plonger en elle. Elle ouvrit de grands yeux.

— Vous êtes plus gros que dans mon souvenir.

— Cela vous fait mal ? demanda-t-il en s'efforçant de ne pas bouger.

— Non. C'est… c'est merveilleux, avoua-t-elle en tentant de timides mouvements.

Il dut faire appel à toute sa maîtrise tandis qu'elle commençait à se mouvoir doucement sur lui. Haut, bas, haut, bas.

Les mains crispées sur ses hanches, il s'inclina sur elle, aspira la pointe de son sein dans sa bouche. Elle l'empoigna par les cheveux, mais il ne broncha pas malgré la douleur, bien décidé à l'attendre.

Elle se mit à crier son nom tout en accélérant le rythme.

— C'est ça, Thea, laissez-vous aller, souffla-t-il. Je veux que vous perdiez le contrôle.

Et c'est ce qu'elle fit. Son corps entier fut secoué de spasmes, et son sexe se serra convulsivement autour du sien. Ayant atteint la limite de ce qu'il pouvait supporter, Drake se laissa éblouir par le plaisir. Thea continua de frémir tandis qu'il allait et venait en elle et, lorsque la jouissance l'emporta à son tour, les larmes lui montèrent aux yeux.

— Je sens votre chaleur m'emplir, dit-elle d'une voix haletante.

— Vous êtes mienne. Comprenez-vous ? Je ne suis pas seulement en vous. Je suis une partie de vous.

Thea s'effondra contre son épaule.

— Lorsque nous faisons l'amour, je ne sais plus où se termine mon corps et où commence le vôtre, avoua-t-elle dans un murmure.

Elle ignorait combien ce qu'elle venait de dire était révélateur. Sans le savoir, elle venait d'admettre qu'il n'y avait plus de retour en arrière possible. Ce miracle qui se produisait quand ils s'unissaient était un lien plus puissant qu'elle ne l'imaginait.

Il la garda contre lui encore quelques instants dans le silence que seuls brisaient leur souffle revenant peu à peu à la normale et le tic-tac de l'horloge sur la cheminée. Drake songea que plus jamais il ne pourrait entrer dans cette pièce sans se remémorer cet intermède avec Thea.

Comme l'horloge sonnait l'heure, elle s'agita contre lui.

— Nous n'allons pas tarder à rejoindre votre tante dans le salon pour le thé.

— Vous avez raison, fit-il en la soulevant doucement. Si nous voulons discuter de notre enquête, nous ferions bien de nous dépêcher.

— Est-ce pour cela que vous êtes venu ?

Drake haussa les épaules, peu désireux de lui avouer qu'il avait eu surtout désespérément besoin de la toucher.

Thea sourit.

— Vous vous êtes laissé détourner en chemin.

— Oui, mais nous avons intérêt à nous concentrer sur notre tâche, à présent.

Elle se leva et lissa les plis de sa robe, tandis qu'il remettait de l'ordre dans sa tenue.

— Donc, vous n'aviez aucune intention de me séduire en entrant dans cette pièce ? insista-t-elle.

Elle baissait la tête, si bien qu'il était incapable de dire si elle était sérieuse ou cherchait seulement à le taquiner. Il choisit d'éluder sa question.

— Nous devons parler des vols dont votre société est victime.

— Oh, c'est sans doute pour cette raison que vous avez fermé la porte à clef ! Pour éviter qu'on ne nous dérange ou que quelqu'un ne surprenne notre conversation sur ce sujet délicat.

— Vous moqueriez-vous de moi, Thea ?

Elle releva la tête, révélant son regard malicieux. Comme il s'approchait d'elle, il eut le plaisir de la voir battre en retraite.

— Si vous vous moquez de moi, c'est à vos risques et périls, petite rusée.

Elle voulut le contourner, mais il l'attrapa au passage.

— Si l'on ne nous attendait pas en bas pour le thé, je vous ferais payer cette offense.

Thea cessa brusquement de sourire.

— Je dois être dévergondée, car même en sachant qu'on nous attend, je serais prête à vous payer sur-le-champ.

— Reconnaissez que vous m'appartenez, murmura-t-il en lui caressant la joue.

Elle parut méfiante soudain, et il retint un juron. À la place, il déposa un baiser à l'endroit qu'il venait d'effleurer de la main. Thea tourna la tête de sorte que sa bouche frôle la sienne, puis elle s'écarta et lâcha dans un soupir :

— J'ai peur.

Cet aveu toucha Drake. Il ne devait pas être facile à une femme aussi fière d'avouer sa faiblesse ou sa peur.

— De quoi avez-vous peur, Thea ? De moi ?

L'idée qu'elle puisse répondre par l'affirmative lui nouait les entrailles. Elle avait dit un jour qu'elle le croyait semblable à son père. Le pensait-elle encore ?

Elle fit quelques pas jusqu'au bureau, se mit à tourner machinalement les pages d'un livre de comptes tandis que Drake rongeait son frein dans l'attente de sa réponse.

— Le mariage me fait peur. Vivre en Angleterre parmi des gens plus préoccupés par les apparences que par ce que vous avez dans le cœur me fait peur. J'ai peur pour la sécurité de mon oncle si nous ne découvrons pas le voleur à temps. J'ai peur que ma tante ne disparaisse et ne me laisse seule alors que je viens tout juste de la retrouver… Comment ai-je pu attendre aussi longtemps pour venir la voir ? Elle m'a souvent invitée pourtant. Mais je remettais à plus tard, parce que j'avais peur.

Drake la rejoignit, posa doucement la main sur son épaule. Elle se retourna et leurs regards se rencontrèrent.

— Je crois que, plus que tout, j'ai peur de moi-même, ajouta-t-elle avec un petit rire.

Sa franchise émut Drake. Il l'enlaça et la serra étroitement contre lui. Il n'avait pas besoin de lui demander ce qu'elle entendait par là, car il savait ce que c'était que d'avoir peur de soi-même. Jeune homme, il refusait de se regarder dans une glace de peur d'être confronté à cette ressemblance avec son père que d'autres avaient remarquée. Il ne voulait pas devenir l'un de ces hommes capables de séduire une femme, puis de l'abandonner.

Il s'était souvent demandé pourquoi son père avait courtisé sa mère, puisqu'il savait dès le départ que la fortune de cette dernière ne lui reviendrait pas par contrat de mariage. L'idée qu'il ait pu séduire une innocente jeune fille pour le seul plaisir de la conquête le glaçait.

Il avait longtemps craint d'avoir hérité de ce vice. Jusqu'à ce qu'il rencontre Thea. Au premier regard, son instinct protecteur était remonté à la surface, et même s'il avait eu tout de suite envie de la toucher, pas un instant il n'avait envisagé d'en faire sa maîtresse ou de l'abandonner après lui avoir pris sa virginité. Il la voulait auprès de lui pour toujours.

Il était prêt à tout pour la protéger, y compris à la pousser à un mariage dont elle pensait ne pas vouloir.

Mais le moment était mal choisi pour aborder le sujet. En la faisant sienne, il l'avait obligée à baisser la garde ; il ne tenait pas à ce qu'elle se braque, et dresse de nouveau ce mur défensif derrière lequel elle se retranchait. Il lui caressa le dos jusqu'à ce qu'il la sente se détendre contre lui. Puis il la lâcha et recula de quelques pas.

— Parlons un peu de *Merewether Shipping*.

Elle parut étonnée par ce brusque changement de sujet. Mais Drake était trop fin stratège pour perdre du terrain en tentant d'en gagner.

— Avez-vous découvert autre chose dans ces registres ?

— Pas encore, répondit Thea. En dehors de la preuve que les vols continuent. Il y a forcément un indice quelque part indiquant qui est le coupable, mais je n'arrive pas à le trouver.

— L'identité du coupable me paraît pourtant évidente.

— À qui songez-vous ?

— Emerson Merewether.

— Voilà qui m'étonnerait. Il ressemble beaucoup trop à oncle Ashby.

— Le voleur est forcément quelqu'un qui a accès aux livres de comptes et à l'entrepôt. Qui d'autre qu'Emerson ?

— Pourquoi pas son assistant ? Le dénommé Barton. Je le trouve louche.

— Louche ? répéta Drake.

— Oui. Avez-vous remarqué ses vêtements ? Bien trop élégants pour un simple employé de bureau. En outre, il tenait à assister à notre entretien.

Drake ouvrit un registre et examina les chiffres.

— Ce n'est pas un simple employé de bureau, rectifia-t-il, mais l'assistant d'Emerson. Vous ne pouvez l'accuser d'être louche sous prétexte qu'il s'habille avec élégance. Et je vous rappelle qu'il n'a pas insisté pour rester lorsque Emerson l'a congédié.

— Vous ne voyez pas qu'il s'agit d'une astuce ? Il s'est bien gardé d'insister, justement. Et puis, n'oublions pas qu'il peut y avoir d'autres suspects. Si Emerson gère ses affaires de la même manière qu'oncle Ashby, les occasions où les registres sont accessibles à quiconque entre dans son bureau doivent être nombreuses.

— Je doute sincèrement qu'Emerson soit aussi négligent. La vie à Londres ne ressemble pas à la vie sur votre île.

— Je m'en suis aperçue, mais je crois tout de même que nous devons envisager cette possibilité.

— Et moi, je crois que votre affection pour Ashby Merewether influence vos sentiments à l'égard de son neveu, répliqua Drake.

— Enfin, Pierson, Emerson comme coupable, c'est absurde.

— Vous venez de m'appeler Pierson.

— N'est-ce pas votre prénom ?

— Vous ne m'appelez ainsi que lorsque j'insiste, ou lorsque nous faisons l'amour.

Thea haussa les épaules.

— Nous sommes devenus assez intimes. Vous appeler Drake me semble un peu guindé.

C'était ce qu'il pensait depuis leur premier baiser.

Thea enchaîna, mais ses joues soudain plus colorées trahissaient l'émotion que provoquait en elle le fait d'évoquer leur relation.

— Oncle Ashby n'a pas d'enfant. Emerson n'a donc aucune raison de voler une entreprise dont il héritera un jour.

— Sauf s'il a un besoin d'argent urgent.

— Certes.

— Je vais demander à mon homme d'affaires de se renseigner sur les finances d'Emerson, décida Drake.

— Et Barton ?

— Sur celles de Barton également.

— Bien. Il faut se méfier des gens trop effacés.

Drake se retint de rire.

L'enquête terminée, il serait toujours temps de dissiper les illusions de Thea sur le compte d'Emerson. Tout neveu de Merewether qu'il était, il n'en était pas moins le responsable le plus probable des vols. Sans parler des attaques contre Thea. Si Drake découvrait qu'il était bel et bien le coupable, Emerson risquait de perdre le sourire… de manière définitive.

Thea se pencha vers sa tante pour lui chuchoter à l'oreille.

— Ignore-t-elle qu'elle chante une tragédie ?

La jeune fille de la maison, qui chantait pour divertir les invités, arborait en effet un charmant sourire alors qu'elle contait la mort de son amant englouti par les flots.

Lady Upworth répondit sur le même ton :

— En souriant, elle attire l'attention sur ce qu'elle a de mieux dans l'espoir que ces messieurs oublient qu'elle chante atrocement mal.

Thea ne put qu'être d'accord.

À côté d'elle, lady Boyle s'était assoupie. Elle avait la faculté étonnante de faire un somme sans que sa tête roule sur le côté. Quiconque la regardait avait l'impression qu'elle avait simplement fermé les yeux pour savourer la musique. Mais Thea savait qu'il n'en était rien et enviait la vieille dame qui se soustrayait ainsi à ce divertissement insipide.

Le don de se soustraire aux choses désagréables devait être héréditaire, car Drake avait réussi à éviter la redoutable chanteuse en disparaissant presque aussitôt après leur arrivée. Thea était contrariée. Il était censé annoncer leurs fiançailles à la terre entière ; le moins qu'il puisse faire était de rester près d'elle pour l'aider à affronter les regards curieux et les questions indiscrètes des membres, certes très comme il faut, mais pas toujours polis, de la haute société.

Lady Noreen, quant à elle, avait eu la bonne idée de ne pas venir, tout simplement.

La redoutable aria enfin terminée, Thea fit mine de se lever. Mais sa tante l'arrêta d'un geste. Elle s'aperçut alors, horrifiée, qu'une autre jeune fille se dirigeait vers la grande harpe.

Aux premières notes, Thea reprit espoir. Mais elle ne tarda pas, hélas, à se rendre compte que les compétences de la jeune fille se limitaient aux *glissando*. Lorsque celle-ci eut achevé son morceau, Thea était dégoûtée de la harpe à tout jamais.

La harpiste céda la place à une pianiste passable, à une flûtiste moins que passable et à une chanteuse si nerveuse qu'elle chevrota tout le long du morceau. En percevant du côté de sa tante une respiration indiquant que cette dernière avait, elle aussi, fini par s'endormir, Thea eut le sentiment d'être persécutée. N'était-ce pas sa tante qui avait eu l'idée d'assister à cette soirée ? Pourquoi venir si c'était pour dormir durant tout le concert ?

Une jeune fille blonde au visage de lutin et aux yeux mordorés, assise à droite de lady Upworth, croisa son regard et lui adressa un sourire compatissant. Thea le lui rendit, rassérénée à l'idée de ne pas être la seule à souffrir.

Toutes deux reportèrent leur attention sur la musicienne, et c'est seulement alors que Thea comprit le message envoyé par son cerveau depuis quelques instants. Elle se rappela un dessin de sa tante montrant une jeune fille souriante, dotée de deux adorables fossettes.

Thea examina la voisine de lady Upworth à la dérobée. C'était bien elle, aucun doute possible. Pourquoi sa tante ne l'avait-elle pas prévenue ?

Peut-être par crainte qu'elle refuse d'assister à cette soirée musicale.

Le cœur de Thea s'emballa, ses mains devinrent moites à l'intérieur de ses gants, et des larmes, dont elle n'était pas coutumière, lui piquèrent les yeux.

La jeune fille à l'allure modeste assise à côté de sa tante était lady Irisa Selwyn, sa demi-sœur.

15

Lady Upworth m'a appris qu'Estcot était de retour en ville. Je ne lui ai jamais dit que c'était lui qui avait causé la rupture entre Langley et moi. Apparemment, il a quitté Londres à peu près en même temps que moi. Il y revient couvert d'opprobre. Il semble qu'il ait engrossé la fille de quelque hobereau de province. La pauvre a refusé de l'épouser et a attenté à ses jours. Cette histoire a fait le tour des salons, et la réputation d'Estcot est définitivement ruinée aux yeux de la bonne société. Il récolte enfin ce qu'il a semé.

Journal d'Anna Selwyn, comtesse de Langley,
le 24 février 1804

Thea passa le reste de l'intermède musical dans un état de grande agitation mentale. Elle ne parvenait pas à se faire à l'idée que sa *sœur* était assise à quelques pas. Lorsque la maîtresse de maison se leva enfin pour remercier ses invités et leur proposer de gagner la pièce voisine où des rafraîchissements les attendaient, Thea l'entendit à travers un brouillard.

Comme par miracle, lady Boyle et sa tante se réveillèrent instantanément, feignant à merveille de n'avoir pas raté une note et d'avoir passé un moment délicieux. Thea aurait ri de leur petite comédie si elle n'avait été encore sous le choc de sa découverte.

— Êtes-vous prête à rentrer, mon enfant ?

Thea fixa sa tante d'un regard incrédule. Étaient-elles venues uniquement pour écouter deux heures durant des musiciennes dépourvues de talent ?

Sans compter que lady Upworth savait pertinemment que lady Irisa était assise à côté d'elle.

— Il y a un buffet dans la pièce voisine, lui rappela Thea.

— Il n'est pas bon, fit lady Boyle. Cette femme est d'une ladrerie. Vous trouverez de bien meilleures choses à la maison.

Si lady Boyle pouvait supporter des heures de musique assommante, ne pouvait-elle aussi se contenter d'un buffet médiocre pour calmer sa faim ?

— Ce concert a aiguisé mon appétit, insista Thea.

— Je me demande comment vous faites. Il me l'a coupé, au contraire, se plaignit lady Boyle.

— Un verre de punch vous fera du bien, intervint lady Upworth en regardant tour à tour Thea et la jeune fille assise à côté d'elle.

Irisa s'entretenait avec une autre personne et Thea était convaincue qu'elle allait rester pour le buffet. La question qu'elle se posait était : que ressentait-elle au juste à l'idée de faire la connaissance de sa sœur ? Elle ne lui révélerait certes pas son identité, mais le simple fait de lui parler alors qu'elles n'avaient jamais échangé ne serait-ce qu'une lettre…

— Très bien, allons-y, capitula lady Boyle en se dirigeant vers la pièce voisine. Cela fera plaisir à notre hôtesse, car la plupart de ses invités ne restent pas pour le buffet.

Thea frissonna à l'idée que celui-ci puisse être encore pire que le divertissement. Mais elle avait faim, et manger lui offrait un prétexte en or pour s'attarder.

Lady Boyle avait raison : la plupart des invités avaient dû partir, car ils étaient peu nombreux autour du buffet et rares étaient les tables occupées par des convives. Thea alla chercher du punch pour sa tante et veilla à trouver une place assise pour cette dernière ainsi que pour lady Boyle avant de musarder près du buffet.

Les mets proposés, s'ils étaient dépourvus des couleurs vives dont se parait la cuisine des Caraïbes et ressemblaient à toutes ces choses fades qu'on mangeait en Angleterre, ne paraissaient cependant pas mériter le jugement sans appel de lady Boyle.

Comme Thea déposait une pince de homard dans son assiette, une voix douce s'éleva sur sa gauche.

— Croyez-vous que ce soit avec l'âge qu'on acquiert la faculté de dormir assis, ou bien est-ce inné ?

À la fois hésitante et électrisée, Thea se tourna vers lady Irisa.

— Je l'ignore, mais j'avoue avoir souvent regretté de ne pas connaître l'astuce.

Sa sœur lui tendit la main.

— Lady Irisa Selwyn, se présenta-t-elle.

Puis, désignant une charmante et svelte créature dont les boucles brunes retombaient sur les épaules :

— Et voici Cecily, ma meilleure amie.

— Veuillez pardonner l'impétuosité d'Irisa, dit celle-ci. Elle oublie souvent les convenances.

Irisa eut un rire qui alla droit au cœur de Thea. Elle s'était souvent demandé si elle l'entendrait un jour.

— Ne faites pas attention à Cecily. Elle aurait préféré que nos chaperons respectifs nous présentent l'une à l'autre, mais je trouve cela stupide. Après tout, vous êtes venue avec ma tante.

Cette manière de se moquer des conventions réjouit Thea.

— Je suis ravie de faire votre connaissance à toutes les deux. Je me nomme Thea Sel…

Elle s'interrompit. Impossible de révéler son vrai nom. Elle feignit de tousser avant d'achever :

— Selby.

— Vous êtes bien venue avec lady Boyle et lady Upworth, mademoiselle Selby ? s'enquit Cecily.

Thea hocha la tête.

— Ces dames occupent une place importante dans la haute société.

Thea ne savait comment elle était censée répondre à cette remarque.

— Elles sont très gentilles.

— Et non dépourvues de talents, ajouta Irisa en pouffant.

Thea sourit, refoulant des larmes émues. Sa sœur et elles avaient en commun le sens de l'humour. Même si lady Upworth le lui avait déjà dit, le vérifier par soi-même était une expérience étonnante.

Elles bavardèrent encore un peu tout en remplissant leurs assiettes. Thea avait le cœur qui battait si fort qu'elle avait l'impression que tout le monde l'entendait. Elle apprit qu'Irisa logeait à Londres chez les parents de Cecily, ses propres parents n'étant pas encore arrivés pour la saison.

Elle ne risquait donc pas encore de tomber sur son père, songea-t-elle, soulagée.

— Je suis sûre que nous nous reverrons, conclut Irisa en s'en retournant avec Cecily.

— J'attends cela avec impatience, répondit Thea avec plus de ferveur que les bonnes manières ne l'exigeaient.

Elle regarda sa sœur s'éloigner avec un étrange sentiment d'inachevé. La naissance d'Irisa avait été le dernier acte du drame qui avait tenu sa mère éloignée de son pays natal jusqu'à sa mort. Thea n'en avait jamais voulu à Irisa et avait toujours souhaité la rencontrer.

C'était maintenant chose faite, et elle était impressionnée non seulement par les manières charmantes de sa sœur, mais aussi par leurs ressemblances.

C'était incroyable de se reconnaître à ce point dans une parfaite inconnue !

Lorsqu'elle retourna à la table de sa tante, ses mains tremblaient un peu.

Drake, qui avait rejoint les vieilles dames, leur contait l'histoire de Jacob, le forgeron, qui avait peur de l'eau alors qu'il vivait sur une île.

Voyant Thea s'approcher, il se leva et lui offrit une chaise. Elle y prit place, toujours perdue dans ses pensées.

Drake lui sourit, chaparda un champignon farci dans son assiette, puis, après l'avoir scruté un instant, murmura :

— Qu'y a-t-il ?

Elle ne pouvait lui avouer la vérité alors qu'on risquait de les entendre, pourtant elle désirait lui parler d'Irisa. Cependant, cela reviendrait à reconnaître qu'elle lui avait encore caché quelque chose et l'obligerait à lui conter en totalité cette sordide histoire. Tout cela était décidément bien compliqué !

Drake subtilisa un autre petit-four.

— Si vous avez faim, allez donc vous chercher une assiette, dit-elle, encore agacée par son lâche abandon.

— Je croyais vous rendre service, s'esclaffa-t-il. Mais si vous n'appréciez pas mon sacrifice, je vous en prie, finissez seule.

Thea baissa les yeux vers les mets apparemment innocents qu'elle avait choisis. Elle goûta une pince de homard, qui n'avait pas tout à fait le même goût que sur son île, mais sans doute était-ce parce qu'on le cuisinait différemment en Angleterre. Elle mangea tout le contenu de son assiette, histoire de prouver à Drake qu'elle ne croyait pas une seconde qu'il lui rendait service en lui apportant son aide.

— Êtes-vous prête à partir, à présent, mon enfant ? demanda lady Upworth.

— En nous dépêchant, nous aurons le temps de faire une apparition au raout organisée par les Bickmore, intervint lady Boyle.

— Quel raout ? s'exclama Thea. Je croyais que nous devions rentrer directement à la maison.

— Balivernes. La soirée ne fait que commencer. Sachez que, durant la saison, on sort jusqu'à l'aube presque tous les soirs.

Sortir jusqu'à l'aube ? Mais quand allait-elle dormir ? Thea songea avec affolement que ses débuts dans le monde allaient considérablement entraver son enquête.

— Je crains malheureusement d'avoir à discuter de certaines choses avec Thea sans attendre, intervint Drake tout en aidant ces dames à se lever. Elle va devoir se passer de cette charmante soirée chez les Bickmore.

— J'espère que, cette fois, votre conversation ne vous obligera pas à vous enfermer à clef dans la bibliothèque, grommela lady Boyle. Vous imaginez le scandale si ç'avait été un domestique, et non moi, qui avait trouvé la porte fermée ?

Thea faillit gémir tout haut. Elle n'avait pas dit à sa tante que lady Boyle les avait surpris, Drake et elle, enfermés à clef dans sa bibliothèque. Elle en voulait toujours à ce dernier d'avoir oublié de déverrouiller la porte après qu'ils avaient fait l'amour, car lady Boyle leur avait passé un sacré savon.

Dieu merci, lady Upworth n'exigea pas d'explications. Elle se contenta de hausser les sourcils, et de déclarer :

— Je suis sûre qu'ils n'ont rien à cacher. Et puisque vous devez discuter avec ma nièce, je vous suggère d'en profiter pour arrêter une date de mariage.

— C'est prévu, répondit Drake d'un ton neutre.

Thea réussit à tenir sa langue jusqu'à ce que Drake ait reconduit lady Boyle et lady Upworth à l'attelage de cette dernière.

Comme il l'aidait à monter dans la voiture de lady Boyle, elle laissa libre cours à son irritation.

— Vous n'avez pas honte ? Nos fiançailles sont une mascarade, croyez-vous utile d'y ajouter une date de mariage qu'il faudra ensuite annuler ?

Drake s'installa à côté d'elle. Comme l'attelage s'ébranlait, Thea perdit l'équilibre et se cogna contre son épaule. Il la cala contre les coussins, déposa un baiser sur son nez, et répondit :

— Nous allons arrêter une date que j'ai bien l'intention de respecter.

— Vous êtes une vraie tête de mule.

Le rire de Drake emplit l'espace confiné de la voiture.

— Dans ce cas, nous sommes parfaitement assortis. Je n'ai jamais rencontré de femme aussi obstinée que vous.

— Pour un homme censé être mon fiancé, vous jouez bien mal votre rôle.

— Que voulez-vous dire ?

— Vous m'avez abandonnée pratiquement dès notre arrivée, répondit-elle d'un ton peu amène. Personne ne croira que nous sommes fiancés si l'on ne nous voit pas ensemble.

— Des fiancés peuvent assister aux mêmes soirées, mais on ne s'attend pas qu'ils restent continuellement ensemble.

— Ne vous moquez pas de moi.

— Je ne me moque pas, je vous assure.

Dans la pénombre, elle n'arrivait pas à voir pas s'il plaisantait ou non, et tâchait d'ignorer la chaleur qui émanait de lui.

— C'est ridicule ! Comment peut-on vouloir épouser quelqu'un si l'on n'a pas envie de passer tout son temps avec cette personne ? On s'expose à ne pas la supporter après le mariage, quand cette proximité deviendra inévitable.

Drake rit de nouveau. Elle l'aurait étranglé.

— Dans la haute société, le mariage n'implique aucune proximité. Certains couples ne vivent même pas dans la même demeure.

— C'est horrible.

— C'est courant.

Thea se raidit.

— Est-ce ainsi que vous concevez le mariage ? Cela me paraît une existence bien solitaire.

— Je n'ai nulle envie d'être seul, assura-t-il d'une voix de velours. Surtout la nuit.

Elle réprima un frisson. Décidément, la conversation prenait un tour dangereux.

— Quoi qu'il en soit, vous m'avez laissée seule, ce soir. Pourquoi ?

— Je voulais vérifier certains détails que mon homme d'affaires à découverts concernant Emerson et Barton.

— Lesquels ?

— Emerson semble avoir des goûts de luxe en matière de maîtresses. Quant à Barton, il s'habille chez les tailleurs les plus coûteux.

— Je vous avais dit qu'il était louche ! En ce qui concerne Emerson, vos informations doivent dater un peu, car il s'est fiancé récemment.

— Je sais. À la fille d'un riche bourgeois.

— Dans ce cas, vous reconnaîtrez que ses goûts en matière de maîtresses, qu'ils soient coûteux ou non, ne sont plus d'actualité.

— Ne soyez pas naïve, Thea. Bien des gentlemen continuent d'avoir des maîtresses après le mariage.

— Si je devais me marier, mon époux n'aurait pas de maîtresse, répliqua-t-elle, agacée par son ton condescendant.

Drake lui prit le menton et l'embrassa fermement sur la bouche.

— Non, je n'en aurai pas. Vous êtes la seule femme que je désire.

Ces mots rassérénèrent Thea, mais il n'était pas question de se laisser distraire.

— Qu'est-ce qui vous fait croire qu'Emerson est le genre d'homme à avoir une maîtresse après le mariage ?

— Il en a déjà une.

— Vous en êtes certain ? Peut-être s'agit-il d'une ancienne maîtresse ?

— C'est ce que je voulais vérifier ce soir. D'après mon homme d'affaires, l'actuelle maîtresse d'Emerson est une veuve appartenant à la haute société, une femme qui aime les bijoux coûteux. Malheureusement, le gentleman que je comptais interroger était trop absorbé par sa partie de whist pour discuter. Il m'a seulement confirmé que cette veuve voyait un homme versé dans le commerce.

— Drake ?

— Hum ?

— Vous êtes versé dans le commerce, vous aussi, et pourtant personne ne semble vous le reprocher.

— Je suis très discret.

— Ah.

— Cela fait plaisir à ma mère.

— Je vois. Elle serait gênée que vous fassiez étalage de votre sens des affaires.

— Les choses sont ainsi dans la haute société.

— L'ennui, c'est que je me vois mal vivre toute ma vie en me soumettant aux règles de cette société-là.

Drake comprendrait-il son besoin de liberté, lui qui percevait sa peur du mariage comme une remise en cause personnelle ?

— Vous êtes unique, Thea. Je ne vous demande pas de calquer votre comportement sur celui des autres femmes.

— Vous tenez cependant à ce que je me conduise convenablement.

Glissant le bras autour de sa taille, il l'attira sur ses genoux.

— Je tiens à ce que vous restiez vous-même.

— Et si cela ne suffit pas ? Si vous-même ou lady Upworth en veniez à avoir honte de moi ? Tante Ruth prétend que la plupart de mes opinions ne sont pas comme il faut. Sur mon île, cela n'avait guère d'importance mais, ici, chacun des mots que je prononce est examiné à la loupe. Et si je porte la même robe plus d'une fois lors de grandes soirées, je commets une maladresse à en croire votre tante. Tout cela est exaspérant. Pourquoi les robes que je porte auraient-elles plus d'importance que ce que je suis et ce que je pense ?

Durant cette tirade, Drake avait déposé une suite de baisers le long de sa joue. Il termina en l'embrassant au coin des lèvres.

— Vous vous ferez à ces usages, assura-t-il, et tout le monde vous adorera.

Elle détourna la tête pour riposter :

— Et si je refuse de m'y plier ? Je déteste la manière qu'ont les gens, ici, d'éviter les sujets de conversation vraiment importants, comme l'abolition de l'esclavage, alors qu'ils peuvent passer des heures à discuter des mérites des gants de chevreau comparés aux gants de soie.

Drake reprit ses baisers, se concentrant cette fois sur sa nuque, puisqu'elle tournait obstinément la tête.

— Je me moque éperdument des gants quels qu'ils soient, dit-il, et je suis prêt à parler de l'abolition de l'esclavage avec vous quand vous voudrez.

— Ne dites pas n'importe quoi. Vous préférez que je n'aborde aucun sujet moral avec quiconque de peur que je n'offense quelqu'un. C'est ce que vous avez dit à bord du bateau.

Drake glissa la main sous sa cape et la laissa courir sur son décolleté.

— C'était parce que je croyais qu'on avait cherché à vous tuer à cause de cela.

Seigneur, elle n'arrivait plus à penser lorsqu'il la caressait ainsi !

— Pierson, arrêtez immédiatement ! Nous ne pouvons pas faire cela dans la voiture de votre tante.

— Pourquoi pas ? Nous l'avons bien fait dans sa bibliothèque.

Elle retint son souffle comme il s'égarait du côté de son entrejambe.

— Arrêtez, je vous en prie. Nous n'allons pas tarder à arriver chez votre tante et je préférerais que le valet de pied ne me trouve pas dévêtue en ouvrant la portière.

— Je croyais que vous refusiez de vous soumettre aux règles de la bonne société, s'étonna-t-il en l'embrassant au creux du cou.

Au prix d'un effort surhumain, Thea s'efforça de résister et répliqua :

— Je veux être libre d'aborder des sujets importants, pas être traînée dans la boue.

Drake cessa ses baisers en soupirant.

— Vous avez raison, mais c'est bien à contrecœur que je vous obéis.

Le renflement qu'elle sentait contre sa cuisse attestait de l'envie qu'il avait de continuer. Tout comme elle.

C'est pourquoi elle jugea plus prudent de quitter ses genoux pour aller s'asseoir en face de lui. Elle dut même croiser les mains pour s'empêcher de le toucher. Si elle s'était écoutée, elle se serait jetée dans ses bras, et tant pis pour les conséquences.

— Qu'allons-nous faire en ce qui concerne l'enquête ? s'enquit-elle.

— Je fais surveiller l'entrepôt. Quelqu'un déplace des marchandises ; l'idéal serait de le prendre sur le fait.

— Parfait, dit-elle. Même si le coupable n'est pas l'un de nos deux suspects, nous le pincerons. J'aurais dû penser à cette solution plus tôt. Je vous assure, ajouta-t-elle comme il haussait les épaules, c'est une idée lumineuse.

— Ça m'a semblé aller de soi.

— Pour un esprit brillant comme le vôtre, sans doute.

Ils demeurèrent silencieux un moment, puis Drake demanda abruptement :

— Que comptez-vous faire à propos de votre père ?

— L'ignorer.

— Cela risque d'être difficile une fois que la saison aura officiellement débuté, surtout si vous passez beaucoup de temps avec lady Upworth. D'après ma tante, elle est très sociable et invite souvent les membres de sa famille.

— C'est un problème, certes, mais pas insurmontable. Elle comprendra que je préfère ne pas lui rendre visite les jours où il est attendu.

— Et les soirées ? Votre père y assiste, lui aussi. Comment ferez-vous pour l'éviter ?

— Je ferai comme vous avec votre père, ne put-elle s'empêcher de riposter, une pointe d'exaspération dans la voix.

Si quelqu'un pouvait comprendre qu'elle ne veuille pas voir son père, c'était bien Drake.

— Dans notre cas, il s'agit d'un évitement mutuel, rétorqua-t-il sèchement.

Elle l'avait blessé.

— Je regrette, Pierson. Je ne voulais pas raviver votre peine, mais vous vous doutez, j'en suis sûre, qu'aborder ce sujet me coûte, à moi aussi.

— Je constate que votre entêtement s'étend à votre famille et que, alors que vous devriez envisager de vous réconcilier avec votre père pour votre tante et votre frère, vous n'en ferez rien.

Furieuse, elle répliqua :

— Et moi dans tout cela ? Je ne veux pas me réconcilier avec l'homme qui a détruit ma famille. Il a brisé irrémédiablement ma mère. Que faites-vous de ma loyauté envers elle ?

— C'est là le problème ? Votre mère ? Vous pensez que vous réconcilier avec votre père reviendrait à trahir sa mémoire ? Mais elle est partie, et les autres sont là. Lady Upworth aspire à la paix au sein de sa famille. Elle souhaite que vous preniez votre place dans la haute société. Elle vous a aidées, votre mère et vous. Ne lui devez-vous pas loyauté, à elle aussi ? Et votre frère ? Ne mérite-t-il pas de vous connaître ?

Cet argument valait aussi pour Irisa, dont Drake ignorait l'existence. Thea sentit les larmes lui piquer les yeux pour la seconde fois de la soirée.

— Je suis loyale envers ma tante, dit-elle d'une voix étranglée. Je vous ai déjà expliqué que j'irai me présenter à mon frère.

Et à sa sœur, un jour.

Soudain, Drake fut près d'elle, lui caressant la joue du dos de la main.

— Je regrette, mon cœur. J'ai été trop dur avec vous.

— Pourquoi ? ne put-elle s'empêcher de demander.

Il demeura silencieux si longtemps qu'elle crut qu'il ne lui répondrait pas.

— Je pensais que c'était parce que je voulais que vous vous installiez ici, que vous y tissiez des liens suffisants pour ne plus avoir envie de repartir.

— Ce n'est pas la raison ? insista-t-elle.

— En partie seulement. Vous devez comprendre une chose : je veux vraiment que vous restiez.

Thea ne doutait pas de sa sincérité. Il avait été très clair sur ses intentions la première fois qu'ils avaient fait l'amour, sur le bateau. S'il l'avait aimée, cela aurait peut-être tout changé, car elle était suffisamment honnête avec elle-même pour reconnaître que son souhait de demeurer célibataire avait été pas mal ébranlé, ces derniers temps. Mais Drake ne l'aimait pas, et elle n'était pas certaine que la passion suffise à faire un bon mariage.

Pour l'heure, toutefois, ce qu'elle voulait, c'était comprendre pourquoi il insistait pour qu'elle connaisse son père.

— Quelles sont les autres raisons ?

— Le fait de ne pas connaître mon père me mine.

— Et ?

— Même si j'ai décidé depuis longtemps qu'il ne méritait pas que je me donne la peine de le connaître, je n'ai jamais complètement cessé de désirer qu'il me reconnaisse comme son fils.

Il devait considérer ce besoin comme une faiblesse, et Thea n'avait aucun mal à le comprendre.

— Vous me poussez à me réconcilier avec mon père parce que c'est une occasion que vous n'avez jamais eue ?

— Peut-être.

Cet aveu avait dû lui coûter, et la tristesse qu'elle percevait dans sa voix lui fendait le cœur.

— En avez-vous jamais parlé à votre mère ou à votre grand-père ? Ils auraient peut-être pu arranger une rencontre.

— Je n'ai jamais avoué cette faiblesse à quiconque.

C'était au tour de Thea de le réconforter. Elle lui prit les mains et déclara d'une voix douce :

— Souhaiter connaître sa famille n'est en rien une faiblesse.

— Mes frères et sœurs ne savent même pas que j'existe.

Voilà qui devait ronger Drake, et porter un coup terrible à sa fierté et à son sens de l'honneur.

— C'est pour cela que vous tenez tant à ce que je rencontre mon frère. Mais il n'est pas encore à Londres d'après lady Upworth.

— Il a le droit de vous connaître.

De même que Drake avait le droit de connaître ses frères et sœurs, mais n'en aurait jamais la possibilité.

— Vous n'avez pas besoin que votre père vous reconnaisse ou vous approuve, Pierson. Vous êtes devenu le plus honorable des hommes sans cela. Un homme que beaucoup feraient bien de prendre pour exemple.

— Si c'est réellement ce que vous pensez, vous ne devriez pas avoir peur de m'épouser.

— Vous ne m'aimez pas.

— Vous ne croyez pas plus que moi à l'amour. Vous estimez que l'amour rend les femmes faibles. C'est Ashby Merewether qui me l'a dit.

Ne pouvant le contredire, Thea eut recours à un autre argument.

— Que se passera-t-il quand vous cesserez de me désirer ?

— Je ne cesserai jamais de vous désirer, murmura-t-il.

Et ces paroles ressemblaient étrangement à un serment.

Thea glissa un nouveau regard de biais à Drake qui prenait des notes sur le registre ouvert devant lui. S'attardant sur ses mains robustes, elle songea au plaisir qu'elles étaient capables de faire naître en elle. Un plaisir qui avait un prix, bien qu'il l'ignore. Que dirait-il si elle lui contait son tête-à-tête avec son pot de chambre, ce matin ?

À présent, elle se sentait tout à fait bien, ce qui était beaucoup plus inquiétant que si les nausées avaient persisté. Alors, elle aurait pu croire à une maladie quelconque, ou au mal des voyageurs – encore que ce mal survenait habituellement après des voyages en mer beaucoup plus longs que celui qu'elle venait d'effectuer à bord du *Dragon d'or*.

Quant à la grippe, d'après ce qu'elle savait, il ne suffisait pas de vider son estomac pour en guérir. Et bien qu'elle se soit réveillée en nage, elle n'avait pas de fièvre. Donc, l'hypothèse de la maladie était à écarter. Il ne restait qu'une seule explication à ces nausées matinales.

Elle était enceinte.

16

Langley a dû finir par comprendre ce que valait la parole d'honneur d'Estcot. Si cela s'était passé il y a cinq ans, j'aurais pris le premier bateau pour l'Angleterre, sûre de pouvoir enfin convaincre Langley de mon innocence. Mais en cinq ans, pas une fois il n'a prononcé mon nom devant lady Upworth. Elle n'ose plus lui suggérer de me laisser revoir Jared, car il a accueilli cette idée très froidement la première fois. À quoi bon ? Ici, j'ai bâti une nouvelle vie pour Thea et moi. Je n'ai plus aucun espoir de revoir mon fils avant sa majorité.

Journal d'Anna Selwyn, comtesse de Langley,
le 1er mars 1804

Thea gardait pour elle la nouvelle de sa grossesse, heureuse en dépit de ce que cela impliquait.

L'idée de porter l'enfant de Drake l'emplissait à la fois de joie et de crainte. Pouvait-elle risquer sa liberté, voire son bonheur en l'épousant ?

Pour être tout à fait honnête, elle avait décidé de l'épouser à l'instant où elle l'avait accueilli en elle. Parce qu'en se donnant à lui, elle lui avait aussi cédé une part d'elle-même sans laquelle elle ne serait plus jamais tout à fait la même.

Ce mariage était inévitable depuis le début. Elle avait eu beau s'en défendre, elle éprouvait des sentiments pour lui, des sentiments qui n'avaient fait que croître au fil des jours.

Elle craignait de l'aimer – et c'était sa faute à lui.

Parce qu'en plus d'être incroyablement séduisant, il possédait un sens de l'honneur inébranlable. Même son arrogance lui plaisait. Cela allait pourtant à l'encontre de tout ce qu'elle croyait rechercher chez un mari.

Lorsqu'elle manquait de confiance en elle, l'assurance de Drake la galvanisait. Alors qu'elle doutait parfois de mettre la main sur le voleur, Drake, lui, était certain qu'ils y parviendraient tôt ou tard.

D'ailleurs, il s'acharnait tellement à le démasquer qu'elle craignait qu'il n'y laisse sa santé. Elle avait remarqué des cernes noirs sous ses yeux au petit-déjeuner. Lorsqu'elle lui en avait parlé, il avait avoué avoir participé à la surveillance nocturne des bureaux de *Merewether Shipping*.

Et s'il la poussait à se raccommoder avec sa famille, c'était pour qu'elle retrouve son rang dans la haute société, son frère et son père. S'il avait eu connaissance de l'acte de cruauté ultime dont son père s'était rendu coupable, il aurait compris pourquoi elle s'obstinait à refuser que ce dernier entre dans sa vie.

— Qu'y a-t-il ? demanda Drake. Voilà dix minutes que vous me fixez.

— Cela vous ennuie que je vous regarde ?

— Ce qui m'ennuie, c'est que vous fassiez comme si vous ne me voyiez pas. Nous retrouverons ce voleur. Cessez de vous inquiéter pour cela. L'homme que j'ai chargé de veiller sur Merewether est un dur à cuire en qui j'ai toute confiance. Il ne permettra pas qu'il arrive quoi que ce soit à votre oncle.

Encore un exemple de la sollicitude dont il faisait preuve envers elle. Dès son arrivée à Liverpool, il avait envoyé quelqu'un veiller sur oncle Ashby.

— Je ne m'inquiète pas pour oncle Ashby.

Du moins n'était-ce pas son souci premier.

— Alors qu'y a-t-il ? Vous m'en voulez d'avoir insisté, hier soir, pour que vous vous réconciliiez avec votre père ?

Thea secoua la tête. Elle savait que Drake ne s'obstinerait pas davantage, même s'il était persuadé d'avoir raison. N'avait-il pas agi de même à propos de leur mariage ? Il avait beau vouloir l'épouser, il n'avait pas recouru pour autant à l'intimidation ou au chantage. Il avait simplement mis en avant la place de lady Upworth dans la haute société, qu'il avait préservée par l'annonce de leurs fiançailles. Il aurait pu utiliser, pour lui forcer la main, la considération qu'elle avait pour la vieille dame, mais s'en était abstenu.

— Je n'ai jamais été doué pour les devinettes, reprit Drake. Pourquoi ne pas me dire ce qui vous préoccupe ?

— Je me demande si je ne suis pas enceinte, lâcha-t-elle tout de go.

Drake bondit sur ses pieds, laissant tomber son stylo, et sauta pratiquement par-dessus le bureau pour la prendre aux épaules.

— Qu'est-ce qui vous le fait croire ? la pressa-t-il. Avez-vous du retard ?

— Pas encore mais, ce matin, je me suis réveillée avec des nausées aussi violentes qu'à bord du bateau.

Il la lâcha, recula d'un pas.

— Qu'allez-vous faire ?

Thea inclina la tête de côté et étudia un instant son visage. Ce n'était pas celui d'un homme qui vient d'apprendre qu'il touche enfin au but, mais celui, méfiant, d'un homme qui s'apprête à recevoir une gifle.

— Que voulez-vous dire ?

— Allez-vous m'épouser ou retourner sur votre île et prétendre avoir perdu votre mari, comme l'a fait votre mère ?

Si elle doutait encore de pouvoir lui faire confiance, ce doute venait de s'envoler définitivement. Drake lui donnait le choix, refusait qu'elle se sente piégée, même s'il pensait, comme elle, que retourner sur son île et se prétendre veuve serait grotesque. Personne ne la croirait.

— Je songeais à vous épouser.

— Pourquoi ?

Elle ne s'attendait pas à cette question. S'il espérait l'entendre avouer qu'elle l'aimait alors qu'il ne savait pas lui-même s'il croyait en l'amour, il serait déçu.

— Vous m'avez expliqué clairement qu'il était hors de question qu'un enfant de vous grandisse en étant illégitime. Je croyais que ma décision vous ferait plaisir.

— Elle me fait plaisir.

— Eh bien, cela ne se voit pas.

Les larmes jaillirent des yeux de Thea sans crier gare.

— Nom d'un... !

Drake tendit les bras et l'attira contre lui.

— Ne pleurez pas, mon cœur. Je suis on ne peut plus heureux que vous acceptiez de m'épouser. Même si je ne comprends pas encore bien pourquoi.

— Cela me semble pourtant évident. J'attends un enfant de vous. C'est ce que les gens font d'ordinaire.

Drake se mit à rire.

— Mais vous vous conformez si rarement aux usages que je ne peux m'empêcher d'être un peu surpris quand vous choisissez de le faire !

Franchement, Thea s'attendait à une tout autre réaction, et sa patience était à bout.

— Lâchez-moi, fit-elle en essayant de lui échapper.

Au lieu de lui obéir, Drake la souleva dans ses bras.

— Reposez-moi immédiatement !

Ignorant ses protestations, il la porta jusqu'au fameux sofa sous la fenêtre, s'y assit et l'installa sur ses genoux.

— Détendez-vous, mon cœur. Toute cette agitation n'est pas bonne pour le bébé.

— Notre enfant n'est pas une petite nature.

— Arrêtez tout de même de vous débattre, sans quoi nous allons finir par faire l'amour, et, cette fois, je ne fermerai pas la porte à clef.

Elle le fusilla du regard, mais se tint tranquille. Drake ne la menaçait pas à la légère ; il suffisait de jeter un coup d'œil à son pantalon pour en avoir confirmation.

— Si vous ne voulez plus m'épouser, je peux très bien me débrouiller seule, assura-t-elle. Je suis indépendante sur le plan financier et tout aussi capable que ma mère d'élever seule mon enfant.

Drake lui prit le menton et plongea son regard dans le sien.

— Nous allons nous marier, Thea. Vous venez d'accepter et je ne vous laisserai par revenir sur votre décision. Mon enfant portera mon nom.

— Je n'ai jamais dit le contraire. Je vous ferai juste remarquer que c'est *vous* qui semblez peu enthousiaste à l'idée de ce mariage.

— Peut-être aurais-je préféré que vous m'épousiez pour moi-même, pas comme pénitence pour m'avoir autorisé à vous faire l'amour.

— Je n'ai pas dit qu'il s'agissait d'une pénitence.

— Vous n'en avez pas eu besoin.

Elle n'arrivait pas à y croire. Drake n'était pas sûr de lui. Il suffisait de regarder ses yeux. Il croyait qu'elle l'épousait uniquement à cause du bébé. Comment le convaincre du contraire sans lui avouer des sentiments dont elle doutait encore ?

— Je ne vous épouse pas seulement parce ce que je suis enceinte.

— Êtes-vous en train de me dire que vous aviez pris la décision avant vos nausées ?

— Non.

— Donc, vous m'épousez à cause du bébé.

— Et vous, n'est-ce pas pour la même raison que vous voulez m'épouser ?

— Je vous ai demandé votre main juste après que nous avons fait l'amour pour la première fois.

C'était vrai. Thea se sentit soudain beaucoup mieux. Drake avait forcément des sentiments pour elle. Il ne pouvait avoir demandé la main de toutes les femmes avec lesquelles il avait couché, sans quoi il aurait déjà été marié plusieurs fois.

— Il est vrai que ces nausées ont précipité ma décision, admit-elle. Mais j'aurais fini par accepter, même sans cela.

— Et la promesse faite à votre mère ?

— Melly a raison sur un point : maman voulait avant tout que je sois heureuse. Et vous épouser me rendra très heureuse.

Comme elle prononçait ces paroles, Thea comprit à quel point elles reflétaient la vérité. Elle voulait partager la vie de Drake. L'idée de retourner sur son île sans lui et de passer le restant de ses jours seule ne la tentait pas du tout. Elle était peut-être indépendante, mais elle n'était pas idiote. Elle savait reconnaître ce qui était bon pour elle. Or, vivre avec Drake l'était.

— Votre bonheur est indispensable au mien, dit-il doucement. Et je ferai tout ce qui est en mon pouvoir pour que vous ne regrettiez jamais votre décision.

Cette promesse émut Thea aux larmes. Même s'il ne l'aimait pas, Drake avait de l'affection pour elle. Son père avait prétendu aimer sa mère, mais cet amour avait fait leur malheur. Drake, lui, ne parlait pas d'amour, mais elle avait la certitude qu'il s'appliquerait à la rendre heureuse.

— Voilà que vous pleurez encore, reprit-il. Ai-je dit quelque chose qui vous a offensé ?

La gorge nouée, ellle secoua la tête.

— Il paraît que les femmes enceintes sont très émotives, poursuivit-il, mais j'avoue que je ne sais trop comment réagir à cela.

Elle sourit. Comment trouver les mots pour exprimer ce qu'elle ressentait ? Depuis qu'elle avait atteint l'âge adulte, et même avant, elle avait vécu dans la certitude que le mariage était un sort pire que la mort. Mais maintenant qu'elle s'apprêtait à épouser Drake, elle était plutôt impatiente et soulagée de ne pas avoir à lui dire adieu.

Ces larmes de bonheur semblaient la réponse la plus appropriée.

— Comment cela, le mariage est prévu dans deux heures ?

Au bord de la crise de nerfs, Thea dut se cramponner au chambranle. Elle ne rêvait pas. Drake avait bien frappé à sa porte pour solliciter un entretien. Et c'était bien là, sur le seuil de sa chambre, alors qu'elle était en chemise de nuit, qu'il l'avait informé qu'ils se mariaient dans deux heures !

— Êtes-vous devenu fou ? Nous ne pouvons pas nous marier ce matin. Les bans n'ont pas été publiés, je n'ai pas de robe, rien n'est organisé. C'est impossible.

Avec un sourire espiègle, Drake agita un parchemin sous son nez.

— Ceci est une dérogation qui nous autorise à nous marier aujourd'hui. Et ne me dites pas qu'avec les innombrables robes que vous venez d'acheter, vous n'avez rien de convenable pour un mariage dans l'intimité.

— Pour *assister* à un mariage, peut-être, mais pas pour *être* la mariée.

— Allons, ne commencez pas à geindre, Thea. Vous m'avez dit vous-même que vous vous moquiez des toilettes.

— Je n'ai rien dit de tel ! Enfin, peut-être que si. Mais je n'ai jamais dit que je me moquais de ce que je porterais le jour de *mon mariage*.

— Vous serez ravissante quelle que soit votre robe.

Visiblement, elle parlait à un sourd.

— Et pour le repas de mariage ?

— Lady Upworth a prévu de l'organiser chez elle.

— Vous avez averti *ma tante* avant même de m'en parler ?

— Inutile de crier, mon cœur, je ne suis pas sourd. Bien sûr que je l'ai avertie. Sinon, comment aurait-elle pu s'organiser ? Cessez de faire la difficile et préparez-vous.

Il sortit sa montre de son gousset et la consulta.

— Nous partons dans une heure cinquante-cinq.

— Si vous vouliez vous assurer de ma coopération, j'aurais dû être la première avertie que mon mariage était un fait accompli et qu'il me restait moins de deux heures pour me préparer.

Drake afficha une expression coupable, et Thea comprit. Doutant toujours d'elle, il avait pensé que le meilleur moyen de s'assurer de sa présence à son propre mariage, c'était de ne pas lui laisser le temps de changer d'avis. Ce qu'il dit ensuite confirma ses soupçons.

— Que vouliez-vous que je fasse ? Que j'attende que les bans soient publiés au risque de vous voir changer d'avis ? Le mariage vous rend tellement nerveuse. Une fois que les dés seront jetés, je suis certain que vous vous sentirez mieux.

Elle n'en était aucunement persuadée, mais une chose était sûre : Drake, lui, se sentirait mieux une fois le mariage célébré. Il avait en effet un comportement on ne peut plus étrange depuis qu'elle avait accepté de l'épouser, trois jours auparavant. Non seulement il se rendait insupportable à vouloir sans cesse qu'elle allonge les jambes, se repose et autres sottises supposées convenir à une femme dans son état, mais il lui énumérait cent fois par jour les avantages liés à l'état de femme mariée. La veille encore, au dîner, il lui avait expliqué que les femmes mariées vivaient plus longtemps. Lady Upworth et la tante de Thea n'en étaient-elles pas la preuve ?

Heureusement, elle avait échappé aux nausées matinales.

— Vous auriez dû m'avertir, s'entêta-t-elle. Une femme a besoin d'un peu plus d'une fichue heure pour se préparer à un tel événement, sacrebleu !

— Thea, toute votre vie vous avez cru que vous resteriez célibataire. Notre enfant marchera avant que vous soyez prête.

— Je parlais des préparatifs matériels liés à ce mariage, riposta-t-elle. Pas de ma préparation mentale.

Elle l'aurait volontiers secoué, mais l'expérience lui avait prouvé qu'elle n'y arriverait pas.

— Quant à être prête pour le mariage, je vous ai déjà dit que je l'étais. Douteriez-vous de ma parole ?

Recouvrant de sa main celle de Thea, toujours agrippée au chambranle, Drake s'approcha pour déposer sur ses lèvres un baiser léger, mais prolongé. Elle ferma les yeux, savourant la douceur de sa bouche. Il mit fin au baiser, mais ne s'écarta pas. Rouvrant les yeux, elle croisa son regard.

— Je crois en votre parole. Sachant que vous étiez d'accord pour m'épouser, je me suis dit qu'un mariage surprise vous plairait, qu'il vous épargnerait l'appréhension liée à un tel événement.

Thea soupira. Il avait gagné la partie. Non seulement elle lui avait donné sa parole, mais elle avait réellement envie d'épouser ce diable d'homme.

— Je serai prête dans deux heures, pas une minute de moins. Je préfère arriver en retard à mon mariage que d'avoir l'air de tomber du lit.

Le sourire avec lequel Drake accueillit ces paroles valait largement le petit sacrifice qu'elle venait de faire.

Mariée.

Elle entendait ce mot résonner dans sa tête, comme le refrain d'un crieur de rue, tout en prenant part aux conversations innocentes qui animaient le déjeuner.

Elle était mariée.

Thea jouait avec la bague ornée d'un gros rubis ovale que Drake lui avait offerte, et qui pesait lourd à son doigt. Jamais elle n'avait eu l'intention de se marier, jamais elle n'avait songé au jour de son mariage. L'aurait-elle fait qu'elle n'aurait jamais imaginé que ce jour ressemblerait à ce qu'elle vivait.

Depuis que Drake avait tambouriné à la porte de sa chambre pour lui annoncer que leur mariage aurait lieu dans deux heures, elle n'avait pas eu un instant de répit. Même ce repas n'était pas une détente. Lady Upworth avait invité à ce déjeuner « dans l'intimité » tous les membres de la haute société arrivés prématurément à Londres pour la saison. C'était du moins l'impression qu'avait Thea.

Elle avait serré tant de mains qu'elle ne sentait plus ses doigts. Lady Upworth lui avait enfin permis, ainsi qu'à Drake, de quitter l'endroit où ils étaient postés pour accueillir les invités. Mais pas ensemble. Drake avait reçu l'ordre de veiller à ce que personne ne manque de rien pendant que lady Upworth prenait Thea sous son aile afin de la présenter à quelques amis dont elle n'avait pas encore fait la connaissance.

Mais était-ce seulement possible ? Thea était convaincue d'avoir déjà été présentée au monde entier.

Après avoir salué un couple âgé, elle fut enfin autorisée à se restaurer. Comme elle contemplait le buffet, chargé d'une incroyable profusion de mets, une voix familière la tira de ses pensées.

— Bonjour.

Thea pivota. Sa sœur était là ! À son repas de mariage !

— Bonjour, répondit-elle. J'ignorais que vous étiez là.

— Tante Harriet tenait absolument à ce que nous venions. Elle vous aime beaucoup.

— Elle m'a dit également le plus grand bien de vous, lady Irisa.

— J'en suis ravie, répondit Irisa avec un sourire qui alla droit au cœur de Thea.

Mal à l'aise, mais soucieuse de garder encore un peu sa sœur auprès d'elle, Thea parcourut la pièce du regard et observa :

— Je me demande comment ma tante a réussi à organiser une telle réception en aussi peu de temps.

— Oh, tout le monde se presse à ses réceptions ! Ses buffets sont légendaires. Du reste, elle occupe un rang si élevé dans la haute société que tout ce qui a un nom rêve d'être invité chez elle. Je peux vous dire que Cecily et sa mère ont sauté de joie en recevant leur invitation à ce déjeuner. C'est la première fois qu'elles sont reçues chez ma tante. Nous devions essayer aujourd'hui les robes que nous porterons pour nos débuts dans le monde, mais nous avons tout annulé pour venir !

Thea aimait le naturel bavard, franc et ouvert de sa sœur, et mourait d'envie de lui révéler leur parenté.

Spontanément, elle lui prit la main.

— Je suis heureuse que vous soyez venue. Je trouve tout ce monde un peu oppressant et la présence d'un visage amical me fait le plus grand bien.

— Bien que je sois sûre que vous trouviez le visage de votre époux encore plus amical, ce compliment à ma modeste personne me va droit au cœur !

Thea éclata de rire. Irisa était décidément une jeune personne pleine de fraîcheur. Quant à Drake, si elle avait su ce qu'elle pensait de lui en cet instant ! Elle ne lui avait pas encore pardonné ce mariage surprise, ni de ne pas lui avoir dit un mot au sujet de ses sentiments.

Même si elle adorait le regard brûlant de désir dont il la couvait, elle n'avait pas tardé à comprendre qu'une femme avait besoin d'être aimée autrement que charnellement par l'homme à qui elle venait de s'unir pour la vie. Surtout quand elle-même éprouvait des sentiments très fort à son endroit.

— Vous voici enfin, Irisa ! Ma mère vous cherche partout.

C'était la voix de Cecily. Irisa et Thea se tournèrent vers elle d'un même mouvement.

— Je bavardais avec la reine de la fête, tout simplement, expliqua Irisa.

— Je vois, en effet. Ma mère souhaite vous parler.

— J'étais aussi venue me restaurer. Nous sommes *aussi* là pour ça et je meurs de faim.

— Vraiment, Irisa, vous avez beaucoup trop d'appétit pour une jeune fille de la haute société.

Thea ne put s'empêcher de penser qu'Irisa aurait pu mieux choisir que cette jeune personne plutôt hautaine comme meilleure amie. Mais surprenant l'expression contrariée de sa sœur, elle voulut calmer le jeu.

— Je suis persuadée que votre mère ne verra pas d'inconvénient à ce que lady Irisa me tienne compagnie. Je déteste manger seule.

— C'est très aimable à vous, mais je suis sûre qu'Irisa ne voudra pas contrarier ma mère, qui est son chaperon jusqu'à l'arrivée de ses parents à Londres.

Bien qu'elle ait toujours paru extrêmement soucieuse des convenances, Cecily lui avait semblé tout de même plus chaleureuse lors de la soirée musicale. Pour quelle raison la traitait-elle maintenant avec cette politesse glaciale ? s'interrogea Thea.

— Naturellement, acquiesça-t-elle.

Puis, s'adressant à Irisa :

— Nous nous reverrons bientôt, j'en suis sûre.

— C'est peu probable, intervint Cecily d'un air pincé.

— Pourquoi ? Vous avez l'intention de quitter la capitale ? Je vous croyais ici pour la saison.

Irisa affichait un regard triste et ses joues étaient empourprées.

— Nous ne fréquentons pas les mêmes cercles que votre époux, c'est pourquoi il est fort improbable que nos chemins se croisent de nouveau, répondit Cecily avec condescendance.

Comment cette petite pimbêche avait-elle le front de prétendre qu'elle était trop bien pour fréquenter les mêmes endroits que Drake ?

— Je constate néanmoins que vous êtes là aujourd'hui, et mon époux aussi, répliqua Thea. Comment expliquez-vous cela ?

— Lady Upworth jouit d'une position très élevée dans la haute société. Il n'est pas infamant d'être reçu chez elle.

Il était clair qu'elle se demandait comment une dame auréolée d'un tel prestige avait pu s'abaisser à organiser un déjeuner de mariage pour Drake et son épouse.

Thea l'aurait volontiers giflée.

— Seriez-vous en train d'insinuer qu'il est infamant de fréquenter mon époux ?

Irisa intervint avant que son amie puisse répondre :

— Bien sûr que non ! Cecily dit des sottises.

Puis, avec un regard éloquent en direction de cette dernière :

— Je suis sûre qu'elle en a terminé, à présent.

— Mais vraiment, ce n'est un secret pour personne, s'entêta Cecily. Les parents de votre époux n'étaient pas mariés, ce qui fait qu'il n'est pas notre égal sur le plan social.

Cette fois, Thea sentit la moutarde lui monter au nez pour de bon.

— Mon mari est le petit-fils d'un duc, lequel duc a clairement fait savoir, depuis la naissance de son petit-fils, qu'il ne souffrirait aucun manque de respect envers ce dernier ou envers lady Noreen. Il est clair que peu vous importe d'insulter un duc, mais je doute que votre mère soit du même avis.

Cecily parut soudain au comble de la confusion.

— Je l'ignorais. Je veux dire... Je pensais que, puisque le duc et le reste de sa famille n'ont pas organisé la réception chez eux et ne sont pas venus, ils...

— Ils quoi ? la pressa Thea, éprouvant une inavouable satisfaction à assister à la débâcle de cette péronnelle.

— J'ai pensé... C'est-à-dire...

Irisa soupira.

— Cecily et sa mère ont pensé que la famille de M. Drake ne le reconnaissait pas comme étant des leurs puisqu'ils n'assistaient pas à son mariage et que votre union n'a pas été célébrée dans l'un des domaines familiaux.

Cecily en demeura bouche bée.

— Je les ai entendues parler de cela tout à l'heure, poursuivit Irisa. J'ai essayé de leur dire que cela n'avait pas d'importance, mais la mère de Cecily est très pointilleuse sur l'étiquette. Tout comme la mienne.

— Vous avez raison, déclara Thea en souriant à Irisa. Il ne faut pas s'arrêter à ces détails. Mon époux est un homme respectable et honorable, et c'est tout ce qui compte. Sachez cependant que sa famille non seulement le reconnaît, mais le protège. Le fait que nous logions actuellement chez sa tante, lady Boyle, prouve assez que sa famille est très unie. En outre, cette grande dame et la mère de Pierson sont présentes à ce déjeuner.

Affichant le même sourire chaleureux que lors de la soirée musicale – un sourire que Thea savait faux, désormais –, Cecily risqua :

— J'espère que vous me pardonnerez ma maladresse. Je ne voudrais pas que cette erreur soit une entrave à votre amitié avec Irisa ou moi-même.

— Ne vous inquiétez pas, *Irisa* sera toujours la bienvenue chez moi.

Cecily, qui ne voulait apparemment pas être mise au ban par la famille de Drake, pâlit légèrement, mais ne répliqua pas.

— Je crois que je ferais bien d'aller voir ce que votre mère me voulait, conclut Irisa, non sans un regard d'envie en direction du buffet.

— Je suis certaine que ma mère ne verra pas d'inconvénient à ce que vous teniez compagnie à Mme Drake, assura Cecily avec empressement.

Irisa fixa son amie en plissant les yeux.

— Je ne voudrais pas infliger de *contrariété* à votre mère, intervint Thea d'une voix suave, puis, avec un hochement de tête à l'intention d'Irisa : Je reste persuadée que nous nous reverrons.

Irisa acquiesça d'un clin d'œil qui provoqua une moue désapprobatrice de Cecily, et les deux jeunes filles s'éloignèrent.

17

Thea est si brillante. Je suis fermement décidée à ce qu'elle soit instruite dans tous les domaines pour lesquels elle manifeste de l'intérêt. L'éducation de ma fille ne se limitera pas à la broderie et au pianoforte, même si elle doit apprendre aussi ces choses-là. Elle est suffisamment intelligente pour tout assimiler. Son père riait de mon désir de lire des ouvrages traitant de sujets qu'il considérait comme peu féminins. Il pensait que les femmes n'ont pas suffisamment de cervelle pour apprendre le latin ou les mathématiques. Thea a suffisamment de cervelle pour n'importe quoi.

Journal d'Anna Selwyn, comtesse de Langley,
le 15 janvier 1805

À quelques pas de là, Drake regardait, paralysé par l'échange qu'il venait de surprendre, Thea remplir son assiette.

Il avait appris très jeune à ignorer les haussements de sourcils et les rejets discrets dont il faisait l'objet. Mais jamais il ne s'habituerait aux outrages que sa mère subissait à cause de lui. Comment avait-il pu se résoudre à exposer Thea à cette subtile forme d'ostracisme pour le restant de ses jours ? Elle méritait mieux que cela, et, pourtant, il l'avait pratiquement obligée à l'épouser, obligée à s'engager dans une existence qui s'annonçait jalonnée de regards pleins de mépris ou de sous-entendus.

En se retournant pour quitter le buffet, Thea faillit se heurter à lui. Elle esquissa un sourire. Comment pouvait-elle le regarder avec autant de bienveillance après ce qu'elle venait d'endurer par sa faute, et après seulement quelques heures de mariage ?

— Pierson ! Je commençais à me demander si, au nom d'une des nombreuses règles non écrites qui régissent la haute société, le marié avait interdiction d'adresser la parole à sa femme le jour de son mariage.

— Vous êtes censée me laisser m'occuper de votre assiette, la gronda-t-il.

— Oh, encore une de ces règles ! Eh bien, je doute de pouvoir la respecter. J'aime manger lorsque j'ai faim, et pas uniquement quand vous voulez bien vous souvenir de moi.

— Je suis désolé. J'aurais dû vous rejoindre plus tôt.

— Que se passe-t-il ? s'enquit-elle en fronçant les sourcils.

Il aurait dû dissimuler sa réaction. N'avait-il pas vécu trente ans sans jamais avouer à sa mère combien il regrettait que sa naissance l'ait privée de tant de choses ? Privée de mariage, privée d'être acceptée parmi ses pairs, de toutes ces choses dont rêvait une dame. Toutes les dames sauf Thea. Mais Thea avait bien changé d'avis à propos du mariage, et n'aspirerait-elle pas un jour à la reconnaissance de ses pairs, elle aussi ?

— Venez avec moi, ordonna-t-elle après avoir posé son assiette sur une table. Vous avez aussi mauvaise mine que moi l'autre jour, juste avant que je me précipite vers mon pot de chambre.

Elle glissa son bras sous le sien et l'entraîna jusqu'au boudoir de sa tante.

Là, Thea s'approcha du bureau, sur lequel elle laissa courir ses doigts.

— Elle m'envoyait des dessins.

— Pardon ?

— Des dessins de ce bureau. Et de tout le mobilier. Elle voulait que je sache à quoi il ressemblait. Elle m'envoyait aussi des dessins de Londres, de sa maison de campagne, de celle de mon père, des lords et ladies en tenue de bal. J'avais l'impression de connaître parfaitement l'Angleterre bien que je n'y aie jamais mis les pieds…

Elle rejoignit Drake avant de poursuivre :

— Mais il y a des choses qu'un dessin ne peut pas traduire, ni même une lettre. Par exemple, elle ne pouvait pas me décrire le fog londonien, à moi qui ne connaissais que les brumes légères. Elle ne pouvait pas me décrire le bruit qui monte des rues pavées à l'aube, l'odeur de la Tamise, la foule oppressante… Il est une autre chose encore qu'elle ne pouvait me faire comprendre à travers ses lettres, ajouta-t-elle en lui caressant la joue. Une chose que je n'aurais jamais pu croire, même si elle avait essayé.

— Laquelle ? demanda-t-il d'une voix sourde.

— La manière qu'ont les gens d'ici de vous juger en se fondant sur des critères sans importance : les vêtements que vous portez, la beauté dont le ciel a bien voulu vous doter, ou encore votre naissance.

Thea attira à elle son visage, qu'elle avait pris entre ses mains, et l'embrassa tendrement.

— Vous êtes un homme honorable, Pierson. Un vrai gentleman. Un homme dont je suis fière d'être la femme.

Elle l'embrassa de nouveau, avec fougue cette fois, comme pour souligner ses propos. Comme elle nouait les mains derrière son cou, Drake l'enlaça et reprit le contrôle de leur baiser.

Bientôt, ils se retrouvèrent haletants de désir. Conscients que, s'ils n'arrêtaient pas immédiatement, ils allaient finir sur le sofa, Drake s'écarta.

— Nous devrions rejoindre nos invités avant qu'on ne remarque notre absence.

— Vous ne croyez pas qu'on s'attend au contraire que nous nous éclipsions ?

— Non.

— Laissez-moi deviner : c'est encore l'une de ces règles en vigueur dans la haute société !

— Vous apprendrez à les connaître, s'esclaffa Drake.

— Ne vous ai-je pas prévenu que je n'avais pas l'intention d'être un modèle dans ce domaine ?

— En effet, je m'en souviens.

— Tant mieux.

Drake, pour sa part, pourrait essayer de se conformer aux règles de la bonne société qu'il n'y parviendrait jamais.

— Merci, ajouta Thea.

— Pourquoi ? Pour vous avoir embrassée ? Je vous assure que ce fut un plaisir.

— Merci de m'avoir épousée.

— Comment pouvez-vous me remercier après l'affront que vous ont fait subir ces demoiselles ? M'épouser vous expose désormais à ce genre d'attaques.

— Je me doutais que vous aviez surpris cette conversation ! Vous sembliez si bizarre. Vous n'affichiez plus cette assurance, qui pourrait passer pour de l'arrogance aux yeux de certains, qui est la vôtre d'ordinaire. Voyez-vous, je n'aime pas les hypocrites. Je serais très déçue de consacrer du temps à une amitié, pour me rendre finalement compte qu'elle était fondée sur du vent. L'avantage d'être mariée avec vous, c'est que cela me permet de repérer très vite les hypocrites.

Drake ne savait plus que dire. Comment Thea pouvait-elle envisager leur mariage sous un angle aussi positif ? Elle semblait pourtant la sincérité même. Décidant de la croire, il la reprit dans ses bras.

Ils ne rejoignirent leurs invités qu'une heure plus tard.

Dès leur retour, lady Boyle se rua sur eux.

— Où étiez-vous passés ? On m'a demandé cent fois où vous étiez, et j'ai dû feindre de vous avoir aperçus ici ou là.

Puis, fixant ostensiblement les cheveux en désordre de Drake :

— Si vous ne pouviez attendre votre nuit de noces pour vous livrer à ce genre d'activité, je pensais que tu aurais au moins la présence d'esprit de mettre de l'ordre dans ta tenue.

Thea ne put s'empêcher de sourire en voyant son époux rougir comme un gamin devant sa tante.

Il s'excusa pour aller se recoiffer. À peine eut-il tourné les talons que lady Boyle déclara à Thea :

— Vous ne manquez pas de tempérament, mon enfant. J'aime ça. Pierson a fait un excellent choix en vous épousant.

Thea s'empourpra, mais pour une tout autre raison que son mari : le compliment de lady Boyle la comblait.

— Merci.

— En tout cas, vous valez bien mieux que ces femmes de la haute société à qui il a prêté attention avant vous. Des dindes, toutes plus guindées les unes que les autres.

— Ne me dites pas que des femmes plus respectueuses des règles que moi n'ont pas trouvé grâce à vos yeux, la taquina Thea.

— Connaître les règles est une chose, s'en rendre esclave en est une autre.

Thea était bien de cet avis. La différence entre Irisa et Cecily en était un exemple criant.

— J'étais persuadée qu'il finirait par épouser l'une de ces filles. Que serait-il advenu de notre famille, avec une telle mésalliance ?

La famille de Drake faisait certainement exception dans la société si elle estimait que c'était une mésalliance que d'accepter parmi elle un modèle de bonnes manières.

— Il n'aurait jamais fait une chose pareille, je vous assure, répondit-elle. Drake a un caractère très indépendant. Je l'imagine mal épouser l'une des personnes que vous décrivez.

À vrai dire, elle n'avait pas envie d'imaginer Drake dansant avec une autre, alors la courtiser…

— Figurez-vous qu'il en a fréquenté une autrefois. Une petite dinde s'il en est. Fort heureusement, elle a épousé un vieux pair, évitant ainsi à Pierson de commettre l'erreur de sa vie.

Thea n'avait pas non plus envie de parler de cette femme-là, la seule que Drake ait reconnu avoir aimée.

— Tout cela, c'est la faute de son père, naturellement, enchaîna lady Boyle. Pierson s'était mis en tête d'épouser ce qui se faisait de mieux, une fille d'excellente lignée, pour prouver à son imbécile de père qu'il était quelqu'un.

Lady Boyle était décidément très perspicace. Peu de gens, en effet, avaient dû deviner chez son neveu ce besoin de reconnaissance de la part d'un homme qui ne la lui accorderait jamais. Cependant, Thea avait du mal à croire que Drake ait réellement eu l'intention de faire un tel mariage. Sa soif de reconnaissance n'allait tout de même pas jusque-là.

Elle s'en ouvrit à lady Boyle.

— Détrompez-vous, répliqua celle-ci. Il avait prévu de consacrer cette saison à se trouver une épouse parfaite. Il m'avait même persuadée de l'aider à dresser la liste des candidates possibles. J'avoue que je suis extrêmement soulagée qu'il ait eu le bon sens de vous épouser.

Thea rit de bon cœur de la franchise de la vieille dame. Mais son amusement fut de courte durée, car l'idée que Drake ait prévu de se trouver une épouse la dérangeait, provoquant en elle une jalousie irrationnelle.

— Vous vous sentez bien ? s'inquiéta lady Boyle.

— Très bien, oui, répondit Thea en plaquant un sourire sur son visage. Pourquoi cette question ?

— Un instant, vous aviez la tête de quelqu'un qui a mangé des pinces de homard à la soirée musicale. Je m'en suis voulu de ne pas vous en avoir empêchée lorsque j'ai appris combien d'invités avaient été indisposés. Mais, constatant que vous vous portiez bien, j'en ai conclu que je m'étais trompée en croyant vous avoir vue en manger.

— Voulez-vous dire que des invités sont tombés malades après avoir mangé des pinces ?

— Absolument. Je vous avais bien dit que notre hôtesse était de la dernière pingrerie. Un certain nombre d'invités ont été souffrants. Ils en ont été quittes pour se vider l'estomac, m'a-t-on dit. Heureusement que cela n'a pas été plus grave. Rien de pire pour une maîtresse de maison que d'avoir causé une intoxication mortelle. Il est difficile de réunir à nouveau des invités après un tel coup dur.

C'était une façon de voir les choses. Cependant, les succès à venir de l'hôtesse qui les avait reçues lors de la soirée musicale n'étaient pas le premier souci de Thea. Si lady Boyle disait vrai – et la vieille dame avait du nez lorsqu'il s'agissait de reconnaître le vrai du faux parmi les commérages –, elle n'était probablement pas enceinte, et s'était donc mariée sans raison.

Que lui inspirait cette nouvelle ? Elle n'aurait su le dire avec certitude.

— Êtes-vous bien certaine de ne pas avoir mangé de ces pinces ? insista la douairière.

— Si j'en avais mangé, je serais déjà tombée malade.

— Sans doute. Vous devriez peut-être vous asseoir. Un mariage est un grand bouleversement pour une jeune personne.

À un autre moment, Thea aurait ri de la sollicitude de la vieille dame, mais, là, elle songea que cette dernière avait peut-être raison : elle devrait s'asseoir.

— Ah, te voici, mon neveu ! Et beaucoup plus présentable que tout à l'heure, je dois dire. Tu as épuisé ton épouse. Emmène-la donc chercher quelque chose à manger et trouve-lui un siège.

— Volontiers.

Détournant soudain les yeux de son neveu, lady Boyle plissa le front en fixant un point situé derrière Thea.

— J'ignorais qu'il était déjà à Londres, murmura-t-elle, stupéfaite.

Parlait-elle du duc ? se demanda Thea avec inquiétude. Allait-il se montrer furieux que son petit-fils ait épousé une femme se livrant au commerce ?

Bien que se sentant la dernière des lâches, elle préféra ne pas se retourner et se rapprocha de son époux dont la présence le rassurait. Il plongea son regard dans le sien, l'air soucieux.

— Tout va bien se passer, ma chérie, souffla-t-il.

Loin de la rassurer, ces paroles l'alarmèrent. Pourquoi ne l'avait-il pas avertie que sa famille serait mécontente ? Elle avait cru comprendre qu'elle serait enchantée de son choix, mais peut-être lady Boyle était-elle la seule à s'en réjouir.

Refusant de se laisser intimider par une menace invisible, Thea se retourna… et faillit s'évanouir.

Ses oreilles bourdonnaient si fort qu'elle ne saisit pas un mot de l'échange entre lady Boyle et le nouveau venu. Elle avait soudain très froid et tendit la main à l'aveuglette, cherchant désespérément un point d'appui. Drake s'en empara et l'attira suffisamment près de lui pour qu'elle sente sa chaleur. Elle était toujours incapable d'articuler une parole.

L'homme qui venait d'arriver était plutôt beau, dans le genre froid. Ses cheveux sombres étaient striés de fils gris, ses yeux et sa bouche marqués de fines rides. Son regard exprimait un intérêt poli auquel se mêlait autre chose, de la contrariété peut-être, tandis qu'il s'adressait à lady Boyle.

— Je suis venu me présenter aux invités d'honneur, dit-il. Lady Upworth s'est donné beaucoup de peine pour M. Drake et son épouse. J'ai pensé que je devrais les rencontrer.

Lady Boyle hocha la tête, un peu pâlotte.

— Naturellement, fit-elle. Permettez-moi de vous présenter Pierson Drake, mon neveu, ainsi qu'Althea Drake, son épouse.

Après avoir serré la main de Drake, l'homme posa son regard gris sur Thea. Et se figea. Ses yeux s'agrandirent et, durant quelques instants, sa froideur fit place à une expression incrédule.

L'avait-il reconnue ? Était-ce seulement possible ? Thea, pour sa part, l'aurait reconnu entre mille. Lady Upworth lui avait envoyé maints portraits de lui au fil des ans, les seuls dessins dont elle ne l'ait jamais remerciée, au sujet desquels elle n'ait jamais fait le moindre commentaire.

Parce qu'elle n'avait vraiment aucun désir de connaître son père.

Celui-ci avait blêmi, et son regard exprimait à présent une crainte mêlée de… nostalgie.

— Anna ? Est-il possible que ce soit vous ? croassa-t-il.

— Anna Selwyn est morte.

— Oui, bien sûr. Elle est morte après la naissance de notre fils, dit Langley comme on ânonne un texte maintes fois rabâché, et qui a perdu tout sens.

Thea refusa de cautionner ce mensonge.

— Pas du tout, contra-t-elle. Elle est morte il y a seulement quelques années, emportée par une fièvre à laquelle succombent beaucoup d'Européens sous les tropiques. Elle est morte en prononçant le nom de son fils.

Son père – mais Thea refusait de penser à Langley en ces termes – chancela et tendit la main vers la table la plus proche pour s'y agripper.

— Je… Vous la connaissiez ?

— Oui, je la connaissais.

Langley ouvrit la bouche, mais aucun son n'en sortit.

Lady Boyle intervint alors.

— Je pense qu'un endroit plus intime conviendrait mieux pour poursuivre cette conversation.

Glissant le bras autour des épaules de Thea, Drake l'attira contre lui et déclara :

— Une autre fois, peut-être. Il est temps que mon épouse et moi-même partions.

Thea se laissa entraîner sans protester hors de la pièce.

— Attendez ! fit Langley. Il faut que je vous parle, madame Drake. Quand puis-je vous rendre visite ?

Elle ne se retourna pas. Elle en était incapable. Drake répondit à sa place :

— Si mon épouse désire vous parler, elle vous le fera savoir.

Il s'était exprimé sur un ton sans réplique et Langley se calma. C'est du moins ce que supposa Thea, car il ne fit pas d'autre tentative pour les retenir.

Ils regagnèrent leur attelage sans mot dire. Drake s'installa en face d'elle. Il avait dû sentir qu'elle avait besoin d'air. Ils roulèrent quelques minutes en silence avant qu'elle ne murmure :

— Il m'a prise pour ma mère.

— Vous devez lui ressembler, dit-il d'une voix douce.

— Mais elle aurait vieilli depuis la dernière fois qu'il l'a vue. Comment a-t-il pu me prendre pour elle ?

— Le choc de vous voir, si semblable à elle, après toutes ces années, l'aura égaré.

— Plus de vingt ans. J'étais encore un bébé quand il l'a vue pour la dernière fois. C'est étrange. Elle est morte il y a dix ans, et j'ai parfois l'impression que c'était hier. Croyez-vous qu'il éprouve la même chose ?

Drake ne répondit pas. Il se contenta de la regarder comme s'il attendait quelque chose.

— Qu'y a-t-il ? demanda Thea.

— Cela a dû être difficile pour vous qu'il surgisse ainsi.

— C'était inattendu, dit-elle en ôtant lentement ses gants.

— Un satané désastre, oui !

— Pourquoi vous mettez-vous dans cet état ? N'est-ce pas vous qui insistez depuis le début pour que je le rencontre ?

— Vous auriez dû avoir la possibilité de faire sa connaissance en privé. Votre tante aurait dû veiller à ce qu'on ne le laisse pas entrer.

— Je vois mal comment elle aurait pu interdire sa maison à son propre neveu.

— Elle aurait pu si elle l'avait voulu !

Un détail revint soudain à la mémoire de Thea et elle dévisagea Drake comme si elle le voyait pour la première fois.

— Vous saviez

— Je savais quoi ?

— Qui il était. Vous saviez que c'était mon père avant même que j'ouvre la bouche. Vous m'avez dit que tout allait bien se passer.

— C'est vrai, admit-il prudemment.

— Comment l'avez-vous su ?

— Votre tante me l'a dit quand je suis venu lui parler de notre mariage.

Il était allé rendre visite à sa tante ? Soudain, tout devenait limpide, et Thea en eut la nausée.

— Lady Boyle m'a raconté que vous aviez prévu de vous trouver une épouse au cours de cette saison.

— C'est la vérité, mais vous m'avez épargné la peine de chercher.

— D'après elle, vous souhaitiez une épouse modèle issue d'une très bonne famille.

— On n'atteint pas toujours le résultat escompté.

— En effet, car je ne suis pas une épouse modèle. En revanche, je suis issue d'une très bonne famille.

Il plissa les yeux.

— Où voulez-vous en venir ?

— À ceci : que vous avez trouvé ce que vous vouliez. Je comprends mieux votre insistance pour que je me raccommode avec mon père. Vous avez épousé la fille d'un comte et tenez à ce que la haute société le sache, en particulier votre père.

— Par tous les diables, d'où vous vient cette idée farfelue ?

Thea baissa les yeux sur ses mains. Pourquoi avait-elle retiré ses gants ? Elle ne s'en souvenait pas. Ses doigts étaient froids, comme le reste de son corps. Elle entreprit de remettre ses gants, lissant soigneusement chaque pli. Sa bague lui glissa du doigt, elle la renfila par-dessus son gant.

— Cette idée n'a rien de farfelu. Vous voulez prouver à votre père que vous valez autant que lui, sinon plus.

La bouche pincée, Drake ne répondit pas.

— Vous avez bâti un empire commercial et êtes à la tête d'une fortune bien supérieure à celle de votre père.

Mais cela ne vous a pas suffi. Alors vous vous êtes mis en tête de faire un beau mariage, croyant que cela prouverait que votre naissance n'était pas un problème.

Drake la fixait à présent d'un regard où la colère se mêlait à l'incrédulité.

— Vous croyez que je vous ai épousée pour prouver quelque chose à mon père ?

— Pour quelle autre raison ?

— Et notre enfant ? Auriez-vous oublié ce détail insignifiant tandis que vous élaboriez cette histoire abracadabrante ?

— Les pinces de homard à la soirée musicale étaient avariées. Plusieurs personnes sont tombées malades.

Comme Drake semblait n'y rien comprendre, elle lui mit les points sur les « i ».

— Ce n'étaient pas des nausées matinales. Je ne suis pas enceinte. Je n'étais pas obligée de vous épouser.

— Nausées matinales ou pas, vous pouvez très bien être enceinte. Nous nous sommes conduits de manière irresponsable, et le mariage était le seul choix possible.

Thea aurait voulu discuter, lui dire que ce mariage n'était pas indispensable, mais à quoi bon ? Ils étaient mariés à présent, et une petite voix lui répétait impitoyablement qu'elle l'avait *désiré*.

— Pensez ce qu'il vous plaira. Mais pourquoi ne pas m'avoir révélé votre projet de faire un beau mariage ?

— À vous entendre, on dirait que je vous ai trahie ! Sachez qu'il est courant dans la haute société de vouloir faire un beau mariage. En outre, mes projets de faire un tel mariage n'ont aucune raison de vous contrarier puisque c'est vous que j'ai épousée.

— Oui, vous m'avez épousée. Mais vous vouliez que je prenne la place qui me revient dans la bonne société. Vous avez essayé de m'en convaincre à maintes reprises.

— Je pensais, soupira Drake, que vous seriez plus heureuse si vous connaissiez votre famille. Je ne vous ai pas épousée pour assouvir un besoin secret de prouver à mon père que je vaux quelque chose.

— Je n'ai pas dit qu'il s'agissait d'un besoin secret, répliqua-t-elle en baissant les yeux.

Il se pencha, et lui souleva le menton, la forçant à le regarder.

— Vous pensez que je veux que vous fassiez la connaissance de votre père uniquement pour que l'on sache que vous êtes la fille d'un comte ?

— Oui, je le pense.

Il la lâcha, s'adossa à la banquette, le visage sans expression.

— Je sais pour quelles raisons je vous ai épousée, et je croyais que vous le saviez aussi. Apparemment, je me suis trompé.

— Vous voulez sans doute parler de mes actions dans *Merewether Shipping*. Cela fait une jolie dot, rétorqua-t-elle, au désespoir.

— Libre à vous de le croire si cela vous fait plaisir, répondit-il froidement.

Thea en aurait pleuré. Elle voulait qu'il la persuade qu'elle se trompait, qu'il ne l'avait pas épousée en raison d'un plan destiné à prouver sa valeur aux yeux du monde. Mais il garda un silence maussade jusqu'à ce qu'ils parviennent chez lui. Ou plutôt chez eux car, pour le meilleur ou pour le pire, ils étaient désormais mariés.

Lorsque l'attelage s'arrêta, Drake l'aida à descendre. Mais, dès qu'elle eut posé le pied à terre, il lui lâcha la main.

Qu'était devenue l'intimité qu'ils avaient partagée dans le boudoir de lady Upworth ? Elle devait bien reconnaître que c'était elle qui était à l'origine de leur mésentente. Elle qui l'accusait de l'avoir épousée pour des motifs ignobles. Elle soupira, et le suivit à l'intérieur de la maison.

C'était un bâtiment récent, de style moderne. Elle aima au premier regard les proportions équilibrées. Comme elle se tournait pour le dire à Drake, elle demeura sans voix devant la froideur de son regard.

Après l'avoir présentée aux domestiques et avoir ordonné à la gouvernante de lui montrer sa chambre, il disparut. Il ne réapparut pas à l'heure du dîner, et elle apprit qu'il était sorti. À minuit, voyant qu'il ne rentrait toujours pas, elle renonça à l'attendre et alla se coucher.

En dépit de sa fatigue, elle ne parvint pas à trouver le sommeil. La journée avait été éprouvante, et trop de choses occupaient ses pensées.

Son père, d'abord. Il ne ressemblait pas à un monstre, ce dont elle se doutait depuis longtemps. Ce qui l'avait surprise, en revanche, ce qui la poursuivait, c'était la vulnérabilité qu'elle avait lue dans son regard lorsqu'il avait prononcé le nom de sa mère. Comme une blessure jamais refermée.

Dans son souci de la protéger, Drake l'avait entraînée hors de la maison avant qu'elle ait une chance de voir si son frère était aussi présent. L'idée de s'être peut-être trouvée sous le même toit que lui et de ne pas l'avoir su la tourmentait.

Mais pas autant que sa conversation avec Drake dans la voiture. Elle s'en remémorait chaque mot. Au début, cela n'avait fait que décupler sa colère à l'égard de son époux. Puis, des souvenirs étaient venus se mêler aux terribles accusations dont elle avait accablé mentalement Drake, et elle commençait à avoir honte d'elle.

Quels qu'aient été ses projets de mariage, c'était *elle* qu'il avait finalement choisie. En l'accusant comme elle l'avait fait de ne chercher que son propre intérêt, elle avait blessé sa fierté d'homme obligé d'assumer depuis toujours le statut de fils illégitime d'un individu qui ne le reconnaîtrait jamais.

Elle était effrayée de se découvrir capable d'une telle cruauté.

Même s'il avait effectivement des raisons cachées de la presser de se raccommoder avec son père, il ne s'en rendait pas compte. En outre, il lui avait offert le mariage bien avant d'apprendre qu'elle était la fille d'un comte.

Thea se mit à rouer de coups son oreiller pour évacuer un peu de sa contrariété et de son angoisse.

Et si Drake ne lui pardonnait jamais ? Ce n'était pas la première fois qu'elle le blessait dans son orgueil. Elle n'oublierait jamais son regard, le jour où, agenouillé devant elle, il lui avait demandé sa main. Qu'elle avait refusée.

Il ne s'était pas découragé pour autant.

Il l'avait aussi aidée à mener l'enquête, comme promis, et avait engagé des hommes pour veiller sur oncle Ashby et surveiller l'entrepôt de Londres. Négligeant ses affaires personnelles, il s'était lancé sur les traces du voleur comme si cette histoire le concernait au premier chef.

Et après tout cela, il avait fallu qu'elle l'accuse de l'avoir épousée pour son rang et ses actions dans *Merewether Shipping* ! C'était d'un ridicule achevé. Drake était immensément riche, et, quant à sa position à elle, lorsque la duplicité de son père serait rendue publique, leur parenté risquait d'entacher sa réputation et celle de Drake aux yeux de la bonne société.

Autrement dit, il ne l'avait certainement pas épousée par intérêt.

S'il ne lui pardonnait pas ses accusations injustes, que ferait-elle ?

Elle tendit le bras là où il aurait dû se trouver. Il lui manquait, et elle ne savait même pas quand il rentrerait.

Mais qu'est-ce qu'il lui avait pris ? Pourquoi s'était-elle conduite de manière aussi abominable avec lui ?

Soudain, elle comprit. Et cela lui fit l'effet d'une gifle.

Son amour pour Drake, qu'elle avait tellement peur de s'avouer, la rendait vulnérable. Elle l'aimait à en mourir et était terrifiée à l'idée qu'il ne l'aime pas, ne serait-ce qu'un peu, en retour. Cette peur altérait son raisonnement et elle s'en était prise à lui parce qu'elle souffrait.

L'amour ne rendait pas forcément meilleur, découvrait-elle.

Ces sombres pensées furent interrompues par des bruits dans la pièce voisine indiquant que son mari était rentré.

Il était temps.

Quoique en proie à de sérieux remords, Thea ne put s'empêcher d'être indignée par la conduite de Drake. Quel scandale de négliger sa femme le jour de ses noces !

Elle ne manquerait pas de le lui faire remarquer. Elle lui demanderait aussi humblement pardon pour l'avoir offensé.

Après avoir enfilé un peignoir, elle gagna la porte qui séparait leurs deux chambres. Devait-elle frapper ? Et s'il avait fermé à clef ? Cette possibilité la paralysa un instant. Puis, prenant une profonde inspiration, elle actionna la poignée.

Celle-ci tourna sans difficulté et la porte s'ouvrit. Drake avait déjà éteint la lumière et seul un rayon de lune filtrant entre les rideaux éclairait la pièce.

18

Il s'est remarié ! Avec lady Jacqueline d'Annis. Lui qui m'a volé mon fils pour me punir de péchés imaginaires a fait bien pire. Il a commis un véritable péché. C'est l'acte d'un dépravé. Je suis toujours comtesse de Langley, et pourtant, une autre femme en Angleterre porte ce titre. Une femme qui partage le lit de mon époux et élève mon fils. Cela, je ne le lui pardonnerai jamais. Lady Upworth n'a trouvé le courage de révéler la vérité que parce que je souhaitais me rendre en Angleterre. Elle m'a avoué que Langley avait dit à tout le monde que j'étais morte. Je vais retourner en Angleterre, et je verrai mon fils. Langley n'osera plus m'en empêcher, désormais.

Journal d'Anna Selwyn, comtesse de Langley,
le 7 mars 1807

Le bruit de la porte qui s'ouvrait surprit Drake. Il ne s'attendait pas que sa femme lui rende visite cette nuit.

Il se sentait coupable de l'avoir abandonnée le soir de leurs noces, mais il avait eu peur, s'il était resté, que sa colère ne prenne le dessus et ne leur fasse mal à tous deux. Pour éviter de ruminer sur le douloureux manque de confiance de sa femme, il s'était rendu à *Merewether Shipping*, sans imaginer découvrir quoi que ce soit de nouveau en plein jour.

À tort, car le voleur opérait dans la journée, ce qui ne manquait pas d'ironie vu toutes les nuits qu'il avait passées à monter la garde près de l'entrepôt.

Drake ignorait toujours si le responsable était Emerson ou son assistant. Mais l'hypothèse de Thea selon laquelle il pourrait s'agir d'un troisième homme semblait désormais écartée, car l'ordre avait été donné de transférer un chargement hors de l'entrepôt. D'après l'espion de Drake, il s'agissait de marchandises censées être embarquées à bord d'un bateau affrété par une société d'investissement. Des marchandises pas encore vendues.

Celles-ci avaient été transférées dans un petit entrepôt non loin de *Merewether Shipping*. Après avoir suivi le transfert avec l'un de ses hommes, Drake avait attendu en vain l'arrivée d'Emerson ou de son assistant. Puis il avait laissé l'entrepôt sous la surveillance de deux hommes, sûr que l'endroit abritait d'autres marchandises volées chez *Merewether*. Ses hommes avaient l'ordre de le joindre si quiconque pointait le nez à l'entrepôt ou si les marchandises étaient de nouveau transférées.

Il écouta Thea s'approcher sur la pointe des pieds. Il doutait qu'elle ait envie de partager son lit après leur tumultueux retour en voiture, mais n'était pas d'humeur à affronter une nouvelle querelle.

Elle s'arrêta tout contre le matelas.

— Drake ?

Comme il ne répondait pas, elle le saisit par l'épaule et le secoua.

— Pierson ? Réveillez-vous. J'ai quelque chose à vous dire.

Vif comme l'éclair, il lui attrapa le poignet. Au diable les querelles ! Ils se sentiraient mieux, l'un comme l'autre, après avoir fait l'amour. Quand il la fit basculer sur le lit et roula sur elle, elle poussa un cri qu'il étouffa de ses lèvres. Il se mit à l'embrasser avec ardeur, laissant libre cours à son désir si longtemps réprimé.

Après un instant de surprise, elle répondit à son baiser avec une fougue qui lui fit oublier sa colère de l'après-midi ou l'hypothèse d'une nouvelle querelle. Il l'avait débarrassée de son peignoir, et s'apprêtait à lui retirer sa chemise de nuit quand elle protesta :

— Vous ne voulez pas entendre mes excuses ?

— Je veux vous entendre gémir.

Son vœu fut exaucé plusieurs fois au cours de l'heure qui suivit. Il lui fit l'amour jusqu'à épuisement.

— Thea ? fit-il comme elle lui caressait le torse, pelotonnée contre lui.

— Oui ?

— Je veux bien entendre vos excuses, maintenant.

— Je regrette vraiment de vous avoir accusé de m'avoir épousée pour mon argent et mon rang.

— Je vous ai épousée parce que je le souhaitais, Thea. C'est aussi simple que cela.

— Je vous crois, dit-elle avec un petit sourire triste.

Pourquoi cela ne lui suffisait-il pas ? Soudain, il se rappela que, le jour où ils avaient fait l'amour à bord du bateau, elle lui avait demandé s'il l'aimait. Était-ce ce qu'elle voulait ? L'aimait-elle ?

Plus important, était-il capable d'aimer ? Il l'ignorait. Mais, pour la première fois, il désirait que la réponse soit oui.

Les généreuses excuses de Thea méritaient bien une réponse.

— Je regrette de vous avoir laissée seule le jour de notre mariage.

— Il ne faut jamais fuir ainsi lors d'une querelle, fit-elle, l'air très sérieux. Vous devez toujours essayer d'arranger les choses. C'est le seul moyen de bâtir une union solide.

Drake n'était pas de cet avis. Il se savait capable d'être blessant, parfois, lorsqu'il était en colère, et mieux valait qu'il s'en aille avant d'atteindre ce stade.

— Notre couple sera fort parce que nous ferons en sorte qu'il le soit, pas parce que nous nous appliquerons à faire toujours ce qu'il faut. Nous nous ferons parfois du mal, Thea, mais jamais je ne vous quitterai.

— Moi non plus.

Il ne s'était pas rendu compte combien il avait besoin d'entendre ces mots avant qu'elle les prononce.

— Où étiez-vous passé ? s'enquit-elle.

Il lui raconta sa journée et la découverte faite à l'entrepôt.

— C'est merveilleux ! s'exclama-t-elle. Nous allons pincer cet escroc, ce n'est plus qu'une question de jours. Je ne sais pas ce que j'aurais fait sans vous.

— Vous ne pensez plus qu'Emerson est innocent, j'espère ?

Soit il était coupable, soit il ne connaissait pas parfaitement son entreprise, ce qui était inexcusable. Aucune autre hypothèse ne pouvait expliquer les anomalies dans les comptes.

— Je sais que les apparences ne plaident pas en sa faveur, répondit Thea, mais il ressemble tellement à son oncle, et celui-ci est un homme honorable, presque aussi honorable que vous.

Drake sourit à ce compliment. Puis il se rappela certains points de leur querelle resté en suspens.

— Thea, vous sentez-vous réellement piégée dans ce mariage ? risqua-t-il.

— Non. Il me serait certes plus facile de penser que j'ai été obligée de vous épouser, mais c'est moi qui l'ai décidé ; et je ne peux même pas prétendre que l'idée que je portais votre enfant a été le facteur déterminant.

Quel avait donc été ce facteur ? Drake préféra s'en tenir là et l'ignorer pour le moment.

— Pourquoi serait-ce plus facile ?

— Je ne sais pas… J'aurais peut-être l'impression de ne pas être responsable d'une décision que je pensais ne jamais prendre…

Cette réponse le soulagea. Si Thea avait l'impression de trahir la promesse faite à sa mère, du moins ne le disait-elle pas, et c'était déjà cela.

— Vous ne regretterez pas de m'avoir épousé, lui promit-il.

— Vous non plus, assura-t-elle en déposant un baiser sur son torse. Même si je ne suis pas un modèle en société.

Drake se sentit soudain incroyablement ému. Il caressa la cuisse de Thea en songeant qu'une épouse modèle lui aurait paru d'un ennui mortel, maintenant qu'il connaissait Thea.

— Mon ange ?

— Mmm ?

— Vous n'êtes peut-être pas encore enceinte, mais je ne crois pas me tromper en disant que cela ne saurait tarder.

Le rire de Thea se perdit dans son baiser.

Drake était allé faire un saut à l'entrepôt où se trouvaient les marchandises volées, et Thea dressait mentalement la liste des changements qu'elle comptait effectuer dans sa nouvelle demeure quand sa tante se fit annoncer.

Elle demanda au majordome de faire entrer la vieille dame dans le salon, pièce qu'elle souhaitait redécorer en premier.

Drake avait à l'évidence une préférence pour une simplicité austère, mais elle voulait faire de cette vaste demeure un foyer chaleureux. Le mobilier du salon se composait de sofas et de fauteuils de bonne facture, groupés autour de tables robustes, mais il y manquait les bibelots et les tableaux qui font toute l'atmosphère d'une pièce. Quant aux rideaux de couleur neutre, taillés dans une étoffe de qualité, elle entendait les remplacer par des drapés de velours imprimé d'un beau jaune doré.

Lady Upworth entra, s'appuyant sur sa canne élégante.

— Où est passé votre séduisant époux ? Ne me dites pas qu'il vous délaisse déjà, le lendemain de votre mariage ?

— Il est sorti faire une course pour moi.

Lady Upworth hocha la tête tout en prenant un siège près de Thea.

— Naturellement, vous allez cesser de vous occuper de votre négoce, maintenant que vous voilà mariée.

Thea n'en avait aucunement l'intention, mais Drake lui avait montré que, dans ce domaine, mieux valait rester discret, surtout avec la famille. Aussi ne releva-t-elle pas.

— Merci pour le merveilleux déjeuner d'hier. Vous vous êtes donné beaucoup trop de mal.

— Ne dites pas de sottises, nous sommes parentes.

Thea se pencha impulsivement et embrassa la vieille dame sur la joue.

— Je vous adore.

Les yeux de lady Upworth se mirent à briller, mais elle balaya cette déclaration d'un geste et poursuivit :

— Je suis navrée du choc que l'arrivée impromptue de Langley vous a causé. Ce n'est pas dans ses habitudes d'arriver en ville aussi tôt dans la saison.

— Ne vous inquiétez pas, Drake a pris soin de moi.

— Lady Boyle m'a dit qu'il vous avait fait quitter la pièce si rapidement, qu'elle s'était à peine rendu compte que vous partiez.

— Il voulait que j'aie le temps de m'habituer à l'idée de voir mon père.

— Oui, soupira la vieille dame.

— Jared était-il là, lui aussi ?

— Non, mais il est en ville.

— Pourquoi sont-ils venus à Londres plus tôt que d'habitude ?

— À cause d'Irisa. À l'évidence, ils cherchent à la fiancer au duc de Clarshire. Ses domestiques ont dit à votre père qu'il pourrait trouver Irisa chez moi.

— Mais elle n'a que seize ans.

— Et le duc en a au moins soixante. Je ne comprends pas comment votre père peut encourager un tel mariage. Sous l'influence de sa femme, sans doute. C'est une arriviste patentée.

— Je n'arrive pas à croire qu'une mère puisse encourager sa fille à peine sortie de l'enfance à épouser un homme qui pourrait être son grand-père. C'est monstrueux.

Sa propre mère aurait combattu le diable en personne pour lui éviter un tel sort.

— Vous ne connaissez pas l'actuelle comtesse. Un duc, quel que soit son âge, est une proie de choix aux yeux de Jacqueline. J'ai toujours pensé qu'elle avait été pour quelque chose dans le dernier affront que votre père avait infligé à votre mère.

Peut-être. Mais Thea n'avait pas envie de songer à son père ou à Jacqueline pour le moment. Sa tante n'en avait cependant pas terminé avec le sujet.

— J'ai parlé avec Langley après votre départ.

— Que lui avez-vous dit ?

Lady Upworth lui avait-elle révélé son secret ? s'inquiéta Thea.

La vieille dame lui prit la main avant de répondre, les yeux brillants de larmes :

— Mon enfant, le temps de la vérité est venu. J'ai commis une erreur en envoyant votre mère aux Caraïbes. Serait-elle restée ici qu'elle serait encore en vie et que votre père n'aurait pas épousé Jacqueline.

Bien qu'elle ait déjà évoqué ses regrets, Thea n'avait jamais soupçonné la profondeur du sentiment de culpabilité qui l'habitait. Mais elle n'eut pas le temps de la réconforter, que sa tante reprit :

— Si j'avais avoué la vérité à votre père, autrefois, les choses auraient été bien différentes… Je me suis promis que si jamais vous veniez en Angleterre, je lui dirais tout.

Deux larmes roulèrent sur les joues ridées. Si grande que soit la compassion qu'éprouvait Thea, elle était teintée d'un sentiment de trahison.

— Ne croyez-vous pas que c'est à moi de prendre une telle décision ?

— Non, mon enfant. Votre père a commis des erreurs et fait énormément de mal à votre mère. C'est pour cette raison que j'ai approuvé son idée de fuir avec vous et de recommencer sa vie ailleurs. Mais votre père reste votre père, et il a le droit de savoir que vous êtes sa fille. Ce n'est pas contre vous qu'il a péché, et il a déjà été puni du péché commis contre votre mère en la perdant, alors qu'elle était ce qu'il avait de plus cher au monde.

Thea n'était pas de cet avis. Si Langley aimait tellement sa femme, il n'aurait pas agi comme il l'avait fait. Elle n'était cependant plus une enfant. Elle savait que l'existence n'était pas composée de couleurs tranchées, faciles à distinguer les unes des autres, mais de teintes qui se fondent les unes dans les autres, comme dans un arc-en-ciel. Les motivations et les actions d'autrui n'étaient pas si faciles à juger.

— Il vous a aussi perdue, vous, la fille qu'il n'a jamais connue.

— Pierson m'a déjà dit quelque chose de semblable. Je ne voulais pas l'admettre, mais peut-être avez-vous raison tous les deux. Cependant, je ne sais pas encore si je suis capable de tisser des liens quelconques avec mon père, ni même si je le souhaite.

La vieille dame lui pressa la main.

— Ce sera à lui de prouver qu'il mérite votre affection.

— Êtes-vous sûre qu'il le veuille ? demande Thea, le cœur serré.

— Je sais qu'il désire vous connaître, tout en craignant le scandale. Il a peur aussi qu'Irisa et Jared ne souffrent en apprenant la vérité.

— S'il a droit à la vérité, alors eux aussi.

— Bien sûr, et Langley finira par le comprendre. Nous dînons en famille chez lui, ce soir. Viendrez-vous ?

Thea se tendit à l'idée de dîner avec des inconnus, dont l'un était à la fois son père et le croque-mitaine de son enfance.

— Je ne crois pas être prête.

Sa tante soupira, mais hocha la tête.

— Vous avez raison, mon enfant. Mais peut-être vous déciderez-vous à lui rendre visite après le dîner. Votre sœur et votre frère seront là.

— Je ne sais pas…

Le désir de faire la connaissance de son frère jumeau le disputait à l'appréhension que lui inspirait l'idée de passer un moment avec Langley.

Elle avait besoin de temps pour réfléchir, sans compter qu'il lui fallait s'occuper du voleur et de la sécurité d'oncle Ashby. Les liens qu'elle nouerait avec Langley, quels qu'ils soient, ne devaient pas lui faire oublier les responsabilités qu'elle avait envers l'homme qui avait aidé sa mère à l'élever.

En rentrant chez lui, Drake trouva sa femme dans le salon, contemplant d'un air sombre la cheminée où ne brûlait aucun feu. Lorsqu'elle leva les yeux vers lui, une émotion inconnue le saisit. Elle était si belle, si courageuse, et tellement plus intelligente et déterminée que tant d'hommes.

Elle avait plongé dans l'inconnu, avait risqué son confort et même sa vie pour protéger son oncle adoptif. Elle avait refusé qu'il mène l'enquête seul lorsqu'il le lui avait proposé. Elle était plus que ce qu'il avait jamais espéré trouver chez une femme. Il se jura d'être tout ce qu'elle recherchait chez un mari.

— À quoi pensez-vous donc quand vous me regardez ainsi ? s'enquit-elle.

— Que j'ai une femme exceptionnelle, et que je veux être à la hauteur.

Thea ouvrit de grands yeux qui s'embuèrent aussitôt, puis, bondissant de son fauteuil, elle courut se jeter dans ses bras. Surpris, il l'enlaça.

— Comment pouvez-vous dire une chose pareille après tout ce qui s'est passé ? murmura-t-elle en l'étreignant.

— Tout ce qui s'est passé ?

Qu'était-elle encore allée se mettre en tête avec son imagination débordante ?

— Oui, tout ce qui s'est passé. Je vous ai séduit, repoussé, je ne vous ai pas fait confiance, et voilà maintenant que vous vous occupez de mon enquête au détriment de vos affaires.

— Vous ne l'avez peut-être pas remarqué, mais j'étais plus que consentant la première fois que nous avons fait l'amour. Croire autre chose serait non seulement une insulte à ma virilité, mais une absurdité.

Thea cligna des yeux pour chasser ses larmes et le contempla d'un air étonné.

— En outre, poursuivit Drake, si vous aviez accepté immédiatement de m'épouser, je n'aurais pas été certain que vous désiriez véritablement ce mariage. Hier, vous sortiez d'une journée éprouvante ; vous avez laissé vos émotions prendre le dessus et avez dit des choses que vous ne pensiez pas. Mais au fond de votre cœur, je sais que vous ne doutiez pas de moi.

Thea lui faisait plus confiance qu'elle ne s'en rendait compte, sans quoi elle ne l'aurait jamais épousé.

Elle semblait si vulnérable qu'il ne put résister au désir de l'embrasser, pour la rassurer. Ses lèvres étaient souples et consentantes sous les siennes, et leur baiser ne tarda pas à se transformer en une étreinte brûlante.

Un raclement de gorge gêné rappela soudain à Drake qu'il n'était pas venu seul.

Il mit fin à leur baiser et déclara en guise de conclusion :

— Sachez que je suis parfaitement capable de superviser une enquête tout en veillant sur mes affaires. Ne vous avisez pas de me prendre pour un homme d'affaires de seconde catégorie.

Elle le gratifia d'un sourire radieux.

— Je suis heureuse de l'entendre, car je tiens vos talents d'homme d'affaires en haute estime.

Mais à la manière dont elle se collait à lui, il était clair qu'elle songeait pour l'instant à de tout autres talents.

— Monsieur Drake ?

Thea tressaillit, regarda derrière lui et arrondit les yeux en découvrant deux hommes sur le seuil du salon. Elle leva un regard étonné vers Drake.

— J'ai amené quelques invités, expliqua-t-il.

Thea se dégagea de son étreinte en rosissant furieusement.

— Je vois, en effet, dit-elle.

— Barton était sur le point de fuir Dieu sait où quand Hansen, le brillant sujet que vous voyez à côté de lui l'a convaincu qu'il ferait mieux de venir me parler.

Thea s'approcha de Barton.

— Vous l'avez donc amené ici pour que je puisse l'interroger, moi aussi ?

L'assistant à la blonde chevelure ne paraissait guère rassuré et ses mains tremblaient.

— Je n'ai rien fait de mal, se défendit-il.

— Dans ce cas, pourquoi cherchiez-vous à quitter la ville ? s'enquit Thea.

Conscient qu'elle serait profondément affectée en apprenant le fin mot de l'histoire, Drake la rejoignit et, glissant le bras autour de sa taille, la serra contre lui.

— Allez-y, Barton, racontez à ma femme ce que vous m'avez dit.

— M. Merewether m'a appris que vous me soupçonniez de voler des marchandises dans l'entrepôt. Il m'a proposé de m'aider à me cacher à la campagne jusqu'à ce qu'il ait retrouvé le véritable coupable et lavé mon honneur. Il m'a dit que vous vouliez m'envoyer à la prison de Newgate… Je n'ai rien volé. Le mois dernier, j'ai remarqué des anomalies dans les comptes. Quand je suis allé en informer M. Merewether, il m'a répondu qu'il y jetterait un œil, mais qu'il s'agissait sûrement de simples erreurs de calcul. Vu que c'est lui qui conserve les livres de comptes, j'étais bien obligé de le croire sur parole.

— Vous auriez pu me contacter par courrier, observa Thea.

— Oui, mais je n'étais sûr de rien, et M. Merewether a décidé de s'occuper seul des comptes à partir de ce moment-là. Il gardait les registres enfermés à clef dans son bureau. Je n'avais aucune preuve.

— Vous auriez dû essayer tout de même ! intervint Drake. Lorsque ma femme a découvert les vols, votre employeur a envoyé quelqu'un pour essayer de la tuer !

Barton perdit toute couleur.

— Je l'ignorais…

Thea pressa le bras de Drake.

— Mais il n'a pas réussi, mon amour, lui rappela-t-elle.

Était-il son amour ? Il ne pouvait pas le lui demander maintenant, mais il le ferait dès que possible.

— Je suppose que vous ignorez qui M. Merewether a envoyé sur l'île ? demanda Thea à Barton.

— Vous ne le savez donc pas ? s'étonna celui-ci.

— Non.

Reprenant quelques couleurs, le jeune homme se redressa.

— Ça, je crois être en mesure de vous le dire. J'ai vu M. Merewether verser à l'un de nos anciens dockers une somme substantielle avant qu'il monte à bord d'un de nos bateaux en partance pour votre île. Il pourrait s'agir d'un autre homme, mais j'en doute.

— Et vous n'avez pas trouvé cela étrange ? s'emporta Drake.

— J'ai pour habitude de ne pas remettre en cause la conduite de mes supérieurs.

Drake se serait jeté sur Barton si Thea ne l'avait retenu par le bras.

— Pierson, gardez votre calme. Nous savons maintenant qui s'est infiltré sur l'île. M. Barton va nous le décrire et nous donner son nom.

— Oui, bien sûr, acquiesça l'intéressé avec empressement.

Drake décida qu'il attendrait d'avoir obtenu ces informations avant d'envoyer son poing dans la figure de l'homme par la faute de qui Thea avait failli être tuée.

Deux heures plus tard, c'est fort contrarié qu'il monta dans son cabriolet pour se rendre chez *Merewether Shipping*. Thea ne l'avait pas laissé donner ne fût-ce qu'une pichenette à Barton, qui les suivait dans son élégant attelage en compagnie de Hansen. Assise près de lui, elle demeurait étrangement silencieuse, aussi fut-il surpris quand elle déclara à brûle-pourpoint :

— Lady Upworth est passée ce matin.

— C'était prévu, non ?

— En effet.

Il attendit, sûr qu'elle finirait par lui avouer ce qui la préoccupait.

— Elle a dit la vérité à Langley.

— Personne ne peut vous forcer à le voir. Je ne le permettrai pas.

— Merci.

— Avez-vous envie de le rencontrer ?

— Je… je voudrais qu'il m'explique pourquoi il n'a jamais cherché à retrouver ma mère. Et pourquoi il a épousé Jacqueline.

Une pensée inattendue traversa l'esprit de Drake.

— S'il n'a jamais cherché à retrouver votre mère, il ne pouvait pas avoir la certitude qu'elle était morte et aurait pu se rendre coupable de bigamie… Votre mère était-elle décédée lorsque votre père s'est remarié ?

— Non.

— Le misérable ! s'écria-t-il.

— Vous aviez raison en disant qu'il n'avait pas d'honneur. Il manquait aussi de sens moral.

— Et pourtant, votre tante lui a révélé la vérité à votre sujet. Pourquoi ?

— Elle se sent responsable de la mort de ma mère et du mariage de Langley avec Jacqueline. Elle est persuadée que si elle lui avait parlé de mon existence et révélé l'endroit où ma mère s'était réfugiée, rien de tout cela ne serait arrivé.

— C'est un lourd fardeau à porter.

— Oui. Presque aussi lourd que de se dire que si l'on n'était pas née, sa mère n'aurait pas abandonné son fils et son pays pour aller vivre sur une île où elle a trouvé la mort.

Drake comprenait ce genre de culpabilité, mais refusait que sa femme se torture ainsi.

— Vous avez été pour votre mère un don du ciel et non un malheur. Vous devez le croire, Thea, si vous ne voulez pas faire injure aux sacrifices qu'elle a faits pour vous garder.

Sentant le regard de sa femme sur lui, Drake insista :

— C'est la vérité.

— Dans ce cas, vous devez admettre, vous aussi, que vous avez été un don du ciel pour votre mère et que les sacrifices qu'elle a consentis pour vous garder n'ont pas été vains.

— Elle n'avait pas le choix, rétorqua-t-il avec un rire amer.

— Ne dites pas de sottises. Elle aurait pu se réfugier à la campagne le temps de vous mettre au monde, puis vous confier à une nourrice. Personne n'en aurait rien su. Votre grand-père a suffisamment de relations pour s'assurer que le secret soit bien gardé.

Drake se sentait soudain mal à l'aise. Il s'était toujours défini par le fait que son père ne lui accordait pas suffisamment de valeur pour le reconnaître, pas par celui que sa mère l'avait désiré et aimé au point d'affronter des critiques sa vie durant afin d'avoir le droit de l'appeler son fils.

Il cligna des yeux pour chasser les larmes qui menaçaient de jaillir.

— Ma mère n'est pas une femme comme les autres.

— Certes et j'en veux pour preuve la manière dont elle vous a élevé.

Depuis qu'il avait rencontré Thea, Drake se souciait de moins en moins d'obtenir une quelconque reconnaissance de la part de la haute société et de son père. Et soudain, ce besoin de prouver sa valeur à son père venait de le quitter complètement. Thea avait raison : c'était l'amour de sa mère et non le rejet de son père qui le définissait. Quant à sa valeur, elle résidait dans l'homme qu'il était devenu, pas dans son géniteur.

Il éprouvait tout à coup un sentiment de liberté inouï. Encore une bonne raison de remercier le ciel de lui avoir donné pour épouse cette femme incroyable.

Quand ils atteignirent l'entrepôt, Drake s'était radouci au point qu'il était prêt à se contenter de tuer Emerson, sans le torturer avant, pour avoir tenté d'éliminer Thea.

19

J'ai attrapé la fièvre. Je me sens faible et je sais que mon état va empirer. Depuis dix ans que je vois des gens mourir de cette maladie, je sais à quoi m'attendre. J'ai tenté de lutter, mais j'ai de moins en moins de forces. Je n'ai qu'un regret : ne pas être retournée en Angleterre pour voir mon fils. J'avais prévu de faire le voyage, mais je sais maintenant que je ne le ferai pas. Jamais je ne caresserai son visage, jamais je ne l'entendrai rire. Il ne me connaîtra jamais, ne saura jamais combien mon amour pour lui a grandi durant toutes ces années de séparation forcée.

Journal d'Anna Selwyn, comtesse de Langley,
le 16 mai 1807

En proie à une légère nausée, Thea entra chez *Merewether Shipping*. La perspective de faire arrêter le neveu d'Ashby Merewether l'accablait.

S'il n'y avait eu que des vols à déplorer, elle se serait contentée de le renvoyer sans autre forme de procès. Mais il avait engagé quelqu'un pour la tuer, et rien ne permettait d'affirmer qu'oncle Ashby soit en sécurité, même à présent.

Elle remonta le couloir qui menait au bureau d'Emerson, en compagnie de Drake, de Hansen et de Barton, et des deux policiers de Bow Street que Drake avait mis au courant de l'affaire.

Sûre que son mari aurait préféré faire justice lui-même, Thea n'avait pas discuté. Emerson encourait la prison, et peut-être le bagne en Australie – ce qui était un sort bien plus doux que ce que Drake envisageait de lui faire subir.

Celui-ci pénétra le premier dans la pièce.

Emerson était assis à son bureau. Soit il ignorait ce qui l'attendait, soit c'était un remarquable comédien.

— Monsieur et madame Drake, toutes mes félicitations ! s'exclama-t-il, souriant. J'ai lu l'annonce de votre mariage dans le journal, ce matin.

Il aperçut alors les policiers, et son sourire s'évapora.

— Je craignais que le plan d'oncle Ashby ne prenne une fâcheuse tournure, mais il était persuadé que vous ne feriez pas appel à la police... Je crois que je vous dois des explications.

— Malheureusement pour vous, nous avons déjà tout découvert, dit Drake en retirant ses gants.

— Je leur ai dit la vérité, monsieur Merewether, intervint Barton.

— La vérité ? répéta Emerson, l'air de ne pas comprendre.

— Cela va être un coup terrible pour oncle Ashby, dit Thea.

Drake se tenait près d'elle, fulminant. Emerson rougit sous son regard, puis sortit son mouchoir pour s'éponger le front.

— Moi-même, je ne serais pas fâché de lui dire ce que je pense de tout ceci, déclara-t-il.

Puis, s'adressant aux policiers :

— Je vous assure, messieurs, que votre présence est superflue.

— Leur présence est absolument nécessaire, au contraire, assura Thea. Car mon époux risquerait de vous infliger une punition bien à lui si ces messieurs n'étaient pas là.

— Vous vous méprenez sur le sens de mes paroles. Je vous en prie, si vous permettez que je vous explique, tout va…

— Aucune explication n'est nécessaire, coupa Drake. Votre conduite parle d'elle-même. Arrêtez-le, ajouta-t-il en se tournant vers les policiers.

Ceux-ci firent un pas en avant, mais Emerson, visiblement terrorisé, se réfugia derrière son fauteuil.

— Je vous en prie, laissez-moi au moins m'expliquer, implora-t-il, s'adressant à Thea.

— Inutile de nier. Les preuves plaident contre vous.

— Il n'y a pas de preuve… Enfin, pas vraiment. Tout cela faisait partie du plan d'oncle Ashby pour vous attirer en Angleterre.

— Jamais oncle Ashby n'aurait ourdi un plan visant à me tuer ! s'écria Thea, révoltée.

— Vous tuer ? Mais que me racontez-vous là ?

— Vous le savez sacrément bien ! rugit Drake.

— Ils sont au courant que vous avez envoyé un homme dans les Caraïbes pour espionner Mme Drake, intervint Barton.

Le visage poupin d'Emerson exprimait à présent la plus grande confusion.

— Quel homme ? Je n'ai engagé personne.

— Inutile de nier, monsieur. Je leur ai tout dit.

— Comment avez-vous pu découvrir le plan d'oncle Ashby ? s'étonna Merewether. Auriez-vous lu mon courrier ? Il m'a bien semblé que mes lettres avaient déjà été lues, mais le cachet était intact.

— Je refuse de mentir pour vous, monsieur. M. et Mme Drake savent déjà tout. Vous avez volé la société.

— Bien sûr que j'ai volé. Enfin, il ne s'agissait pas vraiment de vol, mais de marchandises momentanément stockées ailleurs. C'était indispensable au bon fonctionnement du plan d'oncle Ashby.

Thea contempla Emerson. Il était fou à lier, bon pour l'asile. Il parlait de son forfait comme d'une chose approuvée par son oncle. Elle aurait dû avoir pitié de lui mais, fou ou pas, il avait engagé quelqu'un pour la tuer. Elle se détourna, refusant de le regarder plus longtemps.

— Emmenez-le, je vous en prie.

— Non ! Écoutez-moi. J'ai des preuves de ce que j'avance, je vous assure.

— Attendez, fit Drake. Expliquez-nous donc ce plan que votre oncle avait en tête.

Barton s'agita près de Thea, qui surprit son expression affolée. Cela dura à peine une seconde avant qu'il ne reprenne son masque incrédule.

Emerson retourna à son bureau.

— Il y a quelques mois, oncle Ashby m'a écrit pour me demander son aide afin d'attirer Mlle Selwyn – je veux dire Mme Drake – en Angleterre. J'ai d'ailleurs là ses lettres qui le prouvent…

Il se pencha pour ouvrir le dernier tiroir de son bureau. Après avoir longuement fouillé parmi les papiers, il leva les yeux vers Thea, le visage livide.

— Les lettres ont disparu !

— Ces lettres n'ont jamais existé ! riposta-t-elle. Oncle Ashby n'aurait jamais toléré votre conduite. Tout ceci n'est qu'un conte. Drake, ajouta-t-elle, devons-nous vraiment écouter cet homme ?

— Oui, je le crois. Messieurs, dit-il aux policiers, veuillez vous poster près de la porte, je vous prie.

Thea entendit un bruit étrange derrière elle, puis ressentit une violente douleur au bras tandis qu'un objet froid se pressait contre son cou. Elle remarqua le regard terrifié de Drake à l'instant même où elle comprit que celui qui lui avait agrippé le bras si brutalement n'était autre que Barton. Et que l'objet froid était le canon d'une arme.

— Si vous n'y voyez pas d'inconvénient, je vais me dispenser d'écouter ces explications, annonça ce dernier. Mme Drake et moi-même allons sortir ensemble. Si quelqu'un essaie de nous suivre, je tire.

— À quoi vous servira-t-elle, une fois morte ? lança Drake en s'avançant, menaçant.

— Je ne suis pas obligée de la tuer.

Drake s'arrêta net.

— Tout le monde derrière le bureau ! aboya Barton. Vite !

Tandis que les hommes obéissaient, Thea cherchait le moyen d'échapper à son agresseur. Mais le revolver contre son cou et l'odeur de peur qui émanait de Barton rendaient la concentration difficile.

Un homme aux abois était imprévisible ; elle avait souvent eu l'occasion de le vérifier sur son île.

— Jetez-moi votre clef, ordonna Barton à Emerson.

Ce dernier s'exécuta, l'air furieux.

— Ramassez, ordonna Barton à Thea.

Il décolla le canon de son arme pour lui permettre de se baisser, tout en continuant de la viser. C'était l'occasion ou jamais. En se relevant, Thea le frappa de toutes ses forces à l'endroit le plus sensible chez un homme – à en croire Whiskey Jim – avant de se jeter de côté. Un cri de douleur retentit, suivi d'une détonation.

La seconde d'après, il y eut comme un rugissement, et Drake se rua sur Barton pour le jeter contre le mur. La tête de ce dernier heurta la paroi avec un bruit mat, puis son corps glissa mollement sur le sol.

Drake tomba à genoux près de Thea.

— Tout va bien, ma chérie ?

— Oui, mais j'aimerais bien me relever.

— Pas tout de suite.

— Pour… ?

Elle n'eut pas le temps d'achever que Drake s'emparait de ses lèvres. Elle était pressée contre lui, le souffle court, lorsqu'il s'écarta enfin.

— Vous avez pris un risque terrible, dit-il sombrement.

— Le risque aurait été plus grand encore si j'avais suivi cet homme.

— Ne me refaites plus jamais ça, souffla-t-il.

— Plus jamais, promit-elle tandis qu'il l'aidait à se relever.

Comme les policiers emmenaient Barton, le traînant à demi, Drake s'approcha d'Emerson.

— Expliquez-moi tout.

— Je ne sais pas si je pourrai tout vous expliquer, mais je crois que je commence à comprendre ce qui s'est passé.

Il les invita à s'asseoir, Drake et elle, puis reprit place derrière son bureau.

— Oncle Ashby et lady Upworth désespéraient de vous faire venir en Angleterre, madame Drake. Mon oncle a alors eu l'idée de vous faire croire que quelqu'un du bureau de Londres trafiquait les comptes. Vous connaissant, il savait que vous viendriez enquêter vous-même, afin de lui éviter un voyage dangereux pour sa santé.

— C'est fort astucieux de sa part, commenta Thea.

— Vous disiez que lady Upworth était au courant.

— En effet, monsieur Drake.

— Mais comment Barton s'est-il retrouvé mêlé à cela ? s'étonna Thea.

— Il a dû lire les lettres que m'envoyait l'oncle Ashby, puis les refermer à l'aide de mon cachet, qui est identique à celui de mon oncle.

— Mais dans quel but ?

— L'argent. Cette semaine, je me suis rendu compte que des marchandises manquaient parmi celles stockées dans l'entrepôt secret. Des marchandises coûteuses. Je pense que Barton les a volées, et comptait me faire accuser.

— Mais il devait se douter qu'oncle Ashby vous innocenterait, objecta Thea.

— Il avait tout le temps de quitter l'Angleterre avant, intervint Drake. Rappelez-vous qu'il a aussi volé les lettres d'Ashby.

— Je lui faisais une totale confiance, reprit Emerson. Il va sans dire que je donne ma démission. Il est clair que je n'ai pas le jugement nécessaire pour occuper ce poste.

— Ne dites pas de sottises, fit Thea. N'importe qui peut être abusé par un imposteur.

Elle songeait à sa mère, qui avait cru à l'amour de Langley au début de leur mariage.

— À vrai dire, reprit-elle, j'envisageais de vous demander de devenir mon associé. Je ne vais plus pouvoir m'occuper aussi activement de mes affaires maintenant que je suis mariée.

Elle n'avait pas l'intention de réduire de beaucoup son activité, mais Emerson aurait besoin d'aide avec le départ de Barton. En outre, lui offrir de devenir son associé semblait la moindre des choses après avoir failli l'expédier en prison.

— Vous plaisantez, madame Drake ?

— Pas du tout. Vous allez bientôt vous marier. Je suis sûre que votre épouse sera ravie de votre nouvelle situation.

— C'est une femme merveilleuse, balbutia Emerson en rougissant. Et d'une famille aisée. Elle aurait pu épouser qui elle voulait, mais elle m'a accepté, moi.

Se remémorant les rumeurs qui couraient sur son compte à propos d'une coûteuse maîtresse, Thea supposa qu'elles étaient infondées. De toute évidence, le neveu d'oncle Ashby était amoureux de sa fiancée.

— Faisons de cette association votre cadeau de mariage, proposa-t-elle. Je sais qu'oncle Ashby sera d'accord.

Se tourna ensuite vers son époux, elle ajouta :

— Qu'en pensez-vous ?

— Je pense qu'un homme qui est en partie responsable de notre rencontre mérite une récompense considérable, répondit-il.

Thea se blottit contre Drake, comblée après l'amour. Après être allés déposer plainte contre Barton, il l'avait ramenée chez eux et droit au lit.

— Je n'arrive pas à croire que tout est terminé, murmura-t-elle. Dire que ce misérable était prêt à me tuer, simplement pour se protéger, lui et ses quelques milliers de livres.

— Il est des hommes capables de tuer pour un verre de whisky.

Peut-être, mais son mari n'était pas de ceux-là. Il avait bâti sa fortune seul, sans jamais avoir recours à des actes vils.

Elle déposa un baiser sur son torse et sourit comme il frémissait.

— Je crois qu'il est temps pour moi de tenir la seconde promesse faite à ma mère.

— Voulez-vous que j'invite Jared ?

— Non. Je veux aller chez Langley.

— En êtes-vous bien sûre ?

— Oui.

— Quand ?

— Ma tante m'a dit qu'un dîner en famille avait lieu chez lui ce soir. Elle m'a invitée à venir après le repas. Vous m'accompagnerez, n'est-ce pas ?

— Comment pouvez-vous en douter ?

Pour la confrontation avec son père, Thea revêtit l'une de ses nouvelles robes dont le bleu nuit mettait en valeur la couleur de ses yeux et contrastait avec ses cheveux auburn. C'était du moins ce que prétendait Melly. La taille empire soulignait ses formes gracieuses, et Drake eut un regard éloquent lorsqu'il la découvrit dans cette toilette.

— Vous êtes ravissante.

— Merci.

Lui-même était à son avantage dans son habit sombre, et elle ne se priva pas de le lui faire remarquer.

Le trajet jusqu'à l'hôtel particulier des Langley était si court qu'elle n'eut pas le temps de songer à l'entrevue avec son père.

Ayant expliqué au majordome que lady Upworth les attendait, on les fit pénétrer dans le salon sans les annoncer. Drake avait glissé un bras protecteur autour de sa taille et elle lui en fut reconnaissante.

Une femme d'âge mûr, qui devait être Jacqueline, faisait de la broderie près de la cheminée.

Les autres occupants de la pièce jouaient aux cartes autour d'une table. Lady Upworth faisait face à la porte et à un homme aux cheveux bruns. Jared. Irisa était assise à la droite de sa tante, en face de Langley.

À leur entrée, lady Upworth leva les yeux de ses cartes et les accueillit d'un sourire.

— Thea, monsieur Drake. Je suis ravie que vous ayez décidé de venir. Voici la famille véritablement réunie.

Langley releva brusquement la tête, tandis qu'Irisa adressait aux nouveaux venus un sourire aussi chaleureux que celui de sa tante.

— Vous ne m'aviez pas dit que vous aviez invité M. et Mme Drake à nous rejoindre, fit Langley à l'adresse de sa tante.

— Je n'étais pas sûre qu'ils viendraient. Je ne voulais pas vous donner de faux espoirs.

Puis, sans attendre, elle se tourna vers Irisa et Jared et enchaîna :

— Mes enfants, permettez-moi de vous présenter votre sœur, Thea Drake, née Selwyn.

— Geoffrey ! glapit Jacqueline. Ne laissez pas cette femme prétendre n'importe quoi. Faites-la jeter dehors immédiatement.

Thea était stupéfiée par le franc-parler de sa tante, mais la vérité avait été révélée au grand jour. Elle regarda la femme qui avait pris la place de sa mère. Elle avait pitié d'elle, car les révélations qui allaient suivre risquaient d'être douloureuses.

— Nous ne pouvons dissimuler plus longtemps la vérité, répondit Langley à son épouse. Ma tante a décidé de parler.

Thea comprit alors qu'il avait déjà révélé la vérité à sa femme, au moins en partie.

Jared s'était levé et fixait Thea avec curiosité, la cicatrice qui lui barrait le visage comme un témoin de tout ce qu'ils n'avaient pas partagé. Son regard glissa jusqu'à Drake.

Thea sentit ce dernier se raidir à son côté.

Elle avait attendu ce moment toute sa vie et aurait voulu savoir ce que pensait Jared. Avait-il, aurait-il jamais envie de mieux la connaître ?

— Voici le journal de notre mère, dit-elle en lui tendant les volumes qu'elle avait à la main. Je lui ai promis sur son lit de mort de vous les apporter. Elle tenait à ce que vous sachiez combien elle vous aimait.

— Ma mère est morte peu après ma naissance, répondit Jared sans faire un geste.

Les yeux de Thea s'emplirent de larmes.

— Non. C'est faux. Votre père… *Notre* père vous a enlevé à elle en lui disant qu'elle ne vous reverrait jamais. Il ignorait mon existence, et notre mère craignait, s'il l'apprenait, qu'il ne m'enlève aussi. Elle s'est enfuie avec moi aux Caraïbes, où elle est morte.

— Est-ce vrai ? demanda Jared à son père.

— Oui, souffla ce dernier, livide.

Thea s'approcha de son frère et, lorsqu'elle se tint devant lui, prononça ces mots qui la surprirent elle-même :

— Vous permettez que je vous touche ?

Pour toute réponse, Jared écarquilla légèrement les yeux.

— J'ai vu bien des portraits de vous. Maintes fois j'ai essayé d'imaginer ce que vous faisiez, ce que vous pensiez... J'ai besoin de m'assurer que vous êtes bien réel.

Elle tendit la main vers lui et, comme il ne reculait pas, effleura la cicatrice sur sa joue.

— J'ai fait un cauchemar le jour où vous vous êtes fait cela.

Jared ne dit pas un mot. Elle laissa retomber sa main et posa les volumes sur la table.

— Un jour, vous éprouverez le besoin de lire ceci, de connaître notre mère. Peut-être même aurez-vous envie de me connaître aussi.

S'étant acquittée de sa promesse, elle tourna les talons, prête à partir.

— Je vous connais déjà, dit Jared en lui saisissant le bras pour la faire pivoter vers lui. J'ai souvent rêvé de vous. Dans l'un de ces rêves, vous pleuriez toutes les larmes de votre corps et je n'arrivais pas à vous consoler. Mais vous étiez juste un rêve, pas la réalité.

Un petit son étranglé monta dans la gorge de Thea. Elle se jeta dans les bras de son frère, et éclata en sanglots. Il l'enlaça, maladroit, et lui tapota le dos.

Soudain, tout le monde se mit à parler en même temps. Les accents stridents de Jacqueline se mêlaient aux remarques posées de lady Upworth, Langley coupait la parole à Irisa, et Drake s'efforçait de couvrir ce tintamarre de sa voix puissante pour demander le silence.

Jared lâcha Thea, et Drake l'attira à son côté. Comme Irisa exigeait des explications, Thea entreprit de lui répondre malgré ses interruptions impatientes.

Lorsque ce fut chose faite, Irisa se tourna vers son père.

— Papa, pourquoi n'avez-vous pas essayé de retrouver la mère de Thea ?

Thea sentit son cœur s'emballer dans l'attente de la réponse à cette question qu'elle avait longtemps rêvé de lui poser.

Langley rejoignit Jacqueline, posa la main sur son épaule. Cette démonstration de soutien était la bienvenue, songea Thea, car elle risquait d'avoir du mal à digérer le passé sordide de son époux.

— Papa ? insista Irisa.

— Au début, j'ai cru qu'elle s'était enfuie avec Estcot, commença-t-il, et Thea ne put éviter de laisser échapper une exclamation outrée. Elle avait quitté Londres en même temps que lui. Elle m'avait signifié qu'elle ne désirait plus me voir, et j'en ai déduit qu'elle pensait avoir fait le mauvais choix en m'épousant. Il faut dire qu'Estcot et moi l'avions tous deux courtisée… Lorsqu'il est rentré à Londres, sa réputation en loques après ce qu'il avait fait en province, j'ai compris qu'il n'y avait jamais rien eu entre Anna et lui. Que je m'étais lourdement trompé.

— Pourquoi n'êtes-vous pas parti à sa recherche ? ne put s'empêcher de demander Thea.

Son père la regarda bien en face, les yeux emplis de chagrin.

— J'étais trop fier pour la supplier. Je pensais que si elle avait eu une quelconque affection pour son fils ou pour moi, elle serait revenue.

— Elle avait trop peur de me perdre à mon tour.

Langley hocha la tête, l'air soudain très vieux.

— Je m'en rends compte à présent.

— Je crois que si j'aimais quelqu'un, je n'hésiterais pas à le supplier, déclara Irisa.

Langley ne répondit pas. Jacqueline lui prit la main. Thea songea qu'une véritable affection les unissait peut-être. Elle le leur souhaitait, sans quoi leur couple ne résisterait pas à son ultime révélation.

Suivant sans le savoir l'ordre des questions prévu par Thea, Irisa souleva le dernier voile.

— Quand votre mère est-elle morte ?

Thea respira à fond et planta son regard dans celui de sa tante.

— Il y a dix ans.

20

J'ai reçu aujourd'hui une lettre de lady Upworth. Elle contenait un portrait de Jared. C'est déjà presque un homme. J'ai le cœur serré à l'idée que je ne reconnaîtrais peut-être pas mon propre enfant si je me retrouvais en face de lui, encore que cela ne risque guère de se produire. Je cherche ses traits dans ceux de Thea en espérant qu'il possède la même capacité à aimer qu'elle. Thea dispense son affection si généreusement. Je dois lui apprendre à protéger son cœur, car elle est si prompte à l'ouvrir aux autres. Je crains, hélas, qu'il ne me reste bien peu de temps pour m'acquitter de cette tâche.

Journal d'Anna Selwyn, comtesse de Langley,
le 23 novembre 1809

Irisa fixa Thea du regard, puis ses parents, puis de nouveau Thea.

— Mais j'ai seize ans ! s'exclama-t-elle.

Un silence oppressant tomba dans le salon et Thea se tourna vers Drake afin de puiser en lui la force dont elle avait besoin pour achever ce qu'elle avait commencé.

Il lui caressa la joue, l'air ému.

— La vérité nous libère, Thea, même lorsqu'elle est difficile à avouer.

Hochant la tête, elle fit de nouveau face à sa famille.

— En apprenant l'ultime perfidie de Langley, maman s'est effondrée. Je crois que lady Upworth le lui a caché le plus longtemps possible, mais oncle Ashby avait projeté un voyage à Londres et elle voulait l'accompagner. Elle souhaitait voir Jared. Comprenant que ce voyage serait une catastrophe, lady Upworth lui a écrit pour lui apprendre la vérité.

Jared blêmit, puis lança à son père d'un ton accusateur :

— Vous avez épousé Jacqueline alors que ma mère était encore en vie !

Langley ne répondant pas, Jared se tourna de nouveau vers Thea. Elle aurait voulu le réconforter tant la douleur d'avoir été trahi qui se lisait dans ses yeux lui fendait le cœur.

— Maman a annulé son voyage en Angleterre à cause du scandale que vous auriez enduré si la vérité avait été découverte. C'est seulement bien plus tard qu'elle a eu l'idée d'utiliser la faute commise par Langley pour le faire chanter.

— Elle avait l'intention de le faire chanter ? s'écria Jared.

— Elle avait l'intention de l'obliger à la laisser vous voir.

— Mais elle n'est jamais venue. Je ne l'ai jamais rencontrée.

— Non, en effet. Elle a contracté la fièvre quelques semaines avant la date prévue pour notre départ. Bien qu'elle s'en soit en partie remise, elle n'a pas retrouvé la force d'entreprendre ce voyage. Un deuxième accès de fièvre l'a terrassée.

Maintenant que toute la vérité avait été révélée, Thea se sentait épuisée. Elle avait envie de rentrer chez elle et de s'endormir à l'abri des bras de Drake. Elle aurait aussi voulu réconforter son frère, mais elle ne pouvait pas. Ils étaient presque des étrangers l'un pour l'autre.

Langley fixait son fils, qui le dévisageait comme s'il était le diable en personne.

— Comprends-moi… J'étais convaincu que ta mère était morte, sans quoi elle serait revenue à moi, à toi. Puis il y a eu Jacqueline. Elle attendait Irisa, et je ne pouvais pas infliger à ta sœur une existence d'enfant illégitime.

Incapable d'en supporter davantage, Jacqueline éclata en sanglots et quitta la pièce en courant.

— Connaissant maman, intervint Irisa, elle sera tombée enceinte pour vous piéger. Étant la fille d'un simple hobereau, elle a dû penser qu'épouser un comte valait la peine de prendre tous les risques. Pauvre maman…

Soudain, le visage de la jeune fille s'éclaira.

— Au fait, cela signifie que je suis une bâtarde !

— Irisa ! l'admonesta lady Upworth. Je vous interdis d'utiliser ce langage.

Après s'être gracieusement excusée, Irisa s'adressa à Thea :

— Si vous saviez comme je vous suis reconnaissante ! Jamais le duc n'épousera la fille illégitime d'un comte. Je suis libre !

— Sans doute, mon enfant, sans doute, sourit lady Upworth. Mais je crains que votre mère n'éprouve pas la même joie que vous.

— Bien fait pour elle. Comme je connais papa, il lui a probablement dit la vérité sur la mère de Thea, mais maman a voulu l'épouser quand même.

— Est-ce vrai ? demanda Jared à son père.

— Oui. Elle était prête à courir le risque. Elle aussi pensait qu'Anna était morte. Elle voulait que tu portes mon nom, Irisa.

— Voilà qui ne m'étonne pas !

Thea sourit de la franchise de sa sœur. Sans doute les liens d'affection qui avaient commencé de se tisser entre elles en tant que simples connaissances allaient se renforcer.

— Ne soyez pas trop dure envers votre mère, dit-elle doucement. Elle a fait ce qu'elle jugeait le meilleur pour vous.

Irisa acquiesça, soudain sérieuse.

— Elle ne peut s'empêcher de se soucier de ce que pensent les gens comme il faut. J'imagine que vous n'avez pas l'intention de garder cette histoire secrète ?

Drake intervint alors pour la première fois.

— Thea sait très bien garder un secret. Elle désire vous connaître, pas vous nuire.

— Mon mari a raison, renchérit Thea. Je ne vois pas l'utilité que toute la haute société soit au courant de cette affaire.

— Et le fait que vous êtes ma fille ? risqua Langley. Vous ne souhaitez pas qu'on connaisse notre lien de parenté ?

Thea le regarda droit dans les yeux.

— Je veux retrouver ma famille. Tante Harriet et Irisa sont d'ores et déjà trop chères à mon cœur pour que je me prive d'elles.

— Pour le bien d'Irisa, je préfère ne pas révéler que mon second mariage n'était pas valable à sa naissance. Mais je veux reconnaître ma fille aînée. Je le dois à Anna. Je vous le dois.

— Il sera difficile de garder un secret tout en révélant l'autre, fit remarquer Jared, dont la voix trahissait l'abîme que ces révélations venaient d'ouvrir entre son père et lui.

— Toutes les familles ont leurs secrets. Nous saurons garder les nôtres, déclara lady Upworth.

— Eh bien, Thea, qu'en dites-vous ? demanda Langley.

— Je veux seulement être acceptée par ma famille et je ne vois aucune raison de divulguer un secret qui, en vérité, appartient plus à ma sœur qu'à moi-même.

Irisa la rejoignit et la serra dans ses bras.

— J'ai toujours rêvé d'avoir une sœur.

Puis Thea laissa son père l'étreindre sans trouver le courage de lui retourner son geste affectueux. Avec le temps, peut-être. Comme avait dit sa tante, ce serait à lui de prouver qu'il méritait son affection.

— Soyez la bienvenue, ma fille, dit lord Langley.

Jared s'approcha à son tour. Son regard exprimait toujours le choc, mais aussi de l'émerveillement. Après l'avoir embrassée sur la joue, il s'écarta.

Thea alla serrer lady Upworth contre son cœur.

— Je vous adore.

— Moi aussi, ma nièce, depuis toujours, dit la vieille dame en se tamponnant les yeux.

C'est alors qu'Irisa attira l'attention de tous en gémissant :

— Cela signifie-t-il que je suis quand même obligée d'épouser le duc ?

En ouvrant la porte de la chambre de sa femme, Drake fut saisi d'une émotion incroyable. Debout devant la fenêtre, Thea contemplait la nuit londonienne ouatée de brume. Elle ne portait rien d'autre que sa chemise de nuit dont l'étoffe diaphane révélait ses formes.

Lorsqu'il pénétra dans la pièce, elle se retourna, le sourire aux lèvres.

— Pourquoi faut-il que nous fassions chambres à part ? s'enquit-elle. Encore l'une de ces énigmatiques coutumes en vigueur dans la haute société, je suppose ? Je trouve tout de même stupide d'avoir un lit qui ne sert jamais. Vous ne trouvez pas ?

Depuis qu'ils étaient rentrés de leur visite chez Langley, Drake cherchait désespérément comment dire à sa femme combien il était fier d'elle, aussi cette remarque sur les bizarreries de la haute société le prit-elle au dépourvu.

— Tous les maris ne dorment pas avec leur femme, répondit-il.

— Allons donc, vous ne me ferez pas croire pareilles fariboles ! Si c'était le cas, des lignées entières s'éteindraient.

Drake se mit à rire, en proie à un profond sentiment de paix. Jamais il ne regretterait d'avoir épousé cette femme ensorcelante. Il y avait un mot pour décrire ce qu'il ressentait depuis qu'il l'avait rencontrée : l'amour. Il était éperdument amoureux de sa femme.

Et il avait hâte de le lui avouer.

— Vous êtes incorrigible, ma femme.

— Je ne suis simplement pas aussi naïve que vous semblez le croire.

— Je ne plaisantais pas, mon ange. Beaucoup de couples ne partagent le même lit que le temps qu'il faut pour assurer une descendance.

Sur ce, il la souleva dans ses bras et se dirigea vers le lit.

— Je dois vous avertir que, sur ce point, je refuse de me plier aux règles de la bienséance, lui glissa-t-elle au creux de l'oreille.

— Cela vous ennuierait donc de dormir seule maintenant que nous sommes mariés ?

— Vous m'avez promis que je ne passerais jamais la nuit seule !

Il la reposa sur le sol près du lit et lui ôta sa chemise de nuit avant de se débarrasser de sa robe de chambre, sous laquelle il ne portait rien. Elle parcourut son corps des yeux, s'arrêta sur son sexe durci, puis lui adressa un sourire charmeur auquel il était difficile de résister

Seigneur, il avait tellement envie d'elle qu'il en avait mal ! Mais d'abord, ils devaient parler. Sérieusement.

— Je suis fier de vous.

— Je sais, dit-elle en laissant courir la main sur son torse. Vous n'êtes pas un homme comme les autres… Mon frère n'est pas non plus comme je l'imaginais.

— Il a été élevé par votre père, pas par votre mère.

— Oui, je sais. J'ai envie d'apprendre à le connaître. Je crois que c'est ce que ma mère souhaitait quand elle m'a fait promettre de lui apporter son journal.

— Vous avez un sens de l'honneur peu commun, Thea.

Elle ne répondit rien et Drake sentit son cœur se serrer. Il était presque certain qu'elle l'aimait, mais pensait-elle encore, en l'épousant, avoir bafoué la promesse faite à sa mère de ne jamais se marier? Cette idée l'accablait.

Thea l'enlaça et déposa un baiser sur son torse.

— Qu'y a-t-il? murmura-t-elle.

Réagissant à la douceur de son corps nu contre le sien, il secoua la tête.

Têtue, elle esquiva son baiser et exigea une réponse.

— Je suis heureux que vous ayez pu tenir au moins l'une des promesses faites à votre mère, dit-il.

Alors, elle lui prit le visage entre ses mains et le força à la regarder en face.

— J'ai tenu les deux promesses que je lui avais faites. Elle ne voulait pas que j'épouse un homme comme mon père, et j'ai exaucé son vœu.

— Vous aviez peur de m'épouser, peur que je ne me montre cruel avec vous…

— J'ai eu tort. Vous êtes l'opposé de mon père. Vous aviez raison de dire qu'il avait laissé son orgueil détruire notre famille. C'est sa faiblesse qui a blessé ma mère, pas sa force. Vous êtes fort, Pierson, si fort que vous me faites peur, parfois. Je ne crains pas que vous ne me fassiez du mal, mais j'ai peur de ne pas être celle que vous méritez. Vous avez ravalé votre orgueil et vous avez continué à me courtiser alors que je vous avais rejeté.

— Je n'avais pas le choix. Je vous aime, Thea. J'ai besoin de vous.

Comme elle baissait la tête, il lui souleva le menton pour lui donner un baiser ardent.

— Je vous aime, répéta-t-il, puis il attendit, retenant son souffle.

— Je vous aime aussi, Pierson, avoua-t-elle enfin. J'aime jusqu'à votre arrogance, ce dont je suis la première étonnée. J'aime votre douceur, votre force, votre entêtement, votre loyauté, votre sens de l'honneur et, par-dessus tout, j'aime ce que je ressens lorsque je suis auprès de vous.

— Dans ce cas, je me félicite de m'être laissé séduire, dit-il en lui caressant le sein du revers de la main.

— Je ne parlais pas de ce que je ressens physiquement – encore que ce soit merveilleux –, mais de ce que je ressens, là, dans mon cœur. Il est si plein d'amour que j'ai parfois l'impression qu'il va exploser.

Devant une telle déclaration, Drake se promit de tout faire pour mériter l'amour et la confiance de Thea, et de ne jamais les considérer comme acquis.

Puis il se pencha sur sa femme et captura sa bouche avec passion.

— Aimez-moi, Pierson, je vous en prie, chuchota-t-elle entre deux baisers.

— Je ne cesserai jamais, dit-il en l'allongeant sur le lit. Jamais.

Épilogue

Drake Hall, Angleterre, 1821

L'enfant pleurait.

Son fils. Le spectacle de ce nouveau-né qui gigotait la bouleversait, et elle aurait voulu le contempler sans fin. Elle venait de donner la vie.

Ignorant les recommandations de sa femme de chambre et de la sage-femme, qui voulaient qu'elle se repose, elle se redressa dans le grand lit à colonnes. Il fallait qu'elle regarde son fils. Chaque instant passé auprès de lui était un cadeau inespéré.

La lourde porte de la chambre s'ouvrit si brusquement qu'elle vint claquer contre le mur. Thea leva les yeux sur l'imposante silhouette masculine qui s'encadrait sur le seuil. Drake affichait cette même expression soucieuse qui ne l'avait pas quitté depuis le début de sa grossesse. En croisant son regard, elle comprit que plus rien ne serait comme avant. Ils formaient une famille, désormais.

— Je suis accouru aussi vite que j'ai pu. Vous êtes tellement entêtée. J'aurais dû me douter que vous accoucheriez deux semaines avant la date prévue, alors que j'étais retenu au loin par mes affaires.

Il s'approcha du lit à grands pas, les sourcils froncés, mais le regard débordant de tendresse.

— Donnez-moi l'enfant, ordonna-t-il à la sage-femme sans quitter Thea des yeux.

— C'est un garçon, annonça cette dernière. N'êtes-vous pas enchanté ?

— Le mot « enchanté » est très en dessous de ce que je ressens, assura-t-il en prenant son fil dans ses bras. Dieu qu'il est beau ! Mon amour, ajouta-t-il en couvant sa femme des yeux, vous venez de m'offrir le plus merveilleux cadeau qui se puisse imaginer. Je tâcherai d'être le meilleur des pères.

— Je vous fais confiance pour cela, fit-elle. Vous êtes déjà le meilleur des maris.

— Comment vous remercier, Thea ? dit-il doucement. Vous avez réalisé tous mes rêves.

— Ce n'est que justice, murmura-t-elle tandis que des larmes d'émotion roulaient sur ses joues. Vous avez réalisé des rêves que je n'osais même pas m'avouer.

Drake s'assit sur le lit et l'attira contre lui, l'enfant calé entre eux. Bien qu'épuisée par l'accouchement, elle sentit son énergie renaître au contact de ces deux corps, celui de son mari et celui de son enfant. Anna aurait été heureuse ; elle aurait approuvé Drake, et aurait adoré son petit-fils.

Thea avait l'intention de parler souvent de sa grand-mère à son fils. Ni Anna Selwyn ni l'amour qu'elle lui avait laissé en héritage ne sombreraient dans l'oubli. Anna vivait toujours à travers sa fille, qui se promettait d'être à la hauteur des sacrifices consentis pour l'élever dans la lumière de l'amour, plutôt que dans les ténèbres de la suspicion.

Peut-être que Jared apprendrait, lui aussi, à vivre dans la lumière de l'amour. Le jour viendrait où il se sentirait prêt à lire le journal de sa mère. En attendant, Thea se réjouissait que son frère et le reste de sa famille l'aient acceptée parmi eux. Mais même si ça n'avait pas été le cas, elle n'aurait pas eu à se plaindre, car elle avait Pierson Drake. Un homme qui avait fait du mariage une bénédiction.

Lorsqu'elle songeait à ses craintes passées, elle ne pouvait s'empêcher de sourire. Pierson lui avait prouvé qu'il l'aimait pour elle-même et rien d'autre. Elle dirigeait toujours *Merewether Shipping*, discrètement, bien sûr, donnait des conférences sur l'abolition de l'esclavage, et invitait régulièrement chez eux des membres du Parlement pour discuter de ce sujet et d'autres, tout aussi importants.

Drake la soutenait constamment, et s'ils se querellaient parfois – ils avaient tous deux du caractère –, ils ne faisaient qu'un pour ce qui comptait vraiment.

La main posée sur la tête de leur fils, Thea se pencha pour déposer un baiser au coin des lèvres de son mari. Il se tourna vers elle, lui sourit, et les promesses qu'elle lut dans son regard l'emplit d'un bonheur sans nom.

AVENTURES
& PASSIONS

FAIT PEAU NEUVE

pour mieux séduire

SES LECTRICES !

Dès le mois d'août, retrouvez la collection
AVENTURES & PASSIONS
dans son nouvel écrin

Découvrez de nouvelles couvertures
plus séduisantes

Découvrez les prochaines nouveautés de nos différentes collections J'ai lu pour elle

AVENTURES & PASSIONS

Le 20 août :

Sous le sceau du secret Elizabeth Thornton (n° 4980)

Deborah court à perdre haleine. Lord Kendal, cet assassin, est à ses trousses. Elle vole littéralement sur les pavés, elle n'entend plus rien, ne voit plus rien. Pas même le cabriolet qui fonce sur elle. Puis un bras puissant lui encercle la taille et la soulève. Lovée contre un torse puissant, Deborah comprend qu'elle vient d'échapper à la mort. Soudain, tout se brouille. Sardonique, lord Kendal constate que la belle s'est évanouie.

Scandale à Ryland Castle Leslie Lafoy (n° 8732)

Drayton MacKenzie a hérité du titre de duc. Mais, pour recevoir la fortune qui lui est due, il doit marier les trois filles illégitimes de l'ancien duc. Si les retrouver est relativement facile, tout se complique lorsqu'il croise le regard de l'aînée, la belle Caroline…

Une ingénue séductrice Sara Bennett (n° 8733)

Drayton MacKenzie a hérité du titre de duc. Mais, pour recevoir la fortune qui lui est due, il doit marier les trois filles illégitimes de l'ancien duc. Si les retrouver est relativement facile, tout se complique lorsqu'il croise le regard de l'aînée, la belle Caroline…

Le 27 août :

En proie à la passion Johanna Lindsey (n° 8731)

La cour du roi à l'époque de Richard C?ur de Lion est le théâtre de bien des passions ! Si Clothilde est d'abord furieuse quand le roi lui ordonne de se marier avec Tristan, un de ses vassaux, la jeune femme va rapidement changer d'avis. Leur histoire avait pourtant très mal commencé…

Nouveau ! 2 rendez-vous mensuels aux alentours du 1er et du 15 de chaque mois.

Si vous aimez Aventures & Passions,
laissez-vous tenter par :

Passion intense

Quand l'amour vous plonge dans un monde de sensualité

Le 27 août :
Nuits intenses ☙ Jodi Lynn Copeland (n° 8698)
Trois femmes, trois destins… Jillian, femme sérieuse le jour, bombe sexuelle la nuit. Tawny, sa meilleure amie, a-t-elle des secrets qu'elle ne révélera que sur l'oreiller ? Quant à Joyce, la femme de Rick, homme d'affaires sans scrupules, va-t-elle enfin s'autoriser à connaître le plaisir et peut-être l'amour ?

Nouveau ! 1 rendez-vous mensuel
aux alentours du 15 de chaque mois.

Et toujours la reine du roman sentimental :

Barbara Cartland

Le 20 août :
Seras-tu lady, Gardénia ? (n° 1177)

Le 27 août :
L'incomparable Irina (n° 4473)

Nouveau ! 2 rendez-vous mensuels
aux alentours du 1er et du 15 de chaque mois.

QUESTIONNAIRE À RETOURNER CHEZ J'AI LU

« J'ai lu pour elle » mène une grande enquête sur ses lectrices. Vos réponses nous seront précieuses pour satisfaire au mieux vos attentes (titres proposés, couvertures, éditions limitées, etc.).
Les 100 premières réponses recevront un **city bag J'ai lu.**

Où avez-vous acheté ce livre ?

❐ En hyper/supermarché ❐ En librairie

❐ Sur Internet ❐ Dans une enseigne type Fnac/Virgin

❐ Autres

Combien de livres de la collection « Aventures et Passions » lisez-vous par an ?

❐ 1 tous les deux mois ❐ 1 par mois

❐ 2 à 3 par mois ❐ Je lis tous les titres de la collection

Combien de livres des collections Harlequin lisez-vous par an ?

❐ 1 tous les deux mois ❐ 1 par mois

❐ 2 à 3 par mois ❐ + de 4 par mois

Quelle époque préférez-vous dans les romans historiques ?

....

Appréciez-vous les couvertures de la collection « Aventures et Passions » ?

❐ Pas du tout ❐ Moyennement ❐ Beaucoup

Pourquoi ?

....

....

Seriez-vous d'accord pour télécharger directement sur Internet des titres « J'ai lu pour elle » ?

❒ Oui ❒ Non

Si oui, à quel prix ?

....

Quels sont les magazines que vous lisez régulièrement ?

....

....

....

Seriez-vous d'accord pour recevoir par mail ou par courrier des informations exclusives sur la collection « Aventures et Passions » ?

❒ Oui ❒ Non

Pour recevoir votre city bag, merci de compléter vos coordonnées :

Nom : ....

Prénom : ....

Adresse : ....

CP : .... Ville : ....

E-mail : ....

Merci de détacher cette page et de la retourner à :

Éditions J'ai lu
Questionnaire Aventures et Passions
87, quai Panhard-et-Levassor
75013 Paris

8710

Composition Chesteroc Ltd
Achevé d'imprimer en France (La Flèche)
par Brodard et Taupin
le 2 juin 2008. 47831
Dépôt légal juin 2008. EAN 9782290004975

Éditions J'ai lu
87, quai Panhard-et-Levassor, 75013 Paris
Diffusion France et étranger : Flammarion